掌勺千金

下

風 文創 1121

江遙 著

目錄

第二十四章

吃罷飯吳叔就帶他們去看第一家鋪子。

這家鋪子在正街上，人來人往的，但鋪子門鎖著，左邊賣雜貨的，右邊賣首飾的，生意看來也不太好。

鑰匙是押在牙行的，等客人確定要租了，才會聯繫房東來收錢。

吳叔正在開鎖，旁邊鋪子站著一個打扮精緻的女人，靠在門框上抄著手道：「欸，小姑娘，好心提醒妳，這鋪子不吉利，賺不到錢的！」

吳叔小聲道：「別理她。」

江挽雲笑道：「沒事的，謝謝姊姊提醒。」

女人哼了一聲，扭著身子進屋去了。

吳叔推開門，鋪子的全景映入眼簾。

不大不小的一個鋪面，有窗戶，也亮堂。鋪面的牆都粉刷過，地板還鋪了青磚，最好的就是桌椅板凳居然是齊全的。若是自己再去木匠那兒訂做桌椅板凳，花錢不說，還要等上一段時間。

吳叔道：「這是房東備好的桌子、凳子，為的就是吸引人來租房。」

吳叔領著他們去後廚，後廚接院子，院子裡有口井，方便取水。後院搭了個棚，可以放雜物。

後院外面是一條巷子，有扇門用大鎖鎖著，吳叔道：「這扇門我沒鑰匙，房東也沒有，說鑰匙丟了，鎖了好些年，只能從正門進出了。」

江挽雲左右觀察著，問了一些問題，吳叔都一一回答了。

她沒說自己滿不滿意，只道：「我們去看第二家店吧。」

鎖好門，吳叔領著他們往後街走，後街也全是鋪子，只是街道狹窄一些。這個鋪子與前面那個差不多大小，布局也差不多，只是沒有桌椅板凳。

吳叔道：「這個鋪子只要三兩，牆也是粉刷了的，房東說自己買的時候哪裡想到會遇上這麼難纏的前房東，如今正頭疼著呢。」

「那前房東可有什麼背景嗎？」

「沒啥背景，就是潑皮無賴罷了，官府又不能把他們怎麼樣。」

江挽雲看了看，滿意道：「嗯，那這兩間我都要了。」

「都……都要了？」吳叔差點懷疑自己聽錯了。本來他還在擔心，這兩個鋪子情況都不好，會不會就砸手裡租不出去了，誰知道她說全要了？

吳叔看向陸予風，陸予風微微皺眉，不知道他看自己幹麼，明明自己什麼也沒說，一看就知道是挽雲作主的啊。

「真決定都要了？」陸予風低聲問。

江挽雲道：「對，都要了，錯過這村沒這店了，何況租金還便宜。」

吳叔確定她都要了之後，臉都笑開了花，態度一下殷勤了數倍。想不到這對年輕夫婦還是有錢人，想必是從外地來棲山書院求學的，家底厚。

「好好好！那我明天就叫房東去牙行簽訂契約。天兒還早，你們看要不要先去把春熙巷的住房收拾一下？我這馬車可以免費借給你們使用。」

江挽雲笑道：「行，那就謝了。」

周嬸的屋子裡是有家具的，只需要買點杯盤碗筷和日用品就行。

夜市旁邊的一條街就是各種賣雜貨的，江挽雲買了一大車，花了一兩多銀子，差不多一次備齊了，順帶換了零錢。

吳叔在前面駕車，江挽雲和陸予風坐在後面。

陽光燦爛，夏天的氣息越發濃厚。

江挽雲突然想起來，她可以開一家奶茶店試試。其他小吃儘管好吃，但利潤空間不大，而且賣小吃的太多了，還天天弄得一身油煙。

她問道：「咱們這附近有賣牛奶的嗎？」

她記得宋朝時期，民間就興起了飲用牛奶，乳製品也開始出現。到了元朝，因為統治者是游牧民族，喝牛奶就成了一件更普遍的事了。

陸予風思索了一下，道：「妳說的可是花牛的奶？」

花牛……大概就是奶牛吧。

「就是很會產奶的那種牛。」

「我記得是有的，在隔壁縣有草場，有人專門餵養。」他從不過問江挽雲想做的事，但只要她需要，自己一定盡力幫忙。

陸予風想了想又道：「我曾經有個同窗，他父親是養花牛的，我可以幫妳寫信問他。」

江挽雲一聽瞬間喜上眉梢。「那可太好了！麻煩你了。」

陸予風有些不自在，道：「都是小事，妳不必和我這麼客氣。」

江挽雲見他這麼認真，連忙解釋。「我不是把你當外人的意思，我就是……就是……」她只是前世作為一個社畜，習慣了說謝謝。她抓了下頭髮。「哎呀總之多虧你了。」

馬車很快停在周嬸的院子外，周嬸聽見動靜已經來開門了。

吳叔吃午飯前離開周嬸家時候還愁眉苦臉，如今回來可是容光煥發，忙裡忙外的和陸予風幫忙搬東西。

江挽雲則是把六個月的房租加押金都交給周嬸。

周嬸道：「還沒吃晚飯吧？留下吃了飯再走吧？」

江挽雲看了看天色，太陽已經快落山了，搖搖頭。「多謝嬸子好意，只是天兒晚了，我們還得回客棧去，就不留下來吃飯了，明天就正式搬過來。」

陸予風兩人剛剛已經把東西一一歸位了。

周嬸把鑰匙拿出來給她，一把房間門的，一把院子門的。「這屋裡啊灰不多，明兒來打掃一下就能住了。」

吳叔把江挽雲兩人送回了客棧才離開。

此時天色黑了下來，華燈初上，每個鋪子都掛著大紅燈籠，把街道照得燈火通明。吃了晚飯的人出來散步，沒吃晚飯的出來逛街吃飯。

這是一天最熱鬧的時候，連在東城那邊住的富人們都會過來。

「走，我們去吃上回那個糖酥餅，我覺得那家好吃，還有一家米線也好吃！」

江挽雲已經餓了，拉著陸予風的袖子就走，但夏天穿得輕薄，沒留神就把人半邊外衣扯下肩膀了。

「呃，不好意思……」她哭笑不得的放開手，把衣服拉上去，還尷尬的撫平了一下。

陸予風感覺自己被她摸過的地方一陣酥麻，下意識退後了一步，像是小媳婦被非禮了一般。「沒事。」

「咳，那你跟緊我啊，人多別走散了。」

江挽雲如是說著，但總放心不下他，他身子還虛著呢，別被人撞倒了，只好伸出手抓住他的手腕。「跟我來。」

兩人在人群裡穿梭著，很快陸予風已經一手抱著一包吃的了，江挽雲手裡也拿著一包糖炒栗子，她看他不方便，便把殼剝開餵給他。他猶猶豫豫的用嘴叼住了，有些害羞。

兩人進了米線店，江挽雲要了兩碗燙鮮米線。

陸予風入座的時候，明顯感覺到店裡有一些人在打量他。

美男子誰不喜歡看，他抱著那麼多吃的，還要來吃米線，旁人難免覺得其長得俊卻吃得多。好在陸予風並沒有意識到這一點，挺淡定的。

「我嘗嘗這個。」

江挽雲拿出一塊油酥餅，咬了一口，酥酥脆脆，香氣撲鼻，裡面夾雜著花生、芝麻和紅糖的香味，很是誘人。

「你也快吃啊，你多吃點，以後還要幫我品嘗咱們店裡賣的吃食怎麼樣呢。」

在她的注視下，陸予風才開始斯文的吃起來，看起來真的像很認真的品嘗食物。

很快燙鮮米線上來了。

這米線有點像雲南過橋米線，一大碗高湯，生的肉片、蔬菜等配菜倒進去，再把米線放進去，調料看自己口味加，拌拌就成了。

湯很鮮美，米線細滑，不用放多少調料就很美味。

江挽雲知道，雖然自己的廚藝算不錯，但高手在民間，做得好吃的飯店多得很，想要賺錢，就要脫穎而出才行。

次日便要搬家了，他們帶來的行李不多，只有兩人的衣服、貼身用品，還有一些書本。吳叔很早就來了，他承諾今天把江挽雲兩人送到周嬸那兒才算完成任務。

一到周嬸家，開了門進去，兩人就開始大掃除，昨天買了掃帚、帕子，在井裡打了水上來，洗洗擦擦，晾乾後鋪被子、掛衣服等。

陸予風個子高，擦門窗的事就讓他來幹，江挽雲就負責收拾低處的地方。

中午的飯是周嬸來叫他們去吃的，炒了一個小炒肉、一盤素菜，還有一塊臘肉切片，看得出來這是周嬸能拿出來招待他們最好的飯菜了。

她年紀大了，兒子在外漂泊多年沒回來，一個人住著冷冷清清的，就擔心自己哪天病倒在床上，叫天天不應叫地地不靈的，隔壁住著人，好歹能照應著點。

江挽雲沒拒絕她的邀請，吃過飯取了自己從家裡帶來的香腸、乾豇豆等給周嬸。

這香腸還是臨走前陳氏準備的，裝了好多臘肉、乾豇豆、筍乾之類自製的農家物，還讓他們到了縣城安定下來捎信回去，他們再寄東西過來。

「這是你們自家種的啊？給這麼多，我怎麼好意思。」周嬸感激的接住。

「沒事的，不值錢，禮尚往來嘛。」江挽雲笑道。

如此雙方便迅速拉近了關係。下午收拾屋子的時候周嬸還過來幫忙，而後帶她去菜市買菜。

「這邊住的多是來求學的，菜也賣得貴點。」周嬸挎著籃子道。

街道上人不多，也沒有什麼喧鬧聲，來買菜的多是年輕小媳婦，基本是書院裡學子的家眷。

小菜市賣的菜倒是齊全，但下午不是很新鮮了，江挽雲只買了一條鯉魚、一塊豆腐，以及一些調味料回去。

「妳相公平日裡住書院嗎？」

江挽雲道：「啊……住家裡，他身子不好，我要照顧他。」

周嬸笑道：「看妳相公是挺瘦的，要多補補，改日趕集，有鄉下進城來賣老母雞的，還有賣菇子的，可以買來燉湯。」

兩人邊聊邊買東西，回到家時已經太陽落山了。

江挽雲是喜歡亮堂的，買的都是大蠟燭，可以照亮整間屋子。況且陸予風晚上要看書，也需要大蠟燭才亮。

陸予風點了蠟燭在書桌前看書，聽見動靜便走出來接過東西，還主動去打水來殺魚。

魚殺好了後，畫刀花醃製。

她蒸了兩碗蒸蛋，倒點生抽，撒點蔥花上去，讓陸予風端一碗去給周嬸，自己則開始煎魚。

糧食鋪子裡賣的是菜籽油，只是品質不是很好，炒菜會起泡泡，只能湊合用。

鯉魚兩面煎得金黃後，倒水進去煮，很快湯就成了乳白色，接著放豆腐、青菜，撒胡椒粉、鹽巴，咕嚕咕嚕燉煮一會兒，倒進大碗裡，撒點蔥花，簡直完美。

「來來來，搬新家的第一頓飯。」江挽雲用大勺子給兩人都盛了一碗魚湯。

「嘗嘗你親手殺的魚。」

陸予風心裡也暖暖的，不同於幾年前他獨自在外求學，如今他身邊有人陪著了，這種感覺讓他眷戀又不捨的。

他默默的品嘗了一口，很認真的評價。「入口很鮮，不腥，好喝。」

說著他突然想到傳林了，那時江挽雲離開家幾天去辦酒席，傳林日日都要哭訴自己想念三嬸做的飯。如今能吃她做的飯的人，就只有他了。

吃了飯他主動去洗碗，並把熱水燒上。

周嬸也把碗洗乾淨拿過來還了，她透過窗子看見江挽雲在躺椅上鋪被子，心裡嘀咕道，這都入夏了，怎麼還給躺椅鋪墊子呢？又不冷。

水燒開了，兩個人輪流去洗澡。

洗澡只能在廚房，用個大盆子洗，江挽雲嘆息一聲，得想辦法弄個洗澡間才行，還要是附帶廁所那種。

她洗了澡讓陸予風去洗，自己則先去把貼身衣物洗了，而後坐在桌前算剩下的銀子，取出明天要租鋪子的錢。

這時陸予風進來了，他輕手輕腳的沒有打擾江挽雲，很自覺的在躺椅上坐下了。

江挽雲回過神來，奇怪的看著他。「你為什麼要坐我的躺椅？你不該去床上睡嗎？」

陸予風神色複雜的看著她，微微扯了扯嘴角，站起身來。

「還是我睡躺椅吧，妳睡床。」

他知道，她不會和自己睡一張床的，他也並未有這個打算，他不是那種人。

這躺椅，若是她睡上去，腳搆不到地，身子會往下滑，他躺著腳可以踩地上，其實剛剛好。

江挽雲搖頭。「不行，你睡床，明天我去再買一張來，今晚湊合一下。到時候再讓人來把這個臥房做個隔斷，一人一半。」

堂屋要擺桌子什麼的，只有一間臥房，好在挺大的，放兩張床外，還可以放得下衣櫃和書桌。

總歸他們還是夫妻，總不能叫他去睡堂屋吧。

陸予風正要拒絕，江挽雲道：「我就樂意睡躺椅，別跟我搶。」

主要是她覺得這躺椅太小了，陸予風躺下去估計不敢翻身。

陸予風無奈，只有去床上躺下。

這一晚上江挽雲睡得挺不安穩，躺椅畢竟不如床，天剛矇矇亮，江挽雲就感覺到有人正在拍自己。

她迷迷糊糊睜開眼，見陸予風已經起來了，彎腰看著她，道：「去床上睡吧，我要出門買點東西。」

聽說能去床上睡了，她也沒想那麼多，只想睡得舒服點，打著哈欠走過去，倒在床上就開睡。

陸予風則到了菜市場，買了一隻雞和一些菜，此時書店才開門。

他提著東西來到書店門口，把東西放地上，拱手問小二。「請問兄臺，你們書店需要抄書的嗎？」

小二用奇怪的眼神看著他，來書店的都是乾乾淨淨的書生，要麼揹著書簍，要麼拿著摺扇，這提著肉菜的還挺少見。

不是說君子遠庖廚嗎？

小二有點不屑，覺得陸予風敗壞了讀書人的形象，沒好氣道：「需要是需要，但要先看看字寫得怎麼樣，字不好看我們不要的。」

他計劃著，待會兒以字不好看的藉口光明正大拒絕陸予風。

他拿來一張宣紙，放面前的桌上，把筆架和硯臺拿過來。

陸予風提筆，目光專注，眼神掃過牆上掛著的書畫，提筆落下一句詩。

「兄臺請過目。」

小二一看陸予風的字，眼中閃過驚豔，方才的偏見一掃而空，笑道：「可以可以，你的字很不錯，要抄哪幾本書你自己進去挑，東西就放這兒，我給你看著。」

這字算是他見過的最好看的幾個之一了。字好看，意味著抄出來的書賣得好。

陸予風謝過他，進去挑了幾本書，用腋下挾住，提著東西離開。

小二這時候對他已經完全改觀了，誇讚道：「真是個疼媳婦的。」

陸予風還順路買了幾個包子和豆漿。回去的時候江挽雲正在洗衣服，吳叔也來了，正和江挽雲說話。

「那兩個房東我都叫來牙行了，吃了早飯就過去吧。」

江挽雲一邊晾衣服一邊問：「他們還沒有什麼額外要求的事？」

吳叔道：「那倒沒有，只是強調無論出什麼事情，提前退租，可都不退押金的。」

鋪子押金是是一個月租金。

江挽雲道：「成，您先坐，我相公很快就回來了。」

正說著陸予風已經進院子了，跟吳叔打個招呼後，把自己買的菜提到江挽雲面前。

江挽雲驚訝道：「你還買了雞？還挺肥的，這菜也新鮮，有眼光！」

陸予風滿意了，她誇他買得好。

儘管今天花的錢需要他抄幾天書才能賺回來，但是他表面上看不出什麼來，道：「忙完快來吃早飯，我先去燒水把雞毛拔了。」

江挽雲問：「吳叔吃了沒，一起吃點？」

吳叔連忙道：「我吃了的！」

陸予風把開水倒桶裡，把雞扔進去，泡了一會兒取出來，冷卻到不燙手，快速把毛拔了，又把灶火點燃，把小茸毛燒掉。

做完這些，他洗了手出去吃早飯，吃罷收拾一下，三人乘馬車去牙行。

很快兩個房東也到了，一個是瘦瘦弱弱的中年男人，穿的衣服普通，看起來只是個家境一般的人。另一個就不一樣了，胖胖的，穿金戴銀，富貴逼人，手指上都戴著玉扳指。

瘦弱的中年男人背有些佝僂，看人眼神有些斜，江挽雲看了他一眼，感覺有些不舒服。

倒是胖胖的那個看著很和氣，一進來就道：「唉這啥天兒啊，熱死人了。」

很快茶水糕點都上來了，幾個人互相打了招呼介紹一下。

胖胖的房東直言不諱道：「妳這小妮子膽子不小，敢一次拿下兩個臭名昭著的鋪子，妳真不怕虧本？」

江挽雲道：「做生意就別怕風險，風險越大，收益也越大。」

他覺得她在吹牛皮。「唉，真是不知天高地厚。」

一直沒發話的中年男人道：「先說好了，三個月裡不租了不退押金。」

江挽雲笑道：「我知道的，您放心。」

吳叔道：「既然沒問題了，那咱們就簽字畫押吧。」

他把需要的東西拿來，幾個人紛紛按上手印。

而後中年男人先起身離開了，胖房東還沒歇夠，喝著茶水道：「我說妳膽子大呢，那個人的鋪子妳也敢租，我的鋪子倒沒事，那個潑皮再來鬧，把他打出去就是，另一個鋪子可是經常鬧鬼啊。」

江挽雲聞言笑道：「就算是鬧鬼，也一鋪難求啊，哪怕我不租，還有很多人想租吧。」

胖房東搖搖頭。「妳以為我真在說鬧鬼的事嗎？唉，年輕人吃點虧也是好的。」

他起身搖著扇子告辭離去了。

江挽雲和陸予風也離開牙行回家，天色不早了，江挽雲趕緊把雞和菇子燉上，米飯也燜上，陸予風則回房看書。

吃完飯，陸予風洗碗，江挽雲睡了會兒午覺，下午醒來，她獨自一人出門去找木匠。

根據周嬸的消息，木匠鋪不遠，一走進去就看著一個老木匠帶著幾個學徒在忙活。

江挽雲說自己想弄一道牆隔斷，再做一張床。

老木匠一聽她的要求，一副「我很懂」的樣子，拿出尺來。「要多大的床啊？」

一般孩子大了，家裡床又不夠的，就會隔出一個小房間，再添一張小床。

江挽雲也說不上來，她不太懂古代的長度標準，回憶著前世的單人床，伸長胳膊比劃。

「大概這麼寬吧。」

老木匠皺眉，還是換個方式問吧。「孩子多大了啊？」

江挽雲沒反應過來。「師傅，你說什麼？」

老木匠道：「妳不是給妳的孩子分床嗎？」

江挽雲沈默了一瞬，道：「不是，是……給我一個親戚弄床，家裡不夠住，隔一下。」

「這樣啊，那就打個六尺長，四尺寬的，一個人睡可以，隔斷的話，要去府上量一下才知道。」

「床一張要多少？」

老木匠說：「八百文，還送妳兩張木凳子，床的料子我們早就備好了，妳急的話下午就能給妳裝好，要是想上漆和雕花，就要等幾天。」

江挽雲看了看店裡已經打好的床，感覺質感還不錯，道：「能睡就行，不用上漆。」

雖然上漆的床能保存更久，但她只會在這裡住幾個月，之後就要去京城了。

老木匠便領著弟子去後院取了備好的木板來，而後叫了自己的兩個弟子來跟著江挽雲去送床和量尺寸。床在房間裡安裝好，尺寸正好，木匠又量了房間的寬度，明天再來做隔斷。

房間前後都有床之後，她住靠裡面的，陸予風的床靠外面，書桌衣櫃共用，倒也不擠。

第二十五章

接下來的日子兩人便分工明確，江挽雲忙開店的事，陸予風忙著準備鄉試。

陸予風給同窗寫的信也收到了，對方聽說陸予風來縣城「養病」，還專程從棲山書院下來看望他。

同窗父親養了十來頭花牛，平日裡都是把牛奶送去達官貴人家的後廚，生意不穩定，聽說江挽雲想要牛奶，他立馬表示明天就讓父親過來談談。

次日江挽雲在正街的鋪子裡看著工人裝修，鋪子都粉刷好了，只要打掃乾淨，裝上自己需要的器材就行。兩個鋪子的裝修是同步進行的，正街鋪子準備賣奶茶和小吃，後街鋪子更大一些，準備賣麻辣燙。

奶茶小吃鋪被隔成兩塊區域，牆上掛上大大的招牌，下面是一排排旁人沒見過的稀奇名兒，什麼芋泥珍珠奶茶、紅豆麻糬奶茶、仙草凍奶茶、小芋圓紅茶奶茶、芋圓全家福等。

她準備把現代奶茶和古風結合起來，奶茶就用特製的陶瓷杯裝，打包就用大竹筒，吸管用特製的瓷管，也可以用勺子舀。條件所限肯定做不了現代那麼精緻，但勝在稀奇。

另一半牆上的招牌則是小吃的名字，炸洋芋、酸辣粉、缽缽雞、涼麵、涼粉、涼皮、油炸脆脆腸。

陸予風邁進鋪子時簡直不敢相信自己的眼睛，這都是什麼奇奇怪怪的名兒。江挽雲見他來了，笑嘻嘻道：「你來得正好！」

她伸出手，彎腰，做出討要東西的動作。「麻煩未來的陸舉人為我的小店寫個牌匾。」

陸予風被她的樣子逗笑了。

就見她把大大的宣紙鋪在桌上，讓他寫店名，打算寫了再拿去雕刻。「一個叫江江奶茶鋪，另一個叫陸家麻辣燙。」

陸予風道：「為何不叫江家麻辣燙？」

江挽雲白了他一眼。「縣城已經有個江家了，還是我娘家，我能叫這名兒嗎？再說了，這鋪子以後要轉給大哥、二哥他們的，我們都是要去京城的人。」

聽著好像很有理的樣子，但又覺得有點怪怪的。可陸予風暫時沒有想出哪裡不對，便挽起袖子，提筆，全神貫注的寫下兩個店鋪名。

只見陸予風寫字行雲流水，一氣呵成，筆走龍蛇，看起來氣勢磅礴，不懂書法的人都覺得他字寫得好。

他擱筆，問：「怎麼樣？需要重寫嗎？」

「不用不用！」江挽雲笑著把宣紙拿起來吹乾收好。「我甚是滿意。」

這時門口停下一輛馬車，是陸予風的同窗和他父親來了。

他父親帶來了一個蓋著蓋子的木桶，裡面用油紙隔著，裝著新鮮的牛奶。

寒暄之後，同窗父親道：「我家的花牛都是養在坡上的草場，這牛奶都是早上剛擠的，可以做糕點，也可以煮沸了直接喝，給小孩子和老人喝都是很滋補的。」

他打開蓋子，木桶裡面是白白的牛奶，隱約有一股奶味飄出來。「這是煮沸的，可以直接喝，不煮沸的別喝，會鬧肚子。」

江挽雲去取來勺子和碗，舀了兩小碗給自己和陸予風嘗嘗。

她點點頭。「確實是好奶，也沒摻水。」

同窗父親連忙道：「沒有摻水、沒有摻水，我們都是正經做生意的，不搞假。」

陸予風默默看了江挽雲一眼，不知道是不是自己舌頭有問題，他覺得這牛奶一不甜二不鹹，還有腥味，不知道為什麼江挽雲會買。

不過……她做事肯定有她的道理，她覺得這牛奶好，那肯定是他自己有問題。

他又嘗了嘗牛奶，腥味之外，確實是有股很香醇的味道。

江挽雲道：「你們運過來要多久，一天能提供多少奶？」

同窗父親道：「從隔壁縣到這邊不遠，馬車一個多時辰，我們那兒與你們縣是交界的，有八頭花牛，一天可以產十桶左右的奶。」

一桶的奶估計能賣十杯奶茶，十桶能賣一百杯了，開店前期她不敢買多，這東西不能過夜。「我們這是新店，剛開始可能只能每天訂三、四桶，後面會慢慢增加，你看行嗎？」

同窗父親喜道：「行行行，你們什麼時候要？我讓人送來。」

當初他也是聽說花牛在省城那些地方流行，便想著自己也來養，誰知道縣城裡根本沒什麼市場，除了一些達官貴人買點，沒有什麼固定客人，有時候賣不出去的奶只有倒掉。

江挽雲道：「每天辰時吧。」

同窗父親計算了一下，感覺時間差不多，道：「沒問題的。」

談妥之後雙方簽訂了契約交了押金，父子倆便走了，那桶奶當作禮物留了下來。

江挽雲便準備先來嘗試做奶茶。

茶葉、紅糖和配料她已經買好了，還有芋頭、紅豆等，因為沒有太白粉，便買了番薯粉和馬鈴薯粉代替。

說起奶茶，不得不提到一個關鍵東西，白砂糖。

這個時代用的是紅糖，白砂糖是達官貴人才能享用，民間還沒流傳製作白砂糖的方法，但紅糖做出的奶茶顏色和味道都不是她想要的。

好在她前世做美食網紅時曾瞭解過古代白砂糖的做法，也親自動手試過，黃泥水淋脫色法就是最簡單又低成本的。

今天她試做的是經典的芋圓奶茶。

把芋頭蒸熟，倒入馬鈴薯粉和白砂糖揉成團，先切成條狀再分切小塊，搓成小丸子，下熱水煮熟撈出來，倒入大碗涼開水裡備著。

她訂做了一個很大、很深的鐵鍋準備用來煮奶茶，以後客人多了，不可能來一個現煮一個的。鍋內撒點白砂糖和茶葉炒化，倒牛奶開始煮，煮開後把茶葉撈出來，就是奶茶。

陸予風一直在旁邊看著，像是在看什麼稀奇的東西。

紅糖為何會變成白色的，還有芋頭味的小湯圓？茶葉竟然可以和牛奶一起煮。

江挽雲看他「求知若渴」的眼神，很懷疑他會不會哪天不想考科舉想學廚了。

待奶茶涼一點了，倒進白色的瓷杯裡，舀點芋圓進去，放上勺子。

「來，嘗嘗怎麼樣。」

陸予風屏氣凝神，舀了一口。甜，入口是甜滋滋的；香，奶的香醇、茶葉的清香。裡面的小湯圓彈彈的，很有嚼勁。

比起只喝奶或者只喝茶，都有趣得多。

而且他嘗了幾口後，發現這東西會上癮，他一個並不怎麼喜歡吃甜的人，都忍不住一口接一口，把一碗吃完了。

江挽雲說這只是最簡易的版本，若是加其他東西進去，味兒會更好。

他心裡有些震撼，她做出來的東西總是這麼一次又一次讓人意想不到。

江挽雲自己嘗了嘗之後感覺還算滿意，她問：「你覺得這東西定價多少合適？」

前世一杯奶茶有的都比一個便當貴了。

陸予風思索道：「我覺得……二十文一杯吧。」

江挽雲有些震驚的看著他，她只準備定十文到十五文呢。

牛奶一桶五十文，芋頭現在不值錢，那些澱粉、紅糖也不是稀罕物，茶葉只需要最普通的茶葉，算下來一杯成本七、八文。

陸予風皺了皺眉，難道他說低了嗎？

「二十五文？倒也可以，夜市這邊吃的普遍比其他地方賣得貴點，很多人都不差錢，這奶茶我覺得應該會很受富家公子和小姐喜歡……」

江挽雲簡直想把他引為知己了，一個古人，開店思想居然與她不謀而合。不愧是男主角！

「對，我還沒算房租和人工，算下來成本差不多十文一杯，那就定價十五文一杯吧，加配料的話再加錢。」

江挽雲說著看了看天色。「擇日不如撞日，下午我就去牙行挑個打下手的來，過不了兩日就可以開張。」

中午他們找了家飯館隨便吃點，下午江挽雲就去了附近的牙行。

這年頭的牙行不光經營租房業務，還有奴才買賣和短工、長工招聘。可以買下人，價錢貴點，也可以聘用短工和長工，區別就在於東家是否掌握對方的賣身契。

買一個下人至少要十兩銀子，她還沒那打算，準備招兩個長工。

正當她仔細挑選的時候，一個混在下人堆裡的年輕女子突然激動的對著她喊道：「小姐？大小姐？真的是您！」

江挽雲乍一聽這聲音不知道是叫自己的，只是下意識看向聲音來源，卻見那女人見到她的臉後更激動了，甚至想掙脫腳上的鏈子撲過來。

不過牙行的人馬上把她拉住了。

既然被賣到牙行來了，那不管從前跟的是哪戶人家，都不要再提，而應該表明自己會效忠新主人才對，否則誰願意買你。

牙行的人正要把女子拉下去好好教育，江挽雲卻已經想起來了，這女子原來是原身從前的丫鬟秋蓮。不過不是貼身丫鬟，只是院子裡的二等丫鬟。

秋蓮用熱切的眼神看著江挽雲，叫著。「大小姐！大小姐救我！」

她旁邊有個女子眼神也挺激動，但克制住了自己，欲言又止。

大小姐已經嫁到鄉下去了，就算遇見她了又能怎樣，她一點嫁妝都沒有，難道還能救她們嗎？

「叫什麼呢？還不把人拖下去！」

牙行的管事吩咐著，再叫其他客人該不高興了，況且都被賣出來了，遇見原主人又怎麼樣？不可能再把你買回去吧？

江挽雲道：「等等，把人帶過來看看。」

管事的陪笑道：「夫人您是江府的……這兩個丫頭是江府前幾日賣出來的，我正準備脫手出去呢。」

大戶人家的事，管事還是很有眼力見兒的，不該問的別問。

江挽雲表情淡淡，語氣還有點橫。「叫你把人帶過來就帶，問那麼多幹麼？」

「是是是。」管事應道：「把她們兩個帶過來。」

秋蓮扯著腳鏈子嘩啦啦的跑過來了，還不忘叫她的同伴。「夏月快點！」

江挽雲打量著這兩個丫頭，秋蓮她印象挺深的，嘴巴能說會道，幹活也麻利，常得原身誇獎，另一個叫夏月的她沒什麼印象，應該不是原身院子裡的丫鬟，夏字開頭的……倒像是她妹妹江挽彤院子裡的。

本來她只是覺得秋蓮是個聰明能幹的，又是原身的人，買了就買了，這個夏月就讓她起了幾分心思，她現在很好奇江府到底出什麼事了。

兩個丫鬟神色激動的看著她，給她行禮，江挽雲沒當面問為何被江府賣出來，只問：「妳們來這兒多久了？」

秋蓮悲戚道：「兩天了，若不是今天遇見小姐……明兒可能就要被送到其他縣去了。」

遇見心好的主子還好，遇見性子差的，對下人非打即罵，尤其是她們這種不是家生子，只是外面買回去補缺的，只能當粗使奴婢。

江挽雲琢磨，兩天，根據她聽來的消息，江府近日最大的事兒應該就是沈船事件吧。

「我的情況妳們也知道的，我算是自身難保。」江挽雲說著，嘆了口氣。「不過念在妳我主僕舊情，我便買妳回去吧，但我如今日子艱難，跟著我只會過苦日子。」

買人可以，先試探下對方到底是不是真心想跟著她再說。

秋蓮根本不在意那麼多，跟著大小姐總比被賣去其他縣好，至少大小姐不會打罵下人。再說了到哪兒不是幹活，她一個下人，吃點苦算什麼。

「我願意跟著大小姐！我不怕吃苦！」

秋蓮表明了態度後，江挽雲看向夏月，狀似溫柔道：「妳與秋蓮一道被賣的？」

夏月看起來有些拘謹，小聲道：「是。」

秋蓮小聲道：「大小姐，別把夏月留這兒，我聽管事說，要把夏月賣青樓裡去。」

江挽雲打量兩人，確實，比起普通人，夏月明顯姿色不錯。

江挽雲道：「那妳可會幹活？」

夏月連忙回道：「我會！」

江挽雲點頭。「這兩人我都要了。」

願意買下夏月，江挽雲只有一個想法，她是江挽彤的丫鬟，肯定知道不少關於江挽彤的事。

這下管事有點為難了，江家的事他或多或少知道一點，大小姐外嫁，繼母掌權，如今大小姐買了江家賣出來的丫鬟，江家知道了，會不會找牙行麻煩啊？

江挽雲看出他的想法，摸了一小塊銀子塞給他，道：「你不說我不說，就沒人知道，是吧？」

管事一想，也對，江家如今泥菩薩過江自身難保了，還能管這些小事？

於是江挽雲順利買了兩個丫鬟，付了二十兩，這不光是為了幫忙店裡，還有家裡，洗衣做飯打雜等等活兒，買丫鬟是遲早的事。若是請長工、短工，就只能讓他們做做跑堂和打掃，不能接觸廚房內部，以免把技術學了去。

然後江挽雲再簽了兩個婆子做短期工，一人一月八百文，勤快的還有獎賞。這工價不算低了，畢竟在鄉下，給人蓋房子這種累人的活兒，一天二十文，一個月也就五、六百文，還不是天天有活兒幹。

算下來，她帶來的七十幾兩銀子，如今就剩二十幾兩了。

不過花錢她不心疼，有得花才有得賺。

領了兩個丫鬟出門坐上馬車，又去木匠鋪買了床和被褥等生活用品，婆子則是兩天後正式開工才來。

後街的鋪子後院大，除了廚房還有一個屋子，可以收拾出來給兩個丫鬟住，兩個婆子則不包住，晚上各自回家。

鋪子裝修已經差不多了，桌椅板凳和器具也陸續到齊了。

待把後街鋪子裡的屋子收拾乾淨，擺好床和櫃子，鋪上褥子後，江挽雲才讓兩人在後院的椅子上坐下。

兩個丫鬟規規矩矩的坐下，顯然已經猜到了她想問什麼。

江挽雲道：「如今妳們的賣身契在我手裡，我不管妳們以前到底是對誰忠心，但以後對我不能欺騙，不能隱瞞。」

兩個丫鬟都表示自己明白，秋蓮道：「大小姐您想知道什麼，我一定知無不言，言無不盡。」

江挽雲這才道：「先說說妳們為什麼被賣出來吧。」

秋蓮道：「大小姐您出嫁後，夫人把您院子裡的下人都分到其他地方去了，尤其是與您親近的下人，不是去幹粗活累活，就是被二小姐和夫人變著法子搓磨。」

原身父親還在時，原身的吃穿用度，無一不是府裡最好的，她看不起繼母和妹妹，雙方時常起衝突，她出嫁後，江挽彤就拿她的貼身丫鬟洩憤。

「秋霜和秋雪兩個姊姊，在您出嫁後不到半個月就被賣出去了，也不知道賣去哪兒。」

江挽雲記得，秋霜、秋雪是原身的大丫鬟。

秋蓮繼續道：「我本來是在後院洗衣服的，前幾日聽說府裡出事了，我們這些下人也不知道出啥事，只知道那幾天府裡的人都很害怕，幾個主子經常發脾氣。後來很多下人都被發賣了，府裡只剩下一半人，每個牙行分別賣了幾個。」

江挽雲心道，看來沈船事件對江家影響還挺大，畢竟江家只是一個縣城的富商，放省城是不夠看的，損失一船的貨，不光是貨物本身的錢，還影響信用與後續許多生意。

秋蓮說：「我知道的就這麼多了，夏月應該知道得更多。」

夏月「啊」了一下，支支吾吾道：「我只是二等丫鬟，知道的也不多，只聽二小姐和姑爺在吵架，說到什麼船沈了……」

江挽雲道：「妳是江挽彤院子裡的，怎麼也被賣了？」

江挽彤可是一個虧了誰都不能虧了自己的主兒。

夏月垂著頭，有些難以啟齒。「因為……因為姑爺他，他想讓我做通房……被小姐發現了，就……」

秋蓮是急性子，和夏月共同待了幾天後，已經建立了革命友誼，急道：「姑爺怎麼能這樣！他們才成親一個月左右！」

夏月道：「江家生意如今都在姑爺手中。」

江挽雲問：「江夫人如今沒有掌家權了嗎？」

夏月眼神閃動了一下，垂眸道：「奴婢不清楚……」

江挽雲說：「罷了，既然來了我這兒，好日子可能沒有，但也壞不到哪裡去。妳們也看到了，如今我就這兩間鋪子，妳們平日裡要做的就是照顧鋪子的生意，做得好我會發月例銀子，做得不好我就扣錢，或者把妳們賣去牙行。」

兩個丫鬟連忙表忠心，稱自己一定會好好幹。

江挽雲給了兩人三十文錢，讓她們自己解決晚飯，她並不怕兩人逃跑，畢竟賣身契在她手裡，她們即便跑了，也是黑戶，連牙行都不會要，只能去青樓那些地方。

天兒越來越熱了，傍晚時分，夜風中還帶著燥熱。

江挽雲租了一輛馬車，一個月二兩銀子。她不會駕車，陸予風勉強會，所以他傍晚會來接她回去。

陸予風在車門前坐著，雙手拉著韁繩，全神貫注的看著前方，馬車噠噠噠的跑著，車子搖搖晃晃，遠處的天空像被染紅了一樣，霞光灑滿了大地。

江挽雲掀開車簾，把今天的事跟陸予風說了。

陸予風聞言，不放心道：「妳說的那個妳妹妹的丫鬟，我覺得妳要小心一點。」

江挽雲笑道：「你也這麼覺得？巧了我也是這麼想的，她說話的神情，我一眼就看出來她說的不是實話。」

陸予風道：「既然妳知道她不忠，為何還要買下來？」

「這你就不懂了吧，一來我想從她那兒知道更多關於江家的事，二來呢，日後江家人肯定會發現我來縣城開店。以江挽彤的性子，她不會讓我好過，而我也不想做個大度的人，我想找機會把我的嫁妝要回來，守株待兔，等她們先來找麻煩我再反將一軍，這夏月或許就是一個可以利用的機會呢。」

陸予風笑道：「妳倒是想得長遠。」

卻說江挽雲回家後就沒再想白日的事了，她覺得回家了就該休息。

天氣熱，陸予風已經做了點綠豆稀飯涼著，吃了消暑。江挽雲一邊吃稀飯一邊想，入夏了，或許她應該在奶茶裡加點冰塊才更好賣。

「咱們這裡有硝石賣嗎？」遇事不知，立馬詢問陸予風小百科。

陸予風道：「硝石？妳怎麼會想到這東西，我記得賣礦石的鋪子裡有。」

「有賣？那太好了！」江挽雲眼睛一亮，她的冰鎮奶茶有著落了。

第二十六章

為了不耽誤陸予風念書，江挽雲決定請個長工，這人要兼任車夫、採買、跑堂的任務。

牙行管事已經認識她了，聽了她的要求後，熱心的給她叫了幾個年輕小伙子過來，江挽雲打量著面前的幾個人，都是十七、八歲的，看著也挺老實，選了一個最順眼的，付了錢。

與婆子一樣，一個月八百文。

陸予風笑道：「這下我的車夫活兒也沒了。」

江挽雲哼了聲。「這不是為了不耽誤你讀書嗎？先送你回家，我和小楊再去買東西。」

小楊名楊槐，皮膚黝黑，看著憨厚老實，很有眼力見兒，不用吩咐就自覺開始做事。

今日訂做的陶瓷杯都到了，牌匾也來了，師傅們把牌匾高高掛上，上面用紅綢蓋著，等開業那天再揭開。

幾人合力，先把店裡都打掃乾淨，而後把各種器具擺放好。楊槐被江挽雲派去買做小吃的食材，秋蓮和夏月則是跟著江挽雲學著做奶茶。

江挽雲道：「我們店裡一定要注意乾淨，這天氣熱了，蒼蠅很多，若是客人來了看見蒼蠅飛來飛去，豈不是不想吃了？」

她說著，邊把蒸好的地瓜、芋頭取出來，讓兩個丫鬟照著自己的方法做芋圓。

「妳們兩人都會記帳吧？」

江府裡的二等丫鬟不像粗使奴婢，都是學了一點半點管帳的，畢竟府裡的很多事也需要記帳。

兩個人都點頭，江挽雲道：「妳們兩個人，一人負責一間店，第二日再交換過來，只需要記下當日店裡的入帳情況即可。」

兩個丫鬟交換著記帳，另一個人也不敢隨便動手腳。

秋蓮和夏月都沒想到江挽雲會這麼說，但也不敢反駁，連忙應下。

「這後廚的事兒，尤其是配料這些，只能妳們知道，那兩個婆子只負責上菜、收碗、洗碗和洗菜。」

秋蓮道：「可是大小姐，我們都未曾在廚房待過……」

江挽雲道：「不需要廚藝，又不是炒菜，妳們只需要記住我教的順序就行了。」

等芋圓做好，江挽雲又教她們做芋泥和仙草凍，煮奶茶、裝杯等。

「所以這些東西提前備好，客人來了，只需要把東西裝杯子就可以了？」秋蓮驚奇道。

江挽雲笑道：「對，而且每日送來的牛奶是用固定大小的桶裝的，放糖也用固定大小的勺子放，若客人說要五分甜，就只加半勺。對了，這白糖我會做好再拿來給妳們。」

她還沒打算把製作白砂糖的手藝傾囊相授。

這時楊槐駕著車回來了，把馬車上的東西搬下來，一大麻袋馬鈴薯、地瓜、芋頭，一些蔬菜，大量的調料和一些米、麵、粉條等。
這些調料楊槐好多沒見過，江挽雲寫了單子給他，他直接拿給賈家看。
江挽雲讓三個人給馬鈴薯去皮，把地瓜、藕和青蔥沖洗乾淨，自己則一個人在後廚配秘製辣椒油。
一種是炸洋芋、涼粉、涼麵通用的，一種是酸辣粉用的，一種是缽缽雞用的，一種是脆脆腸用的。調料配比不同，做出來味道也不一樣。
江挽雲一共做了四大碗，因為被油泡著，至少可以放半個月。
在後院洗菜切菜的幾人聞到從廚房傳來一陣油辣子的濃香，忍不住伸鼻子去聞，又被嗆得連連咳嗽。
「好香、好嗆人！」
「哈啾！好辣！」
隨著幾陣濃香飄過，江挽雲打開後廚的門，緩了口氣，這油潑辣子果然霸道。
「怎麼樣，菜都按我的要求準備好了嗎？」
「好了好了！」秋蓮最是積極，雖然沒下過廚房，但她幹慣了活兒，觸類旁通，如今切菜已經信手拈來了。
夏月和楊槐雖然手腳慢了點，但也挺仔細的。
江挽雲道：「先教妳們做炸洋芋、缽缽雞和酸辣粉，下午再教妳們做涼麵、涼粉和脆脆腸。」

三個人把東西端進屋裡，後廚挺寬大也挺亮堂。

第一道鉢鉢雞，首先把蔬菜煮熟，而後撈起來晾涼，再把所有串串前端朝下，插進訂做的瓷盆裡。瓷盆比普通的盆子要深，可以把籤子上的食材都淹沒，盆子裡是方才江挽雲教他們配好的鉢鉢雞調料。

只需要舀幾勺她做的獨門調味料，加入涼開水，加芝麻、鹽、蔥花、麻油、胡椒粉等即可，根本不用花多大功夫。

「今兒只準備了蔬菜，後面還要買雞肉、雞胗，五花肉之類的，只要想得到的，都可以泡進去，這粗一點的籤子是葷菜，三文錢一根，細籤子是蔬菜，一文錢一根。」

「這便是鉢鉢雞了？客人來了就直接取出來賣給他就行了？好簡單啊！」秋蓮驚奇道。

夏月也好奇的看著盆裡，只需要白水煮一下就可以了？這調料聞著真的太香了。

江挽雲問楊槐。「你是住城外的嗎？家附近竹子可多？」

楊槐點頭。「多！後山大片大片全是，我們只有編東西的時候才去砍幾根，或者砍了當柴火燒，要多少有多少。」

江挽雲道：「有沒有碗口特別大的竹子，越粗越好，客人來買吃的，就裝在竹筒裡讓他們帶走。」

楊槐道：「有啊！後山的竹子有的可粗了，比我胳膊還粗！老闆娘您要的話，我讓我老爹和我哥他們給妳砍，一下午就能鋸幾十個出來。我可以讓我娘把竹筒都煮一下曬乾，這樣可以放得久一點。」

江挽雲讚賞道：「成，剛好你晚上要駕馬車去餵馬，我按一文錢一個竹筒跟你收購。」

一根竹子大概有十來節，得從山上砍回家，再鋸成一節一節的，不過對幹慣了農活的人來說是很簡單的事。

接下來江挽雲又教他們做炸洋芋和酸辣粉。

不同的菜要用不同的辣椒油，江挽雲特意寫了紙條，貼在辣椒油碗上以免弄錯。

「都學會了嗎？是不是很簡單？」江挽雲從櫥櫃裡拿出幾副碗筷來給他們。

快到飯點了，今天中午吃的就是他們上午做出來的幾樣小吃，每人一杯奶茶，都是加滿了料的。

訂做的杯子和碗造型都十分可愛，奶茶杯子像一個大肚子花瓶，勺子特地做了長長的勺柄，並配上一根陶瓷吸管。

「好簡單，我覺得一個人就忙得過來了，小姐，要不不要婆子了吧，還能省點錢呢。」

秋蓮知道，大小姐可不容易，出嫁時連嫁妝都沒有，手裡頭肯定是沒有多少錢的。

江挽雲笑道：「一個人可忙不過來，妳也太小看我們的生意了，快嘗嘗這些怎麼樣。」

秋蓮小心翼翼的含住吸管，緩緩吸了一口奶茶上來，一顆顆圓溜溜的芋圓跟著滑進了嘴裡，接下來是仙草凍，奶香充滿整個味蕾，輕輕一咬芋圓，彈彈的。

她露出驚奇的眼神，小女孩的嬌憨一覽無遺。「好好玩啊，這芋圓好像在我嘴裡跳來跳去一樣。」

夏月和楊槐也感到很稀奇，慢慢的喝著奶茶，品味著口感。

喝了奶茶，幾個人開始吃小吃，從炸洋芋到缽缽雞到酸辣粉，幾個人辣得滿頭大汗卻又停不下來，辣椒油的香味直沖腦門，好過癮，又香又辣。

「大小姐您的手藝真的太好了！我們生意一定可以很好的！」

江挽雲淡定道：「都好好幹，幹得好有獎勵，日後攢夠了錢，還可以給自己贖身呢。」

聽見這話，秋蓮沒什麼反應，她覺得贖身不贖身無所謂，反正她父母雙亡，從小就是下人，她已經接受命運了。夏月則不一樣，她下意識頓了頓，眼神微動。

下午便是做涼蝦、涼麵、涼粉和脆脆腸。

晚上回去時楊槐把江挽雲送回到家，再駕著馬車出城回家去，他還要負責餵馬。

陸予風當天的晚飯就是江挽雲帶回去的各種小吃，差點將不能吃辣的陸予風吃得腦殼發昏。

周嬸也收到江挽雲的小吃，她挺喜歡吃辣，吃得很高興，還說開業一定會去捧場。

次日一早楊槐就來了，順路接她去店裡。

今天婆子們也來了，準備著明天正式開業，江挽雲交代了她們需要幹的事，洗菜、上菜、收盤子、洗碗、打掃清潔等。

一直到天黑，眾人齊心合力，把明天需要的東西都準備好了。

再次日，天剛矇矇亮，城門一開，不過一會兒，馬車停在了小宅門口。江挽雲和陸予風提著東西爬上馬車，楊槐拉動韁繩，馬兒快速跑起來。

馬車裡堆著一筐子楊槐家人做的竹筒，江挽雲看了看挺滿意，大都跟一個飯碗一樣大，筒高點的可以裝缽缽雞，矮一點的裝芋圓奶茶。因為煮過又曬乾，竹筒裡面乾乾淨淨的，散發著一股清香。

天剛剛亮，馬車到了鋪子門口，不一會兒送牛奶的人也來了。

楊槐買了各種食材回來，兩個丫鬟和兩個婆子快速的洗菜、切菜、煮菜，楊槐則開始煮奶茶，江挽雲和陸予風則是做芋圓、芋泥等奶茶配料。

一切準備就緒，上午時分，街上人開始多起來後，突然聽見一陣敲鑼鼓的聲音傳來。

「鐺鐺鐺——各位走過路過不要錯過啊！小店今日開業大酬賓，買一送一啦！」

開業，這條街上可不缺開業的日子。

雖然夜市生意很好，但店鋪多，競爭大，房租又貴，總有那味道不行、品質不好的鋪子經營不下去，也總有新的鋪子出現。

但還未曾聽說過誰「買一送一」。

「江江奶茶鋪」的店鋪外擺著兩個大大的木架子，撐著兩張布，由陸予風寫的廣告牌非常顯眼。

開業大酬賓，買一送一。

消費滿五十文可參與幸運大轉盤，有機會獲得免費招待福利。

木架子旁邊擺著一個木轉盤，上面被分成比例不一的扇形，面積最大的是減一成，其次是減二成，而後減三成、減四成，一塊是謝謝惠顧，還有最小一塊是免費招待。

楊槐站在門口，背挺得直直的，臉上掛著標準笑容，這是江挽雲要求的，要保持微笑才行，他的任務就是替客人解說店鋪活動。

陸予風坐在吧檯後面記帳，今天開業活兒多，他來幫幫忙，待後面秋蓮和夏月熟練了再讓她們記帳。

秋蓮和夏月則負責裝奶茶和小吃，兩個婆子負責接待客人和端盤子收盤子。

江挽雲站在門口，敲著銅鑼，把氣氛炒熱。「走過路過不要錯過啊！買一送一，還有機會免費吃啊！」

隔壁的鋪子店主們都笑嘻嘻的站在門口看熱鬧，他們都收了江挽雲送的小吃，吃人嘴軟拿人手短。再說他們也不是開小吃店的，沒有利益衝突，說不定奶茶鋪生意好，周邊鋪子生意也能起來呢。

這邊的動靜自然吸引了眾多的路人，路過的人紛紛聚攏過來看。

「買一送一？」

「免費招待？是不要錢白吃的意思嗎？」

「怎麼可能白吃啊？走，過去看看到底怎麼回事。」

奶茶鋪門口鬧哄哄的，人頭攢動，但沒人進去，因為按照慣例，要牌匾上的紅綢揭下來才算開業。

楊槐搬了樓梯來，江挽雲爬上去，嘩啦一下把紅綢扯了下來，露出上面龍飛鳳舞的五個字「江江奶茶鋪」。

「奶茶？奶茶是什麼茶？」

「聽著有點像蠻人那邊喝的，他們那邊的人不是餵很多牛羊嗎？」

「看牆上的牌子，還寫了很多吃食，芋圓……脆脆腸……好像都沒見過呢，太遠了有點看不清。」

門口的人踮著腳往裡面瞅著。

「這家店聽說鬧鬼呢，總出怪事，大家不要進去啊！」

突然有人喊了一嗓子。

眾人一聽，知道此事和不知道此事的都猶豫起來了。

「好像對啊……聽他這麼一說，我也想起來，這家鋪子換了好幾家，都幹不了多久就搬走了。」

「真的嗎？聽著好嚇人啊……」

江挽雲早就料到了有這情況發生，朝人群裡兩個人使了個眼色。

這兩個人是她找來的托兒，收到指示馬上開始行動。

一號托兒不屑的哼了一聲，大聲道：「不過是一個鋪子，能有什麼怪事？我們在場的人哪個沒遇見過怪事？有時候不過是自己嚇自己罷了，那住在這旁邊的人怎麼這麼些年還好好的呢？」

二號托兒接話。「說得也是啊！說不準是同行互相陷害呢！」

一號托兒問江挽雲。「老闆！今天真的買一送一嗎？」

江挽雲笑道：「正是，只有今天有這機會喔，不管你買多少，都買一送一，而且今天還有幸運大轉盤活動，只要你轉動這個轉盤，指標停在哪兒，就可以減幾成。」

二號托兒問：「轉到免費果真不收錢？」

江挽雲點頭。「對，只要結帳的時候滿五十文就可以轉轉盤。大夥兒看，這轉盤就這麼一小塊是謝謝惠顧，需要付全款，說明有很大機會可以在買一送一基礎上再減價。」

聽著江挽雲的介紹，圍觀的人都免不了心動起來了，聽著真的好吸引人啊。

一號托兒又問：「那你們是不是故意把價錢提高再買一送一，其實根本就沒有便宜？」

江挽雲做出冤枉的樣子。「當然不可能啊，大家明天、後天、一個月、兩個月後再來看都一樣，絕對還是今天這個價。」

二號托兒故作沈思。「好吧，那我姑且進去嘗嘗吧。」

他率先進店了，一號托兒也跟著進去，兩個婆子趕緊迎上來。

「要不我們也進去看看吧，這麼多人呢，能有什麼鬼？」

「我不信鬼神！我先進去！」

「走走走，看看他們賣的些啥。」

只要有人開頭，便會有更多的人跟著進去，因為夏月話少，介紹的事就交給秋蓮來。

客人們擁在吧檯前看著一長排的盆子，問：「你們店裡都賣些什麼？」

秋蓮笑嘻嘻道：「我們主要賣奶茶和小吃。」

她指著左邊牆上的菜單道：「我們有芋泥奶茶、紅豆麻糬奶茶等等，都是用新鮮的牛奶做出來的，可甜可好喝了，小孩喝了長得高，女人喝了皮膚白氣色好，老人喝了睡得好。」

這都是江挽雲教的，秋蓮記得牢牢的，她是圓臉，笑起來很可愛。大人小孩都喜歡，聽她這麼說，都忍不住想嘗嘗這新奇玩意兒了。

菜單後面已經標了價格，奶茶十五文起，加一樣配料就加兩文錢。眾人沒喝過也聽過牛奶，那都是大戶人家才喝的，倒也不覺得貴了。

秋蓮道：「今天買一送一呢，還可以帶回去給家人嘗嘗，我們一杯有這麼多，這個竹筒比我胳膊粗好多呢。」

一個衣著華貴的婦人道：「我喜歡吃甜食，給我來兩杯吧，把所有的料都加上。」

她旁邊的好友道：「正好，我們一人一杯。」

能美容養顏，哪個女人能夠抵擋這魅力？

其他人還在觀望著，想看她們喝了反應好不好再決定。

夏月開始裝奶茶，秋蓮繼續介紹。「這邊牆上的菜單是我們賣的小吃。」

她報一個菜名便端一碟菜出來給大家試吃。「這是炸洋芋，大家可以試吃一下喔。」

秋蓮把一碗炸洋芋交到婆子手裡，炸洋芋上面有很多牙籤，周圍人紛紛你一塊我一塊試吃起來。

「這是涼蝦，米粉做的，裡面是紅糖水。涼麵和涼皮大家都吃過吧，但是我們的味兒保證比你們以前吃過的都要好。

「這是酸辣粉，六文錢這麼一大碗，但是不能吃辣的要慎點喔。這是爆漿脆脆腸，這是缽缽雞……」

她還沒介紹完，點餐的聲音已經此起彼伏了。「我要一份炸洋芋！」

「一份酸辣粉！」

「涼麵涼皮涼蝦各來一份！」

秋蓮趕緊讓他們到座位上坐下，東西馬上送桌上去，如果沒座位了，可以打包帶走。

方才最先點餐的兩個婦人已經拿到奶茶了，內用用可愛的陶瓷杯裝著，很大一杯，需要兩隻手捧著才覺得穩當。在夏月的指點下，她們嘗試著用吸管吸了一口。

瞬間，兩個人眼睛都瞪大了，彷彿打開了新世界的大門。

「好好喝，天啊這味兒好奇妙！不像牛奶又不像茶水，但是又帶著奶味和茶香，還甜滋滋的。」

「我喜歡裡面加的東西，以前沒吃過，甚是有趣。」

旁邊的人問：「怎麼樣？真有那麼好喝嗎？」

婦人點頭。「真的，你們快些買來嘗嘗。」

店裡的生意瞬間好起來了，陸予風捧著帳本，客人點菜，他迅速記下來並算出價錢，有年輕小姑娘偷偷打量著他竊竊私語。

楊槐守在門口，不光是接待客人，還為了看著有沒有跑單的。

很快，兩個托兒吃完了，付款時一號托兒道：「我今天吃了有五十文吧，是不是能轉轉盤了？」

二號托兒道：「成，走啊去試試！」

陸予風給了他一個小牌子，兩人走到門口，把牌子給楊槐就可以轉轉盤了，楊槐把小牌子收下，假裝檢查一下轉盤，其實是在轉盤底下放了塊磁鐵。

很多人都圍過來看，一號托兒假裝緊張的搓了搓手，伸手使勁撥動轉盤上的鐵針，鐵針嘩嘩嘩轉動了起來，大家都屏氣凝神的看著，指標速度變慢，而後慢慢停下，最後停在……

「免費！」一號托兒大吼一聲，演技精湛，看起來非常激動。「免費！我抽到免費！」

二號托兒同樣表演欲爆棚。「哇你也太幸運了，一下就抽中了！天啊！我太羨慕你了，我也要抽！」

旁邊人都震驚了，一上來就有人抽中免費了？

楊槐一手去把指標歸位，另一手很隱晦的把磁鐵移到另一個地方。

二號托兒開始表演，雙手合十對著天空拜了拜，看起來無比虔誠，而後撥動指針，同樣先快後慢，最後停在減三成。

最低是減四成，也就是打六折，這樣做就是為了不讓人懷疑。

「減三成！啊！可以便宜十幾文錢！早知道多買點了，買得越多賺得越多啊！」二號托兒故作惋惜。

他拿著楊槐給的，刻著減三成的小牌子去找陸予風退錢。

楊槐趕緊乘人不備，把磁鐵取了下來。

第二十七章

這下圍觀的人不淡定了，雖然對免費他們不抱什麼希望，但能打折也是很誘人啊。

「我好像還差幾文錢，不行，再給我來份脆脆腸！」

「打包一杯奶茶！」

不斷有人路過門口，也不斷有人進來，問裡面吃過的人這家店味道怎麼樣，沒人不說好的。

「這個奶茶一定要點，太好喝了，我還喜歡這個脆脆腸，裡面感覺全是肉！」

「他們家東西都挺便宜好吃。」

「涼皮好吃！」

「涼蝦好吃！」

「今天吃了酸辣粉，明天再來吃其他的！」

「給我每樣都打包一份帶走！」

兩個婆子忙得像腳下踩了風火輪，江挽雲和夏月、秋蓮也是忙得暈頭轉向，連一向從容的陸予風都有點招架不住了。

楊槐看著排隊準備轉轉盤的人，合理懷疑等會兒轉盤要被轉到冒煙。

剛過了中午，奶茶就賣光了，炸洋芋這些還好都有食材，江挽雲一頭扎進廚房，開始補貨。

中午後人終於少了些，街上的人也少了。兩個婆子坐在後院洗碗，陸予風整理帳本，秋蓮和夏月照看著客人，楊槐在幫忙收碗。

他們忙活了這麼久還沒吃午飯。

江挽雲把兩個托兒的錢結了，倒是不用擔心他們把事情說出去，說出去也沒人信，因為確實有很多人自己轉到了打七折、六折，也有一、兩個轉到免費了。所以說幸運大轉盤不是騙人的，兩個托兒也是明白人，做人留一線，日後好相見。

而且江挽雲說了，過了今天，雖然沒有買一送一的活動，幸運大轉盤卻是一直存在的。

大家都累得夠嗆，吃了午飯後各自在椅子上癱坐著。

但沒人抱怨什麼，因江挽雲說了，除了底薪，生意好的時候還會有獎賞。

陸予風已經把帳本整理完畢，從櫃檯下面端出一個大大的筐子來，裡面竟是滿滿一筐子銅錢，還夾雜著小塊的銀子。

夜市的人流量可是鎮上集市不能比的，今天準備的東西基本都賣光了，還有很多客人因沒買到抱憾而去，也有很多人表示以後會常來這家店。

「哇，好大一筐！」秋蓮驚呼，但轉念一想，他們今天可是買一送一，還打折，說不準還虧本了呢。

其他幾個人也抱有同樣的想法。

江挽雲笑道：「我怎麼覺得還有賺呢？莫要不信，馬上就把錢數清楚給你們瞧瞧。」

因是第一天開業，她也不避著大家，數了錢發了獎勵，大家才能更賣力的幹活。

「我來數，你幫我串。」

江挽雲讓陸予風做好準備，自己開始點錢，一百文串一起，很快一串串銅錢就擺滿了一桌子，待最後一串數完，碎銀子稱重，總共加起來竟一兩三百文有餘。

因是買一送一，走薄利多銷的路子，今天的各種食材、人工、租房成本加起來得一兩左右，賺了三百文左右。

雖然今天賺得少，但銷售額比在鎮上擺攤翻了一倍，而且後續名氣起來了，備上更多的東西，晚上再賣一波，那一天賺八、九百文完全沒問題。

這還要得益於她的鋪子房租比別人低一半，賣的吃食成本也低，比如馬鈴薯、涼粉這些都很便宜。

「今天大家都辛苦了，開業每個人都有紅包。」

江挽雲獎勵了每個人五十文錢，這樣算來相當於她今天一分錢沒剩，不過只要客人多，那以後就有得賺，今天的開業還算是成功的。

「我們也有獎勵啊。」秋蓮興奮的擦了擦手接過紅包。

她們是丫鬟，與長工、短工不一樣的，幹了活吃飽飯就算不錯，竟然還有獎勵拿。

陸予風則是很鄭重的把錢收了起來，心裡已經開始琢磨怎麼花了。

兩個婆子和楊槐都感謝萬分，他們都是窮苦人家出來的，五十文錢意味著家人可以至少幾天不用為吃喝發愁，況且原本江挽雲開的工錢就已經算高的了。

因為今天準備的東西都賣完了，江挽雲便決定提前打烊，讓秋蓮和夏月兩個人可以去逛逛街，兩個婆子也告辭回家。

楊槐卻不能走，他還得駕車才行。江挽雲讓他把買來的硝石搬來，準備嘗試一下硝石製冰。

楊槐跑遍了城裡的礦石鋪子才買到兩大袋硝石，正好奇這東西是用來幹麼的。就見江挽雲找了一個碗，裝上涼開水，再找了一個盆子，盆子裡加水，將一些硝石倒進盆子裡。

而後把碗放進盆裡，照理來說，硝石溶於水，會吸走大量熱量，碗裡的水會逐漸變涼，最後水會慢慢凝結成冰。但隨著硝石溶化得悄然無息，沒有任何動靜發生。

幾個人都緊緊盯著盆子裡，大氣都不敢出。江挽雲也沒實踐過這法子到底能不能行，過了會兒，她伸手進碗裡想摸摸水溫。

「等等！」陸予風一下抓住了她的手。「小心，讓我來。」

江挽雲反應過來，好笑道：「沒事，我心裡有數的。」

陸予風卻不作聲，表情嚴肅的伸手，小心的探了探水溫。「比尋常冷水涼許多。」

江挽雲一喜，看來這法子有用，只是為何還沒結冰呢，莫非硝石不夠？

她指揮楊槐道：「把這些都倒進去。」

「都倒進去啊？」楊槐有些可惜道，這可是他跑了全城才買到的，都要化在水裡嗎？但他不敢耽誤，把剩下的硝石嘩啦啦都倒進盆子，幾個人又等待著，這次終於出現效果了，只見盆裡的水慢慢結冰，最後竟凝結成了一個大冰塊。

「成了成了。」江挽雲鬆了口氣，她居然真的用硝石製出了冰！

有了冰塊，奶茶生意肯定會更上一層樓。

陸予風和楊槐眼睛一眨不眨的看著，原地震驚。江挽雲前兩日問過陸予風城裡是否有硝石賣，陸予風哪裡想到她要用來製冰。

楊槐揉揉眼睛，確定碗裡的水真的成冰了，驚訝道：「結冰了？這是怎麼做到的？」

陸予風比他更嚴謹的拿了勺子戳了戳冰面，確定不僅是表面結冰，下面也成了冰塊。

江挽雲笑道：「很簡單的原理，硝石溶於水會吸熱。這冰塊可以吃的，加進奶茶和涼蝦裡都可以。」

楊槐把碗捧起來，凍得他手哆哆嗦嗦的，放在桌上，按江挽雲的吩咐，拿一把洗乾淨的小錘子，輕輕把冰塊錘碎。

「對外要說是冬季保存下來的冰。」陸予風道。

這樣就可以賣得更貴了。

江挽雲瞄他一眼，心道這人也很有奸商潛質啊。

「把這水拿去曬乾，把硝石提出來，就可以重複利用，以後製冰的事就交給你了。」

楊槐驚訝道：「交給我？您就不怕……」

江挽雲笑道：「若是有第四個人知道此法子，那我就認為是你洩漏出去的。」

楊槐呼吸一滯。

陸予風輕咳一聲，緩和氣氛道：「疑人不用，用人不疑是吧。」

楊槐連忙表態。「我一定會做好自己該做的事。」

不過一會兒秋蓮、夏月兩人也回來了，她們捨不得花錢，到處逛了逛，最後一人花兩文錢，給自己買了個珠花。

楊槐把江挽雲兩人放在周嬸家院子外後駕車離去，剛走進院子就見周嬸笑著走過來。

「你們回來啦？今兒生意好吧？」

江挽雲道：「挺好的，周嬸今兒也去了嗎？我好像看見妳了，但太忙了沒細看。」

周嬸道：「去了的，我還買了好多東西帶回來，給隔壁幾個老嫂子都嘗嘗，可好吃了。對了，妳讓我幫妳帶的菜，我給妳帶回來了。」

她轉身從棚子裡提了籃子出來，裡面是一籃子豆角，還有用碗裝著放在井裡冰鎮著的瘦肉。

江挽雲如今沒空去買菜，便讓周嬸幫她帶菜回來，每天給周嬸五文錢的跑路費。

晚上簡單做了一個豆角燜麵，兩個人用完餐都覺得累得很，很快進入了夢鄉。

次日江挽雲很早就來到店裡了。

今天準備的東西比昨日多上許多，但有了昨日的經驗，準備起來倒也很快。江挽雲看辣椒油快沒了，趁著他們在院子裡洗菜切菜，她又抓緊時間，弄了幾大碗辣椒油。

天色大亮，送牛奶的來了，今天仍然是三桶，江挽雲讓他以後可以每天送五桶來，奶茶的生意很好。

今天店裡客人仍然很多，有昨天沒買到奶茶的，有覺得小吃好吃的，還有想來看看自己的運氣如何的，也有旁人介紹過來的。

秋蓮和婆子已經熟悉生意了，一切有條不紊的進行，江挽雲便帶楊槐去看後街的鋪子。

後街鋪子裝修得差不多了，待鍋碗瓢盆入場，也可開業了，而且後街鋪子是經營麻辣燙的，比起奶茶小吃流程沒那麼繁瑣，兩個人就夠用了。

楊槐道：「東家，我今天早晨去買菜時，聽見有人談論咱們店……」

江挽雲道：「談論什麼？」

楊槐糾結了一下才道：「說我們生意好不過是因為新奇玩意兒，味道不怎麼樣，賣的東西也不是什麼山珍海味，過不了幾天肯定有人要跟著賣，到時候我們就賺不了錢了。」

江挽雲聽了卻並不生氣。「不用搭理，眼紅罷了。」

只不過她沒想到，這事兒來得這麼快，過沒幾天早上，就有人學著賣炸洋芋、酸辣粉之類的了。

奶茶暫時還沒研究出來是怎麼做的，但馬鈴薯、涼粉這些誰不會啊？而且賣得更便宜。

秋蓮生氣的跑進來跟江挽雲說這事的時候，她正在算昨天的工資，沒了陸予風幫忙，她看見帳本就頭疼。

勉強算完，昨日入帳快二兩，扣除成本，賺了五、六百文。這樣算下來，一個月就能賺十幾兩，不用半年就可以在縣城買房子了。

她跟周嬸打聽過，類似周嬸家這麼大的房子，這個地段，至少要五十兩銀子，畢竟周嬸家有五間房，還帶院子。

「真是氣死我了，這些人好不要臉，他們不光學著我們做小吃，還盜用我們的名字，叫什麼汪汪奶茶鋪，太噁心了。」

江江奶茶鋪與汪汪奶茶鋪，乍一看還挺像。

江挽雲無語。「他們也會做奶茶了？」

「看著不像奶茶，倒像加了紅糖的豆漿，只要五文錢一杯。」

江挽雲道：「這自古做生意的都逃不過你學我、我學你的命運，但最後能勝出的絕對是品質和服務，別人家且不說能把我們的味兒學去幾成，光招牌、名氣、包裝都難比得上吧，不然也不會便宜賣了。」

雖然是這個道理，秋蓮等人還是覺得氣不過，直到聽人說有個模仿他們的攤子，因為以次充好被人砸攤子了，才覺得解氣幾分。

下午時分，一輛馬車停在路邊，車簾被人掀開，一個年輕男子抬頭看著奶茶鋪的招牌，道：「想不到真是她。」

而就在這天上午，陸予風收到了從家裡寄來的信，是陳氏找鎮上的秀才代寫的。附帶一些家裡的土特產，信裡除了詢問他們的狀況之外，還提到幾天前江家突然派人去了桃花灣，說是想接江挽雲回娘家住幾天。

陳氏感覺不對勁，畢竟她知道江挽雲曾經訛了江挽彤二十五兩銀子的，怎會平白無故接江挽雲回江家，所以她謊稱江挽雲與陸予風去外地求醫了，陸家人也不知道兩人究竟去了哪裡。

此時馬車裡的男人吩咐自己的隨從道：「你去把她叫過來。」

隨從應了一聲，穿過人群來到店裡，無視上前迎接的楊槐，直接走到江挽雲面前，小聲道：「大小姐，我家姑爺找您。」

江挽雲聞言下意識抬頭一看，就見不遠處的馬車上，一個男子正掀開簾子看著她。

正是江挽彤的丈夫，原身的妹夫秦霄。

江挽雲雖然不知道秦霄來幹麼的，但她知道自己今天不去見秦霄的話，說不準麻煩就要找上門來了。她現在的實力完全不能跟江家抗衡，她只有先應付著，相信等陸予風中舉後情況就能改觀了。

秋蓮是認識秦霄的，緊張的扯著江挽雲的衣袖躲在她身後。「小姐，別過去。」

她還記得夏月說的，秦霄不過是表面正人君子，背地裡不是好人。

江挽雲道：「沒事，我過去看看，大白天的他不敢怎麼樣。」

說罷她穿過街道，來到秦霄的馬車前。秦霄已經下了馬車，他手裡拿著一把摺扇，身著錦衣，看起來風流倜儻，一點也看不出生意上受到了什麼打擊。

江挽雲說：「有什麼事快說吧。」

秦霄保持著淡笑，語氣溫和道：「這天兒這麼熱，不如去茶樓坐下慢慢談？」

江挽雲皮笑肉不笑道：「不了，我忙著呢，一會兒要去縣衙接我夫君。」

秦霄愣了下。「妳夫君去縣衙做甚？」

江挽雲笑道：「縣太爺賞識我夫君，聽聞他病好了，請他去喝兩杯，我可得去接他，免得他喝醉了認不得路。」

她是故意這樣說的，讓秦霄有所忌憚，別看陸予風現在只是一個小秀才，可他有縣太爺賞識，所以秦霄要打主意也得掂量掂量。

果然，秦霄聽了江挽雲的話，臉色沈了沈，眼神轉動，又淡笑道：「天色還早，難得一見，不敘敘舊嗎？」

江挽雲看著他，也不說啥，就看他表演。

秦霄自己說了起來。「唉，妳、我加上挽彤，我們三人一同長大，當初妳出嫁，我是極力反對的，可是沒辦法，掌家權都在江夫人手裡，我那時候終究只是一個外人，說不上話。如今我娶了挽彤，江家生意陸陸續續都交到了我手裡，我便可以有餘力幫襯妳一二了。」

說著他黯然神傷，彷彿真的在為江挽雲惋惜。

江挽雲點點頭，像是認可他說的話。「確實，我父母留給我的嫁妝，我一分也沒帶走，你們確實該彌補我。」

秦霄尷尬道：「妳與妳夫君如今住在哪兒？陸家很窮我知道的，真是苦了妳了，不如你們搬回江家住吧，不用交房租，還有下人伺候。」

江挽雲笑道：「江夫人和江二小姐不同意怎麼辦？你能作主？」

說起這個，秦霄像是有了莫名的底氣。「我方才說了，如今江家的生意在我手上，這點小事我自然可以作主。」

江挽雲道：「那倒不必了，我如今在這附近開了店，開店本錢都是借來的，你若真想幫我，不如給我點銀子吧。」

秦霄聞言，表情複雜的看著她，似乎不知道她為什麼變得這麼勢利世俗了。難道嫁給那窮書生就真徹底成了這樣？

江挽雲見他不說話，問道：「怎麼？難道前些日子貨船沈了，讓你連幾兩銀子都拿不出來了？」

秦霄眼裡的戾氣一閃而過，表情有些僵硬，道：「自然不是，只是我不忍看妳跟著他受苦，妳是江家的大小姐，該過著被人伺候的日子，而不是出來拋頭露面開店。」

江挽雲哦了一聲，問：「那你覺得應該怎麼辦？嫁雞隨雞，嫁狗隨狗了，我又有什麼辦法？」

秦霄道：「不巧我今日身上只帶了幾兩銀子，妳先拿著，明兒我再領妳去買幾件衣服和首飾。」

他取下錢袋子遞給江挽雲。

江挽雲沒有任何不好意思，笑咪咪的接過來。

秦霄又道：「其實只要妳願意，妳和妳夫君和離，搬回江家住也行，妳的戶口我會幫妳遷回來的。」

江挽雲故作驚訝。「和離？和離了我回江家，也難以找到好人家了，何況夫人和妹妹不會容我的。」

秦霄看她這猶猶豫豫的樣子，有點快忍不住自己的怒氣了，他沒時間在這兒多耗，也知道這事不能操之過急，道：「妳先考慮考慮吧，有事找我就讓人去回味樓，那是我的產業。」

說罷秦霄上了馬車絕塵而去。

在不遠處旁觀的秋蓮趕緊跑了過來。「小姐！姑爺跟您說什麼了？」

江挽雲掂量了一下錢袋子，估摸著有七、八兩，笑道：「沒說什麼，就敘敘舊，還給了我點錢花花呢。」

通過剛才的對話，如果她沒有猜錯的話，秦霄是千方百計想要讓她回江家，而且最好是和離後回江家，那麼她對於秦霄來說有什麼利用價值呢？

原身的優勢……大概只有美貌了吧？

「小姐您別信他說的話，他肯定是哄騙您的。」秋蓮感覺自己一眼就看透了秦霄這個偽君子。

江挽雲笑道：「沒事，我心裡有數，快些回店裡去吧。」

接下來的兩天或許是秦霄太忙了，並沒有再來找江挽雲，陸予風把陸家寫的信給江挽雲看了，這更加堅定了她心裡的想法。

秦霄一定是打算拿她來做交易，只是她可不是原身。

若是原身，巴不得和陸予風和離，既想回江家過富貴日子，又對秦霄有舊情，很是信任他，保不齊已經上了秦霄的馬車跟人跑了。

第二十八章

端午節過後天兒越來越熱了，距離鄉試不過幾個月，江挽雲讓陸予風專心讀書，不用擔心她的事。

奶茶鋪子營業已經步入正軌，每日都有五、六百文進帳，他們晚上關門早，不然可以賺更多。

也有很多模仿的鋪子出現，但都是偷偷模仿，沒人敢大張旗鼓蹭江江奶茶鋪的熱度。況且他們的味道和用料都差一大截，不足以影響江挽雲的生意，她也就睜一隻眼閉一隻眼了。

江挽雲又選了個吉利日子，後街的陸家麻辣燙正式開業，同樣採用的打折優惠加幸運大轉盤，客人們聽說是和江江奶茶鋪一個老闆的店，紛紛前去圍觀。

麻辣燙也是他們沒聽說過的新奇玩意兒，但這名兒好理解，肯定是指味道重的菜。

剛一進門便看見鋪子左邊是一個好多層的大櫃子，每層是向下傾斜的，架上擺著方形的盆子，可以看見裡面的食材，各種蔬菜、肉類，還有各種粉、麵條、油條等。

客人來了，自己取兩個小盆子，葷菜八文一兩，素菜三文一兩，分開裝。挑選好便到婆子那兒稱重結帳，婆子給客人一個取餐牌，而後將菜送到後廚去煮。

後廚是秋蓮和夏月輪著來的，江挽雲也會來幫忙。一個巨大的鐵桶架在火上，桶裡掛著許多簍子，簍子裡是每個客人點的菜，煮好後倒進碗裡，放上江挽雲調好的調料，以及香菜蔥花等配料就可以上桌了。

「想不到這大亂燉，味兒還能這麼好，不愧是奶茶鋪的老闆開的店，他家吃的就沒一樣不好吃的。」

「你這土人才會叫大亂燉，人家這叫麻辣燙！」

「這麻辣味兒不會太重，反而又香又下飯。」

「老闆再來一盆飯！」

若說奶茶店深得女人小孩的喜愛，那麻辣燙店就深得男人的喜愛，畢竟這菜下飯，米飯又可以隨便吃，可比去酒樓吃划算多了。

江挽雲正在廚房裡吭哧吭哧忙碌著，只要忙完這一撥客人就可以歇息了。

收盤子的婆子進來道：「東家，外面有個公子找妳。」

江挽雲一邊拌調料一邊探出頭看了下，正看見秦霄坐在板凳上。他那身華服和店裡的風格看起來實屬不搭，旁邊吃飯的客人也離他遠遠的，害怕得罪有錢人。

夏月也看見秦霄了，臉色瞬間白了，下意識看了江挽雲一眼。

江挽雲道：「妳就在後廚別出去。」

她解下圍裙洗了臉，收拾妥貼了走出去。

秦霄見她出來，趕緊起身道：「我來得早了些，沒打擾妳店裡的生意吧？」

江挽雲笑道：「當然沒有，你找我有啥事？」
秦霄笑得溫和。「前幾日說帶妳去買點衣服首飾，一忙起來就耽擱了，今天有空嗎？」
這種好事江挽雲當然不會拒絕。「有啊，你等等，我進去拿個東西。」
她回到後院，叫來了楊槐，道：「你到江府去捎個信兒給江家二小姐，就說她家姑爺在鳳凰銀樓，陪著一個女子買首飾。」
說罷她摸出前幾天秦霄給她的錢袋子。「你拿著這個，她肯定就會相信了。」
楊槐雖有些不明就裡，但還是按她的吩咐辦事去了。
江挽雲又交代了一下店裡的事，在夏月擔憂的目光下和秦霄離開了。
上了馬車，她點名了要去原身最喜歡的鳳凰銀樓，秦霄自然是答應的，說讓她隨便挑，他要好好彌補她。說得那叫一個含情脈脈啊，再配上他那張長得還不錯的臉，簡直要把江挽雲感動到了。
到了銀樓後老闆熱情招待著，江挽雲愉快的挑選著，什麼好看要什麼，什麼貴要什麼。老闆笑開了花，秦霄的臉色逐漸變黑。他很想問江挽雲，妳能不能要點臉？
「秦霄哥哥，你幫我看看，這個好看嗎？」江挽雲學著原身出嫁前對秦霄的稱呼道。
秦霄看著她，彷彿回到了他們還年少的時候。她很美，比江挽彤美得多，可惜沒腦子，也沒親娘護著。江老爺一死她就沒了容身之地，他不可能娶一個對自己沒幫助的女人。
「好看，妳戴什麼都好看。」秦霄的眼神軟下來。

江挽雲道：「那我就要這些了，秦霄哥哥結帳吧。」

再不結帳，一會兒江挽彤殺過來，東西就落不到自己兜裡了。

秦霄肉痛的要老闆結帳，老闆算了下，道：「一共十五兩銀子，給您抹了零頭了。」

秦霄掏了銀票出來把錢付了，心裡念著，捨不得孩子套不著狼，打扮得越好看，貴人越喜歡，自己就越能早點東山再起。

江挽雲剛把一盒首飾抱在懷裡，樓梯上就傳來咚咚咚的腳步聲，幾個人大步衝上來，來人看見屋裡的情景，頓時紅了眼睛，尖叫一聲。「狗男女！」

江挽彤本來是不相信秦霄會和什麼女子逛銀樓的，但一看見傳信的人送來的錢包，她一下炸了，這錢包可是她親手做了送給秦霄的！

本來以為是什麼小門小戶的想攀高枝，誰知道她氣勢洶洶的殺到銀樓後，見到的竟是本該在鄉下的江挽雲，江挽彤大驚失色。「江挽雲！怎麼是妳！」

她看看江挽雲又看看秦霄，一時間竟然不知道眼下到底是什麼情況了。

秦霄也愣住了，江挽彤怎麼會突然出現？轉瞬一想，他就猜到了原因，肯定是江挽彤派人跟蹤他！成天疑神疑鬼，讓他感覺很厭煩。

他沒懷疑江挽雲，畢竟江挽雲在他眼裡一直都是一個沒什麼腦子的人。

「妳來做什麼？」秦霄的語氣不是很好，眼神冷冷的看著江挽彤。

江挽彤瞪著眼睛，正要反問他們在做什麼，江挽雲卻走過來，親親熱熱的拉起她的手。

「我的好妹妹，妳怎麼來了？」

江挽彤傻眼，這人腦子壞了？

江挽雲笑道：「定是妹夫叫妳來的吧，我就說不用這麼客氣，弄得我都不好意思了。」

江挽彤想甩開她的手，卻被拉得緊緊的，怒叫道：「妳在說什麼胡話？妳為什麼會回縣城，還跟我夫君在一起？」

江挽雲道：「不是妹妹妳叫妹夫來陪我買東西的嗎？妹夫說妳沒空，但是心疼我日子過得艱難，所以來給我買點衣服首飾，哎呀真是太謝謝妳了。以前我還以為妹妹妳不喜歡我這個姊姊，但如今看來，畢竟是親姊妹，妳還是知道疼姊姊的，以往都是姊姊錯怪妳了。」

江挽彤人都傻了，江挽雲到底在說啥？這哪兒跟哪兒啊？

她抬頭看秦霄的表情，秦霄心裡也是亂七八糟的，正想著如何解決此事呢，聽江挽雲這麼一說，立馬順著道：「是，挽彤她就是刀子嘴豆腐心，以往妳們姊妹之間有小矛盾，如今分開倒又想念起來了，想著妳過得不好，便讓我多幫襯一下。」

他說著走過去，親暱的攬著江挽彤的肩膀，把她帶進自己懷裡。

江挽彤用詭異的眼神打量他們兩個，想繼續問，但江挽雲一副笑咪咪的樣子，秦霄更是把自己摟得緊緊的，以前他可是很少與她有親密舉動的。

江挽雲笑說：「唉，今天真是多謝你們。不過我夫君還在家等著我回去餵藥呢，天兒不早，我就先回去了。」

說罷她趕緊開溜。

江挽彤見江挽雲穿的衣服灰撲撲的，頭上一點飾品也沒有，知道她過得不好，心裡舒服了幾分，被秦霄拉著上了馬車。

坐下後江挽彤才道：「說吧，到底為何背著我與那賤人見面？」

她現在有自信，秦霄看不上已經是村姑模樣的江挽雲。

秦霄笑著摟著她道：「娘子看出來了？」

江挽彤哼了一聲。「她如今混成那副模樣了，就是街上討飯的都不一定能看上她，她那病癆子男人還沒死？呵，當初爹還在的時候，以為自己眼光好，給她找了個書念得好、有出息的，誰知道呢？這就是命不好。」

秦霄等她過完嘴癮才道：「咱們家的貨船沈了，林林總總的要賠人家幾千兩銀子，我們如今只拿得出一半不到。」

江挽彤聽他說過這事，問道：「這與江挽雲有什麼關係？」

秦霄道：「省城王家妳可知道？」

「王家……省城首富？」

秦霄眼裡閃過一絲厭惡。「對，王家家主好女色，他雖已半癱，但兩個月前還收了一房姨娘。他找了術士給他算命，說要找一個女子沖喜，這女子的要求正好和挽雲吻合。」

江挽彤被這消息震驚得說不出話來。「所以你決定把她……」

秦霄眼神冷漠。「嗯，她好歹有幾分姿色。」

江挽彤感覺自己的心涼涼的，秦霄竟是如此狠心之人，那他以後會不會對自己也……

不過轉念一想，也沒別的辦法，只有這樣才能救江家，要怪就怪江挽雲命不好。

江挽雲從銀樓出來後，直接就回了鋪子。

她把江挽彤叫來的目的，是讓秦霄不得不向江挽彤交代他想做的事。

她猜測江挽彤與秦霄之間，必定不像表面上感情那麼好，不然夏月也不會說秦霄會收通房。若是江挽彤不知道秦霄私下見江挽雲的事，到時候以為是江挽雲勾引秦霄，帶人來鋪子搞破壞，可就讓人頭疼了，不如直接讓秦霄去把江挽彤哄好，免去這麻煩。

當然了，若是江挽彤和秦霄因為此事而起爭執，那就更好了。

秦霄給了她八兩銀子，加上今日買的首飾，折合下來有二十幾兩。江挽雲知道，秦霄必定不會善罷甘休，肯定是對她有所圖謀。

未免將來秦霄狗急跳牆，她還是得早點去找兩個護衛才行，正好店裡也缺人手。

下午時分天突然下起了大雨，街上的行人少了許多，店裡的客人也少了些，離天黑也沒多久了。江挽雲數了數麻辣燙店今天的收入，扣除成本，也有三百多文。

她讓楊槐去套馬車，準備早點關門回家。

這時秋蓮冒著雨從正街跑來了後街，臉色急切道：「小姐，您讓我留心的事兒，我今天有發現了。」

楊槐剛把馬車拉過來，問：「出什麼事了？」

江挽雲也停下手來，心裡咯噔一下，莫非這店裡裝神弄鬼的背後之人要出手了？

自開業以來她就跟店裡的人說了，以往鬧鬼的事肯定是有人故意弄出來的，那麼這人肯定不會這麼輕易收手，店裡的人都要留意，一旦有什麼異樣的人和事出現，要馬上告訴她。

秋蓮抹了把雨水道：「這幾天店裡每天都會來一個客人，因為他下巴長了顆大黑痣所以我有印象，他每次來都會探頭探腦看看旁人的吃食，還會打聽是什麼做的，甚至往廚房裡偷看，我覺得他肯定有問題！」

江挽雲想了想，道：「先別急，別打草驚蛇，我們要抓就抓個現行，你們每天都把後門的門口撒點炭灰，還有門的把手上也抹點灰。」

秋蓮道：「可是後門不是有把大鎖嗎？沒有鑰匙，那門一直關著的，沒人進出。」

楊槐反應過來，自告奮勇道：「肯定是有人有這門的鑰匙，要進來搞鬼。要不我晚上留下來，在鋪子裡打地鋪，把這搞鬼的人當場抓住。」

江挽雲道：「那倒是不用，黑燈瞎火的，萬一對方帶了凶器，危險。」

秋蓮也道：「對，太危險了。」

這時一直沒發言的夏月道：「奴婢倒是有一主意。」

幾人都看向她，江挽雲示意她說。

夏月道：「奴婢曾經聽江二小姐提過一種西域染料，這東西若是沾上衣服或皮膚，很難洗乾淨，可它濕的時候是看不出什麼來的，若是乾了，會泛螢光，在夜裡尤其醒目。」

江挽雲道：「妳的意思是，我們找來這種染料，塗抹在門把，那人沾上之後，我們便可憑此認定他。」

秋蓮拍手笑道：「哇，夏月和小姐都好聰明啊！」

楊槐道：「這東西哪裡有賣！我這就去買！」

夏月說了個店鋪名字，楊槐趕緊駕車出發了。他回來得很快，不一會兒就提著一個小罐子進來了。

「這東西還挺貴，這麼點就要幾十文錢。」

幾個人來到奶茶鋪，將染料與水和油混合，防止它乾得太快，塗抹在門把上，忙完這才收拾東西關鋪子回家。

江挽雲到家時已經快天黑了，今天下雨，天兒有些冷，陸予風見她回來，趕緊拿了外衣來給她。

江挽雲吸吸鼻子，一邊套衣服一邊道：「這天兒變得真快，唉，果然只有回家做飯的時候，才是一天最輕鬆的時候了。」

今日託周嬸幫忙買了豬蹄和蓮藕回來，陸予風已經把飯蒸上，還把蓮藕處理好了，只等她回來下鍋煮就行。

她早就想吃豬蹄了，燉了香噴噴的一鍋，先給周嬸裝了一碗，讓陸予風送過去，剩下的裝了兩大碗。

陸予風吃飯很斯文，也或許是他不怎麼幹活，餓得慢。江挽雲忙活了一天早就餓了，一個人吃了大半。

吃完飯陸予風去洗碗，江挽雲先去屋後洗澡。

她經過周嬸同意後，找人在屋後的屋簷下修建了簡易的洗澡間，還挖了個廁所，從此告別木盆洗澡的日子。

下雨天，溫度突然降了下來，兩個人蓋的都是夏天的薄被，江挽雲縮在被子裡感覺有些冷。她隔空叫了他一聲。「欸！陸予風！你冷不冷？借條被子蓋行不？」

陸予風倒沒覺得特別冷，正準備回不冷的，聽到她後面半句話，又改口道：「我也挺冷的。」

「你也冷啊？」江挽雲擁著被子坐起來。「那可怎麼辦？這雨好像一夜不能停。」

雨水擊打著頭頂上的瓦片發出噼哩啪啦的響聲，窗戶並不嚴實，有冷風鑽進來。

江挽雲搓了搓手臂，道：「唉，這天真是說變就變，要不你來我這邊一起睡？」

反正也不是第一次一起睡了，江挽雲心裡很淡定，沒錯，他只是一個取暖工具而已。

陸予風一言不發的抱著枕頭被子過來了，江挽雲給他留下一半位置。

兩床被子是疊起來的，為了防止漏風，兩人要貼很緊才行。

「嗯，剛好蓋住，等我有錢了，一定要買一床大被子。」江挽雲喃喃自語著閉上眼睛。

雨下了一整夜，陸予風平躺了一整夜，次日醒來腰痠背痛的。江挽雲倒是睡得香，拱成一隻蝦米，幾乎捲走大部分被子，但兩個人睡總比一個人強，沒那麼冷了。

江挽雲很感謝陸予風的無私奉獻，決定今晚給他帶點好吃的回來。

早晨起床天兒還是灰濛濛的，楊槐已經到門口了。

他現在上工可有幹勁了，放眼整個村裡，或者說放眼整個縣城，幹長工的，誰能隔三差五有獎勵拿啊？

江挽雲有些哀怨的打開門看著楊槐。「下雨天你也來這麼早？」

楊槐道：「當然啊，早點開門早點做生意！都是錢啊老闆！」

怎麼會有人賺錢不積極呢？

江挽雲正準備出門，陸予風跟出來了，手裡拿著一件外褂。「天冷，穿上。」

他把衣服展開。

江挽雲誇他體貼懂事，伸出手來套上衣服。「貼心小風，出門了、出門了。」

兩人到了鋪子先奔後院而去，發現塗在門把手上的染料和門口的炭灰還是完整的，說明昨晚並沒有人來過。

「把這染料擦了吧，晚上得新兌一些再塗上了。」

江挽雲說著，走進廚房開始熬辣椒油，兩個婆子和夏月也開始忙活起來。奶茶鋪早上要準備的東西很多，不像麻辣燙店，只需要把菜洗好切好就行。

估計是昨天的事有效果，秦霄已經不敢再來找江挽雲去買東西了，畢竟錢包頂不住。江挽彤也沒來找事，應該是被秦霄哄好了。

下午時江挽雲提著秦霄買的銀飾去當鋪當了，得了十二兩銀子，到牙行買了一個武藝不錯的下人，花了二十兩銀子。他要做的就是保護她的安全，直到陸予風中舉。只要陸予風中舉，他們去了京城，秦霄就拿她沒辦法了。如今算來，只剩四個月了。

新買的人叫杜華，是個啞巴，身材高大，臉上還橫著一條疤，一看就不是好惹的。

牙行的管事說杜華是被某個富貴人家賣出來的，因為他不但是啞巴，還腦子笨，惹了主人家生氣，不然也不會只賣這個價，但忠心程度是絕對夠的。

別看杜華好像腦子缺一根筋，他還是知道自己不是一個吃白飯的，到了店裡也幫忙幹起活來。

他手輕輕一提，就可以提起兩個婆子合力才抬得起來的東西。然而店裡的人看見他的刀疤都挺害怕的，江挽雲無奈，只能讓他去後院劈柴和挑水。

晚上兩人一起坐馬車回家，江挽雲在堂屋架了張床給杜華睡，只一牆之隔，一旦有歹人進來，杜華肯定能察覺。

她今天讓周嬸帶了雞肉，自己還在縣城的水果攤子買了幾個桃子和李子。

正是吃桃李的季節，很多鄉下自己種了果樹的農夫挑著擔子進城賣。

陸家也種了果樹，陸予風對桃李並不陌生，但他從小到大都不喜歡吃李子，又酸又澀，看著江挽雲一口一個，他默默嚥了下口水。

而後只見江挽雲把青硬的李子用刀背拍扁，撒上鹽巴和辣椒粉。

涼拌李子？陸予風更震驚了。

「這麼好吃，不吃是你的損失。」江挽雲白了他一眼，招呼杜華過來吃。杜華就像透明人一樣，無聲無息的待在角落，聽見江挽雲叫他就立馬冒出來。

陸予風對江挽雲做的決定一向不多過問，只是在她帶著杜華回來的時候有些側目。

不過江挽雲主動解釋了事情經過，他就釋懷了。並暗暗提醒自己，晚上睡覺一定要留心動靜，別讓賊人得逞。

風平浪靜的過了幾天，就在秋蓮等人以為所謂的賊人並不存在，只是自己多心的時候，變故出現了。

這天早上，楊槐最先發現後門門把上的染料被蹭掉了一大半，門口的炭灰上有腳印。想必來人在黑燈瞎火裡根本不會留意到自己蹭到什麼東西。

「一定是偷偷摸摸進來幹麼的，讓小姐猜中了。」秋蓮義憤填膺道。

按這間鋪子以前出現的怪事看，賣吃食的多半就是客人吃壞肚子、食物發霉等。

沒找到是什麼東西出問題前，幾人都人心惶惶的。

江挽雲道：「我們正常開店，像牛奶和菜這些新送來的東西他肯定動不了手腳，那麼能動手腳的就只有廚房裡每天都在用的東西。」

聽她這樣說，秋蓮等人仔細尋找起來，杜華更是直接挨個兒器具聞起來。

把鍋碗瓢盆和菜刀等等都清洗一遍，沒有發現異常情況，這時杜華捧著一個罐子遞給了江挽雲。

眾人都圍過來看，那是一個裝茶葉的罐子，裡面裝的是最普通、最便宜的茶葉，除了店裡免費提供的茶水用它，煮奶茶用的茶葉也用它。

杜華眼神盯著茶葉，伸手指了指，表示它有問題。

楊槐趕緊把罐子揭開，把裡面茶葉倒在桌上。表面看不出區別，湊近去聞，才能聞到一股茶葉和藥味混合的味道。

「天啊，隱藏得這麼深，若不是我們提防，怕是來店裡的客人喝了茶水都要中毒！」

在場幾個人都驚訝得面面相覷，想不到普通的開門做生意還能遇見這種事。

江挽雲說：「把這茶葉送去藥鋪，問問被加了什麼藥進去，另外再買點茶葉來煮。大家先該幹麼就幹麼，別多說一句話，切勿打草驚蛇。」

吩咐下去後，楊槐上街辦事去了，其他人開始幹活，江挽雲則坐在店鋪裡，不動聲色。

如果她的猜測沒錯的話，那個下藥的人一定會出現的。

第二十九章

上午過後，客人一如既往的多起來，江挽雲坐在吧檯，秋蓮走過來碰了碰她的胳膊道：「小姐，那人又來了。」

江挽雲抬頭，順著秋蓮提示的方向看過去，一個男人正大步走進來，先是到處看了看，而後來到吧檯。「我要買奶茶。」

江挽雲笑道：「您要加哪些料？」

男人看了一圈奶茶加料，敷衍的點了幾個，顯然心思不在此。

他在座位上坐下等著，婆子給他上了一壺茶，他端起來假裝喝了兩口，待奶茶上了後也如此照做。過沒一會兒，他的肚子就開始「疼」起來了。

他捂著肚子皺著眉頭趴在桌上，大喊道：「我肚子突然好痛！老闆！老闆快過來！」

江挽雲聽了，連忙走過來道：「客官怎麼了？」

男人道：「妳這吃的有問題！吃了肚子疼！」

其他客人紛紛停下筷子看過來，有人下意識開始想起關於這間鋪子的詛咒了，那接二連三發生的怪事……

瞬間人人驚慌失措起來，唯恐自己也肚子疼，趕緊來問他點了什麼吃。

江挽雲辯解道：「怎麼會呢？我們的食材都是很新鮮的！絕對不會有問題！」

男人指著奶茶道：「我就是喝了這個才肚子疼的！」

其他客人大驚失色。「我也喝了奶茶，怎麼辦？等會兒我是不是也會肚子疼啊！」

「這鋪子是不是真的鬧鬼啊？沒有一個在這兒開店的人是順順當當的。」

「你別嚇人啊！這世上哪有鬼啊……」

「那你說說為什麼總是發生怪事？」

那男人微不可見的露出得意的神色，一手捂住肚子假裝疼痛，一邊裝作很有正義感的樣子道：「你這黑心店家，我要馬上報官！大夥兒幫我看著，別讓店裡的人跑了！若是所有店家都這麼不負責任，那誰還敢去店裡吃飯？」

他這話順利引起在場的人的共鳴，客人都嚷嚷著要報官。

男人得意洋洋的看著眼前的情景，胸有成竹，彷彿事情都在他的掌控中。

他等著江挽雲來低聲下氣的賠禮道歉，賠償銀兩以息事寧人，畢竟沒有哪個店家願意真的鬧到官府去。再說了他把藥下到茶葉裡，官府的人來一查，這家店也別想開下去了。

江挽雲聞言，露出憤怒不已的表情。「我們沒有放任何東西！報官就報官，讓官府的人來查個清楚，還我們清白！」

她吩咐楊槐道：「去，立馬去衙門！」

楊槐應了一聲，擠出人群跑了出去。

既然店家去報官了，大家便在店裡等著，越來越多人來到店門口觀望，把店鋪圍得水泄不通，確定店裡的人一個也跑不了。

江挽雲站在人群中，一副又急又氣的樣子，秋蓮幾人也演技精湛，看著擔憂不已。只有杜華冷著臉，看起來一副惹不起的樣子。

「唉，真是可惜了，這家店味兒確實不錯，價錢也公道，怎麼就出問題了呢？」

「不過我也喝了奶茶，怎麼現在都還沒肚子疼呢？」

「是啊，我也不疼，你們疼嗎？」

過了這麼會兒了，沒有其他人感覺有什麼不適，方才還覺得勝券在握的男人慢慢覺得不對勁了。

不可能！那麼多人喝了奶茶和茶水的！不要慌不要慌，冷靜下來，肯定是喝得少，還沒發作。

以往他也不是沒用過這招，那些店家都選擇自認倒楣，多賠點錢，免得真吃上官司，以後開店就名聲臭了。

只可惜這個店家不會做人，不懂得花錢消災。不過沒關係，他最終的目的只是讓這家店開不下去，到時候衙門的人來了，也查不出到底是誰投的毒，最後只能怪店家頭上。

很快外面有人叫道：「衙門的大人來了！」

一個捕快帶著幾個衙役，還有一個揹著藥箱的大夫走進來，威風凜凜道：「店家報官說這家店有人投毒，本捕頭特來查看，在場的人都待在原地不要動！」
本來大夥兒在想是不是食材以次充好或是處理不當導致的，誰知一聽是投毒，登時引起一片驚呼聲。
以次充好，最多罰款賠錢關鋪子，投毒可是要蹲大牢、挨板子的！
捕頭道：「你再說一遍，發現是誰投毒？」
楊槐指著男人道：「大人！就是他！他投毒！」
此言一出滿室皆驚。
「你胡說八道什麼呢！」男人下意識站起身怒吼道：「分明是你們店裡東西有問題，你竟然還想矇騙衙門的大人，嫁禍他人！」
這時憋屈了半天的江挽雲等人終於忍不住了，秋蓮指著他罵道：「你個爛心腸的東西！我們與你無冤無仇，為何要來害我們！你在我們的茶葉裡下藥，想要陷害我們！」
客人聽了都面面相覷，到底什麼情況，他們都懵了。
男人哪裡想到會是這情況，他來不及多想，否認道：「妳放妳娘的狗屁！少冤枉老子！老子不過來店裡吃了點東西，什麼投毒不投毒的，跟我一點關係也沒有！」
楊槐憤怒的捏著拳頭。「卑鄙小人！」
「都吵啥吵呢！」捕頭呵斥道，現場終於安靜下來了。
他走到男人面前道：「店家報案說你投毒，並有確切的證據，那就麻煩你在這裡等著，我們查看一下。」

捕頭說話語氣客客氣氣的，但眼神卻很有威懾力，男人不敢反對。再說了，查就查唄，他能留下什麼證據來？

「梁大夫，你來看看這裡面加了什麼。」

待茶葉被擺在桌上，梁大夫走過去，取了點捏碎聞了聞，又泡在水裡觀察，半晌得出結論來，道：「這是一種曬乾的草藥碾碎的粉末，和茶葉混合在一起。這草藥雖是藥材，但不能食用過量，這麼多放在茶水裡，會讓五臟六腑引起灼燒感，使人腹痛和腹瀉。」

捕頭聽完，道：「既已確定這茶葉確實被人下了藥，你們店裡又聲稱有證據，證據在哪兒呢？可以拿出來了。」

江挽雲說：「大人，事情說來有些複雜，請容許民婦講一下這事的來龍去脈。」

捕頭道：「妳說吧。」

江挽雲道：「因為當初在租房的時候，我就有所耳聞，這間鋪子以往開的店都會出現一些怪事，有鬧鬼之稱，但我並不相信世上有鬼，那時候我就懷疑，是否有人搞鬼。所以租下這鋪子後，我每日都讓人留意店裡是否有異樣。」

她捧著裝著染料的罐子道：「而另一件事更加印證了我的猜測，我這後院有道門，房東說鑰匙掉了，門開不了。但我仔細看過，雖然鎖生鏽了，但鎖芯卻沒有，說明這鎖並不是長期沒人開過。而此人接連來我店裡四處查看，還詢問我們的菜品是怎麼做的，我便起了疑心。」

她越說男人越心驚，聽到這裡忍不住吼道：「我他娘的就是來吃個飯！妳店裡發生了啥事我什麼都不知道！妳有什麼證據證明是我幹的！」

江挽雲冷笑道：「我還沒說完呢，看到這罐子了嗎？裡面裝的是一種染料，一旦沾上就很難洗乾淨，至少要幾天才會脫落。且這染料有個特色，遇水時無色，只有在乾了之後，會在黑暗中發出螢光來。因此我讓人把它塗在門把上面，怎麼樣？你敢不敢去黑屋裡看看自己的手和衣服上有沒有發亮？」

這時代的人洗澡次數不多，換衣服也並不勤，所以江挽雲很有把握能人贓俱獲。

男人聽了冷汗直流，後背發涼。他想起來了，昨夜他進門時確實摸到了一手油，當時還奇怪門上為何滑滑的，但沒有多想，只在衣服上蹭了蹭。

難道那時候，他就已經進了別人布的局了？

他死死盯著江挽雲，江挽雲淡笑著看他，只是笑容不達眼底，反而顯得有些恐怖。男人心怦怦直跳，這女人看著不過十幾歲，為何如此心思縝密？

江挽雲笑道：「對了，門口我還撒了木炭灰，想必晚上黑燈瞎火的你也沒留意到吧，那上面現在還有腳印呢，把你的鞋脫下來對比一下是不是一樣，就證據確鑿了。」

男人越聽越害怕，江挽雲的聲音好像催命符一樣，男人的心理防線徹底崩塌，他腦子一熱，掙扎著就想逃跑。

但捕頭哪裡會讓他就這樣跑了，兩個衙役馬上把人抓回來，把他按在地上。

捕頭道：「把他帶去屋裡，關了門窗看看是不是真的有螢光，再比對下腳印。」

「放開我放開我！我是冤枉的！我是冤枉的！我什麼也沒幹！」男人掙扎著被人拖著走了。

店裡的人都安靜如雞，被江挽雲一番話深深撼動了，不過是開個小吃店，竟然能注意到這麼多東西，還能將計就計把下毒的人引出來自投羅網，實在太厲害了！

一些人看江挽雲的眼神充滿了欣賞和崇拜，一些人為自己方才的口出惡言而感到慚愧，一些人當即決定要在江江奶茶鋪連續吃一個月！

很快衙役就把已經嚇尿的男人拖了出來，道：「頭兒，確實如店家所說，他的衣角和手上都發著螢光，鞋印也一致。」

捕頭點點頭，語氣嚴肅道：「證據確鑿，你還有什麼話要說？」

男人叫道：「我說我說！這事兒是有人指使我幹的！就是這個鋪子的房東，每次有新店開張，他就讓我想辦法弄點事出來，破壞店裡的生意，讓店開不下去，店家主動關門退租，這樣他就可以賺押金了！」

鋪子地段好，總有人搶著租，不愁租不出去，一個月月租三兩五百文，三個月內退租了，當月的房租是不退的，又能白賺三兩押金。

眾人聽了紛紛吵嚷起來，他們還沒見過這種事，真有這麼不要臉的人？

秋蓮等人更是氣得要死，這鋪子可是他們一天天努力才積攢到今天的口碑和生意，房東卻存著破壞他們生意，逼他們走人的心思，實在太惡毒了！

連捕頭都皺了皺眉，道：「去把這店的房東帶到衙門，剩下的到公堂上慢慢說吧。」說罷他對江挽雲道：「既然是有人投毒陷害，妳可以去縣衙狀告房東。」

江挽雲笑著謝過，事關賠償的事，她老早就計劃好了。

衙役押著那男人往縣衙走，後面跟著眾多看熱鬧的人，一聽說夜市有名的鬧鬼鋪子真相大白了，更多人圍了過來，想看看這事情到底怎麼解決。

正在自己的鋪子裡一邊看店一邊等待消息的房東呂明，等來的不是自家姪兒，反而是幾個衙役不由分說的「請」他去縣衙。

待江挽雲走到衙門時，楊槐去接人的馬車也到了，陸予風從馬車下來，大步走了過來。

他已經在路上聽楊槐說起事情經過，這事江挽雲未曾和他說過。他聽著楊槐的敘述，不自覺手心握了把冷汗，若不是江挽雲聰慧，恐怕要進大牢的就是她了。

陸予風帶著滿心焦急催促著楊槐快些，在看到江挽雲站在縣衙門口，臉上還帶著淺笑的時候，他的心也落了下來。

確實，她一直都不是普通女子。

「娘子，情況如何？」

有旁人在，陸予風叫娘子叫得非常順口，想鼓起勇氣握住她的手以示安慰，最終還是憋住了。

江挽雲見他來了，道：「正等著你和房東呢，楊槐和你說了事情經過了？」

陸予風擰眉。「說了，只是……妳為何沒提前和我說？」

江挽雲滿不在乎道：「小事一樁，從租這鋪子的時候我就猜出十之八九了，這次不過是將計就計。你要安心念書，與你說了，豈不是讓你分心？」

陸予風不說話，感覺胸口有點悶悶的，這時人群讓開一條道，幾個衙役把房東呂明帶來了，他的媳婦跟在後面，滿臉焦急和恐慌。

呂明這一路上也聽了七七八八，知道自己這是陰溝裡翻船了，想不到當初出租時覺得年輕好騙的丫頭居然這麼狡猾。

他臉色發白，腳步虛浮，知道自己大難臨頭了。

他媳婦見到江挽雲，用恨之入骨的眼神看過去，經過江挽雲旁邊時，腦子一熱沒忍住，一巴掌搧了過去。「賤人！都是妳害的！」

江挽雲早在她走過來時就留意到她的眼神了，正要躲開，陸予風卻下意識伸出胳膊，擋住了她的一巴掌。

夏天衣服穿得薄，呂明媳婦這一下可是用足了勁兒，陸予風只覺得自己胳膊劇痛，而後發麻起來。

江挽雲見陸予風被打，原本還平和的心情瞬間被點燃了，一把抓住呂明媳婦的胳膊，冷聲道：「你們下毒害人，還敢打我夫君？」

她手上用力，指甲使勁掐住呂明媳婦的皮肉，痛得呂明媳婦大叫起來。

「哎喲哎喲！放開！殺人了、殺人了！」

旁邊的衙役趕緊過來阻止，江挽雲這才放開手，呂明媳婦一看自己胳膊，皮都被掐破了。

她憤恨的看著江挽雲，江挽雲瞪她一眼，她氣勢瞬間弱下去了。

陸予風拉過江挽雲的手查看。「怎麼樣，手痛不痛？」

江挽雲道：「沒事，你讓我看看，有沒有傷到？」

她伸手要拉他的袖子，陸予風連忙把她手按住。「周圍這麼多人呢。」

江挽雲這才忍住，隔著衣服給他揉胳膊。「幹麼幫我擋，我早就做好準備了，她打不著我的，痛不痛啊？」

陸予風臉有些紅，道：「沒事，快些進去吧。」

江挽雲這才放開他，眼裡浮現怒氣，氣勢洶洶的抬步往裡走。

人都到了，升堂問案。縣太爺坐在上首，眾人齊行禮，只有陸予風是秀才不用跪，只拱了拱手。

縣太爺看了他幾眼，見他眼熟，問：「這位書生，你叫什麼名字？」

陸予風回道：「小生姓陸，名予風。」

他還未滿二十，未加冠也未有字。

「陸予風……」縣太爺撚著鬍子想了想，驚奇道：「原來是你啊，你病好了？」

他以前曾聽自己兒子多次誇讚，棲山書院的同窗陸予風是如何的天縱奇才，未來必定是要金榜題名的。他曾讓兒子帶來家裡見過一面，考校學問，確實前途無量，便有心栽培，誰知過沒多久人就病了，再往後就沒聽到什麼消息了。

想不到如今人不但病好了，還健壯了許多，人也成熟穩重起來。

陸予風回道：「託大人的福，已經全好了。」

縣太爺點點頭，收起心思，準備開始問案，但堂下跪著呂明夫婦和他們的姪子呂山則是如遭雷擊，頓時如喪考妣。

這不完了嗎？這小娘兒們的夫君竟然和縣太爺認識！

縣太爺發問。「堂下所跪何人，報案所為何事？」

江挽雲不卑不亢，口齒清晰的回道：「回大人的話，民婦狀告我所租店鋪的房東呂明，他指使人在民婦店裡的茶葉中下藥，意圖破壞店裡的生意，逼我們提前離開，賺取押金。」

呂明還沒說話，呂明媳婦馬上呼天搶地道：「大人！我們冤枉啊！」

縣太爺面容嚴肅的拍了拍驚堂木，沈聲道：「肅靜！讓她把話說完。」

江挽雲這才繼續把事情的來龍去脈又理了一遍。

縣太爺道：「呂明、呂山，你等可知罪？」

呂山便是下藥的人，他已經放棄掙扎了，跪趴在地上認罪。「大人，草民知罪，求大人饒命！」

呂明一言不發，呂明妻子咚咚磕頭。「大人！我們真的冤枉啊！都是他！都是他一個人幹的，與我們無關啊！」

呂山一聽，想要他一個人背黑鍋，他可不幹，立馬叫道：「明明是你們讓我幹的！是你們說了，每辦成一次分我一兩銀子！不止這次，前面幾次的事，我也可以一五一十說給大人聽！」

說罷他噼哩啪啦把所有事情都交代了，包括前面幾間店出的怪事都是呂明夫婦指使他幹的。

他越說群眾越譁然，這世上竟有如此無恥之人，若這是在大街上，呂明早就被人用爛菜葉和臭雞蛋淹沒了。

捕頭還呈上在呂明家找到的藥粉等證據，以及店鋪後門那聲稱已經不見了的鑰匙。

證據確鑿，無從抵賴。

既然案情明瞭，接下來就是判決了，當朝的律法對秀才是很優待的。若雙方都是平民，那呂明等人早就直接被丟進大牢，不賠個傾家蕩產再吃一年半載的牢飯是不可能的。

但陸予風是秀才，縣太爺又賞識他，便問他和江挽雲，要公辦還是私了。

陸予風讓江挽雲決定，他沒有意見。

江挽雲早就想好了，問縣太爺。「大人，若是按照律法，他們三人該如何判決？」

「每人二十大板，打入大牢一年，每家再賠十兩銀子，作為賠償。」

主要是他們多次犯事，實在太惡劣了，必須從重處罰，以儆效尤。

三人一聽，簡直要暈過去了。二十大板，那不得屁股開花，半年不能下床嗎？每家十兩銀子，那不得把家底賠個精光？

「大人！大人饒命啊！」

見求縣太爺沒用，呂明媳婦又撲過來求江挽雲。「妹子，妹子妳行行好，求求妳網開一面放過我們家吧，我給妳磕頭，給妳磕頭了！」

她咚咚磕頭，絲毫沒有方才在門口打人的氣焰。

江挽雲乘機道：「也不是不行，只是你們要答應我提的要求。」

呂明媳婦連忙道：「妳說！我都答應！」

江挽雲道：「把鋪子十兩銀子賣給我，你們就可以不用挨板子或者蹲大牢，自己選一個吧。」

這個地段的鋪子可遇不可求，正經掛牙行賣，至少要賣一百兩左右，就算在鎮上，一個小鋪子都能賣二、三十兩。

呂明和呂明媳婦都神色一僵，有些捨不得，呂山叫道：「快答應啊！我不想坐牢也不想挨板子！都怪你們！如果不是你們拉我下水，我怎麼會來這兒！你們要賠我錢才對！」

「我呸！」呂明媳婦唾了一口。「你收錢的時候怎麼不說我們拖你下水了！狼心狗肺的東西！」

眼看著又要吵起來了，縣太爺及時出聲道：「你們考慮得怎麼樣了？」

呂明和呂明媳婦小聲嘀咕了幾句，最後決定答應江挽雲的要求，免去一年牢獄之災，只挨二十大板。

江挽雲和陸予風走出縣衙的時候還能聽到裡面傳來的慘叫聲，外面圍觀的群眾也紛紛散了。

江挽雲心情很好，她終於擁有自己的第一間鋪子了。

本來呂明該賠她十兩的，與買鋪子的十兩抵扣，相當於她白得了一間鋪子。

楊槐已經在縣衙外面等著了，兩人上了馬車，江挽雲察覺到陸予風神色有些不對。

「你為何看起來有些不高興？」江挽雲打量著他。「你覺得我是乘人之危，得了別人的鋪子嗎？」

陸予風聞言連忙解釋。「我是覺得……妳很厲害。」

江挽雲聞言看著他，眼裡亮晶晶的。「真的嗎？我也這麼覺得。」

陸予風笑了笑，有些拿她沒辦法。「是，妳最厲害。」

馬車開始動起來了，江挽雲靠在車壁上閉目養神，陸予風看著車窗外的鬧市，思緒逐漸飄遠。

他側頭看著她，突然馬車輾過碎石，車身一晃，陸予風下意識伸手摟住她的肩膀，把人帶進懷裡。

江挽雲被他胸口的肋骨撞得齜牙咧嘴，一抬頭額頭又撞到了他的下巴。

陸予風也沒想到情況會這樣，他有些不好意思又想笑，伸手替她揉揉額頭。

「沒磕疼吧？」

江挽雲推開他，煞有介事道：「你離我遠點，都是你害的。」

陸予風對自己的態度她不是沒有察覺，只是裝作不知道，他把自己當妻子，可她還沒接受。

雖然他長得好看又前途無量，但是她還沒有想好未來會何去何從。雖然她承認，和他做夫妻自己沒什麼不滿意的，但總覺得怪怪的，有種鏡中月水中花的感覺，若是哪天他移情別戀了，自己又當如何？

她真的可以完全改變劇情嗎？

第三十章

江江奶茶鋪又紅了。

以前它的名氣只是在饕客間流傳，道其菜品新穎，味兒絕佳，價錢還不貴。如今火的卻是老闆江挽雲，有好事者扒出她的真實身分，其實是江家已經出嫁的大小姐。

當初江家兩個小姐出嫁，姊姊江挽雲親生父母去世，一點像樣嫁妝也沒有，一頂轎子抬出城門，聽說嫁去了鄉下，就再無後續。妹妹江挽彤可是風光大嫁，轎子繞城一圈，嫁妝排了一條街，邊走邊撒錢，盛況空前。

可後來呢？後來江家妹妹大喜沒兩個月，就開始走下坡路了，反倒是以為會一輩子待在鄉下當農婦的姊姊回到縣城開店了，還把生意做得這樣好，讓人不禁想到逝去的江老爺。

果然是虎父無犬女，都有經商頭腦。

江挽雲的兩家店如今生意蒸蒸日上，每日加起來的收入已經有一兩多，過節時候能到二兩。而且消除了鬧鬼傳聞後，連帶著旁邊的鋪子生意都好了起來。

尤其是隨著天氣變熱，江江奶茶鋪推出冰奶茶，冰爽解暑，成了客人必點。也不知道是怎麼把冬天的冰塊保存到夏天的，得費不少錢吧，誰知加冰塊的奶茶竟然一分錢不漲，實在令人震驚。

每日奶茶鋪裡排隊買冰奶茶的人能排到大街上去，一天能消耗十幾桶牛奶還供不應求。

與江挽雲這邊情況相反的是江家。

江挽彤見秦霄這些日子沒動靜了，忍不住問他。「不是說給她小恩小惠她就會自己回來嗎？怎麼過去這麼幾天了都沒成，王老爺他不急？」

不提這事還好，一提秦霄就心煩起來。

他曾託人在王老爺面前提了提此事，道江家大小姐可是天仙之姿，容色傾城。

但王老爺這麼大年紀了，什麼女人沒見過，看不上江挽雲是個嫁過人的，縱使長得再好看，在他心裡也是不值錢的。

江家什麼心思，王老爺明白得很，想用一個女人來交換生意東山再起，未免想得太過簡單。

再加上那些江家曾經的生意夥伴如今成天上門催債，還左一句右一句，明裡暗裡說秦霄不如江老爺，遲早要把江家產業敗光，更說江老爺養了個白眼狼，都把秦霄氣得夠嗆。

「妳以為事情那麼簡單嗎？」秦霄冷聲道：「若是那麼簡單，我還用得著妳問？」

「你這是什麼態度啊？」江挽彤見他一張冷臉，脾氣也上來了。「我好心問問怎麼了，你對我擺什麼臉色，我該給你出氣的？」

自從成親以來，秦霄是越變越多了，往日的溫柔早就不復存在，對她也越發冷淡。她曾懷疑他是不是在外面有外室，多方打探卻未發現什麼，她只能安慰自己，他是接手江家的生意後擔子太重了才會如此。

秦霄吁了口氣，壓下心裡的煩躁。「我心情鬱結，不是單對妳一個人發脾氣。」

「你以為我會信？秦霄，你自己捫心自問，你這些日子怎麼對我的？我們有多少日未同房過了？」

秦霄冷道：「如今家裡的情況妳不知道？妳要是能幫得上忙最好，幫不上就安分待著，少添亂。」

江挽彤氣得要死，正要再說，一個溫柔的女聲從院子裡傳來。「彤兒，你們小倆口怎麼又拌嘴了。」

江夫人一身華服，滿頭珠翠，保養得宜的臉上看不出歲月的痕跡，她三十幾的年紀，看著倒像是江挽彤的姊姊一樣。

見自己母親來了，江挽彤連忙跑上前告狀，把秦霄與江挽雲的事情說了。

江夫人聽罷，笑道：「這麼說挽雲在陸家日子過得還挺好？」

江挽彤氣道：「可不是嘛，那病癆子病好了，也不知道江挽雲哪裡來的錢，還跑來縣城開店了。」

一想到陸予風念書那麼厲害，日後肯定能飛黃騰達，到時候江挽雲就是官家太太了，而她卻只是一個商人之妻，她就氣得牙癢癢，心裡酸得咕嚕咕嚕直冒泡。

她現在都還記得上次跑去醫館警告江挽雲別來破壞她的婚禮時，陸予風的樣子，儘管那時候他看起來大病初癒，還是不能掩蓋他身上的氣度和他俊逸的眉眼。

所以她很支持秦霄把江挽雲送給王老爺當姨娘，她不能看著江挽雲過得比自己好。

江夫人臉上笑得溫柔，眼神卻是冷的，道：「她確實不能比我的彤兒過得好，既然說她的夫君病好了，陸家日子好過了，那……若是陸家那小子又病了呢？」

「他剛病好怎麼會又……病……」江挽彤說著靈光乍現，叫道：「娘，妳的意思是，把陸予風給弄死或者弄殘？」

總之不能讓他參加科舉，那陸家就一輩子發達不了了。

秦霄看著她們母女開開心心的商量著，眼神流轉，掃過遠處的樹梢。

那是江挽雲小時候種下的樹，如今已長得如屋簷高了。這樹長得高了，擋住房子，得修剪枝椏，若是再長，只有把樹砍了。這人不聽話了，得教育教育，若是不聽，只有斷了其後路。

若是王老爺不準備納江挽雲進門，那他也不用管她了，任由江挽彤母女倆作為吧。

日子慢慢的過著，錢一點一點攢著，江挽雲已經攢到了三十幾兩銀子了。

自從縣衙一戰成名後，那些模仿江江奶茶鋪的店和攤子都銷聲匿跡，跑得比誰都快，生怕惹了江挽雲，被抓住把柄，下場淒慘。

後巷鋪子前任屋主因為兒子打死了人，鋪子被官府收走，賣給受害者賠償。可這家人還認為鋪子是自家的，隔三差五上門搗亂，惹得店主現任房東不堪其擾。陸家麻辣燙開店以後，他們想故技重施，誰知還未行動呢，店裡就來了個人高馬大，臉上還有一條疤的跑堂。這人正是杜華，看著就覺得能止小孩夜啼，哪裡還有人敢搗亂。再有江挽雲的豐功偉績，原來的屋主更是不敢搗亂了。

如今兩家店營業得有條不紊，秋蓮、夏月和楊槐都成了獨當一面的人，就連杜華都迷上了劈柴挑水的活兒。

江挽雲每日的任務就是巡視一下店裡，研究新品，看看帳本，發發獎勵，而後回家投餵陸予風。

不過讓她奇怪的是，為何秦霄等人還沒動靜呢？怎麼還不來對她下手呢？莫非對方放棄了對她的歪腦筋？

但直覺告訴她，不太可能，江家那一家子人，本來就是原書被作者創造出來當壞人的，他們不可能改邪歸正，如今沒動靜，說不準是在醞釀更大的陰謀。

日子進入八月，酷暑難耐。已經連續開店三個多月，錢是賺到了，但大家都累得夠嗆，江挽雲決定給大家放五天假，並給了每人五百文的獎金。

正巧陳氏來信說家裡的房子蓋得差不多了，只等家具入房，就可以搬進去住了。計劃著陸父的生辰和搬新房一起慶祝，辦個簡單的酒席。

這年頭房子修得快，也沒甲醛什麼的，晾幾天就可以入住。

江挽雲便準備趁著放假和陸予風一起回家看看。

她已經買了輛大馬車，又有杜華這個車夫，回家旅途輕輕鬆鬆。而秋蓮稱自己放假也沒地方去，想跟著江挽雲伺候，在陸家哪怕打地鋪都行。

江挽雲想著辦酒席要人手，便把秋蓮和夏月都帶上了。

江挽雲等人是上午出發，傍晚時分到桃花灣的。

一路上蟬鳴不止，太陽剛剛落下，暑氣還未退去，家家戶戶炊煙裊裊，離開了三個多月的村子與以往相比並沒有什麼變化。

很快馬車就到了陸家，陸家的老房子還在，只是在旁邊開了一塊地，修建新房。

放眼望去，新房是四合院布局，一共有十幾間屋子，中間是大院子，豬圈和廚房都在屋後。

房子已經基本修好了，用的是青磚和青瓦，比老房子高出一截，看起來氣派極了。

到的時候，大人小孩子都忙碌著為他們接風洗塵，準備好的吃食堆了一院子。

陳氏領著兩個孩子迎上來道：「你們可算回來了，一路上累了吧。快，你們兩個去給他們倒水去。」

傳林和繡娘趕緊跑進屋去，陸家其他人也好奇的打量著杜華幾人的陌生面孔。

江挽雲笑著把眾人互相介紹了一下，秋蓮和夏月趕緊行禮，弄得陸家人又驚又尷尬，紛紛避開，說農村人不興這個。

一陣寒暄後，幾個媳婦做飯，秋蓮和夏月也去廚房幫忙。只有杜華站在院子裡不知道幹麼好，他感覺陸家人都有點怕他，尤其是那兩個小孩子，都躲在門後面看他。

陳氏站在堂屋門口，笑著問：「你怎麼還站在這兒呀？」

只要是江挽雲帶回來的，那肯定不是壞人，所以陳氏不怕杜華。

杜華盡力讓自己的表情柔和一點，指了指自己的喉嚨。

陳氏呀了一聲，趕緊轉移話題道：「快進來坐，喝點涼茶，一會兒飯就好了。」

陸予山和陸予海忙著挑水和劈柴，陸予風和江挽雲先去收拾自己的屋子，堂屋裡只有傅林和繡娘在。

杜華摸了摸頭，還是沒有進屋，他去抱了點乾草餵馬。

正餵著馬呢，一個溫柔的女聲突然在背後道：「我來餵吧，晚飯好了，你先進屋吃。」

杜華回頭一看，好像是陸家的一個女子，不過他也不認識是誰。便點點頭，擺擺手，表示要自己餵。

玉蘭知道他不能說話，繼續道：「我在家餵過牛和羊，也會餵馬的，你放心交給我吧，你們趕路一天，沒好好吃東西了吧。」

雖然這人看著有點嚇人，但是她和陳氏的心裡想的一樣，只要是江挽雲帶回來的人，那肯定是好人。

杜華聽她這樣說，感受了一下自己肚子，確實早就餓了，便把草料放下，努力擠出一個奇怪的笑來，朝玉蘭拱拱手，洗手進屋去了。

很快一大桌子菜就擺好了，陳氏一邊發筷子一邊招呼著，對秋蓮和夏月也招了招手。

秋蓮和夏月沒敢上桌，畢竟她們是奴婢，只能等主人家吃完了才能吃，現在要站在一邊伺候著才是。

江挽雲道：「妳們也坐下吃吧。」

柳氏笑道：「是呀是呀，在我們家不興那些的。」

她們剛嫁過來時，陳氏也沒給媳婦立規矩叫她們伺候。陳氏覺得沒必要做一個惡婆婆，搞得大家都不開心。

秋蓮這才應了一聲，笑嘻嘻的拉著夏月坐下了。

眾人滿足的吃了一頓後，陳氏便催著江挽雲他們快些歇息，趕路最是累人。

次日江挽雲醒來的時候，柳氏和王氏已經在院子裡洗衣服了，秋蓮和夏月也在幫忙。柳氏是個熱心腸的，看著兩個年輕姑娘瞧著歡喜，嘮起嗑來眉飛色舞的。

這時江挽雲來了，秋蓮趕緊去給她打熱水，廚房裡玉蘭正在煮豬食。江挽雲洗漱後吃了給她留的早飯，也坐下來洗昨晚換下的衣服。

見她來了，柳氏笑道：「三個月不見，弟妹出落得越發漂亮了。」

她左右看了看，見在場的只有女人，才對江挽雲挑挑眉，小聲道：「欸，妳肚子有動靜了沒？我看妳好像圓潤了一點。」

江挽雲在心裡默默擦了擦汗，她只是在縣城吃得比較好，笑道：「讓嫂子失望了，還沒呢。」

柳氏一臉恨鐵不成鋼的看著她，恨不得苦口婆心勸她。要趕緊抓住機會啊，待三弟高中後去了京城，憑藉他的相貌才華，肯定有數不清的小娘子芳心暗許，聽說當官的都是三妻四妾的，可不得早點有個兒子傍身才穩妥嘛。

王氏道：「娘最近在給玉蘭相看人家呢，不過玉蘭自己不太想，可能擔心遇見她爹那樣的吧……」

正說話間，去鎮上買東西的男人們回來了，陸予海和陸予風跳下車，開始搬東西下來。

陳氏走上來道：「趁著你們都在家，明日就可以搬新房了，到時候得好好辦幾桌席，請大家來熱鬧熱鬧。」

除了宴請親戚朋友鄰居，還有幫忙蓋房子的人，喬遷之喜，是要好好慶祝的。

陸家人皆情緒高漲，搬東西的搬東西，做飯的做飯，過了會兒又有兩輛牛車停在門口，原來是陸予海的大兒子傳福和木匠鋪的伙計送家具來了。

雖然原來屋裡的家具還能用，但這次蓋的新房增加了好多屋子，自然是要打新家具的。尤其是傳福已經十幾歲，過不了兩年就要議親了，得把房間準備著。傳林和繡娘也慢慢長大了，不能再一直跟著爹娘睡。

除此之外還另外修了洗澡房、茅房、雜物間等等，整體建築面積大了一倍。

把家具搬進新房，次日又搬了一天，因人手多又離得近，不過一天，就基本搬家完畢，晚上就在新屋廚房做起了第一頓飯。

江挽雲對新屋很滿意，床很大，窗戶也很大。陳氏心疼兒子兒媳，給他倆的房間全換上了新家具、新被褥，衣櫃也是新的，還有新書桌。

地板是用青石板鋪的，不像原來的地面是土壓實的，容易潮濕搓泥。

房子入住前提前用艾草燻過，一進去就有淡淡的煙燻草味。

江挽雲躺在床上，看著被子上細密的針腳，心裡有些感動。這是陳氏和兩個嫂子特意為他們親手做的，被面也是用綿密柔軟的棉布，蓋起來很舒服。

身下是陸父編的涼蓆，編好後刷一層棕油再用火烤一下，防蟲又去毛刺，摸著滑滑的、涼涼的。

陸家人是真的待她挺好的，雖說也可能是因為她帶著他們致富了，但人與人之間都是相互的，有來有往才是舒服的交往模式，若是陸家不知感恩，她早就跑路了。同樣，若是她只知道在家吃喝玩樂，靠陸家養著，那陸家人早就把她掃地出門了。

整體來說她還是挺滿意如今的日子，只是她有時候會思考一個嚴肅的問題，她一直占著陸予風媳婦的身分，是不是叫占著茅坑不拉屎？

這次喬遷酒席辦得並不隆重，按陳氏的意思是熱鬧熱鬧就好，待到陸予風中舉了，再大辦一場。來的都是親戚朋友，擺了七、八桌，只吃中午一頓。

陸予梅一個人來的，帶了些紅糖和雞蛋，雖說林家與陸家已經斷了聯繫，但好歹是自己親女兒，陳氏還是讓她進門了。

她主要是來看玉蘭和陸父、陳氏的，還給玉蘭帶了一身新衣服，母女說了幾句話後陸予梅就去廚房幫忙了，並沒打什麼歪主意。

酒席上，有族裡的叔爺問：「好像下月就要鄉試了吧，予風打算今年去試試不？」

無論考不考得上，都沒人會說啥，畢竟他病了兩年，才恢復半年，別說有什麼進步，以往的知識說不定都已經忘了，所以眾人都沒抱什麼期待。

陸予風道：「嗯，去試試。」

聽他說要去試，同桌的親戚開始鼓勵他。「去試試也好，感受一下鄉試的場地和規矩，三年後才更有譜。」

「是啊是啊，到時候不至於手忙腳亂。」

族長道：「去省城的路費我合計著族裡湊點，咱們陸氏一族這麼多年才出一個讀書有出息的。」

雖說這次去十有八九是撈不到什麼的，但憑陸予風的天資，三年後定能中舉，日後還可能走到更高處，族裡能出點是點，這時候支持了他，日後才能沾上光。

族裡出了個舉人，族裡的人都臉上有光，族裡的兒郎找活計娶媳婦都會被人高看一眼，女娃子在婆家也能受重視一些。

其他人都沒有異議，不管陸家如今賺沒賺錢，族裡都是要表表心意的。

陸父客氣的推辭了一下，才應下來。

第三十一章

辦完酒席，江挽雲的假期就差不多結束了。回來桃花灣這幾天，該辦的也辦了，接下來回縣城就該準備鄉試的事了。

陸予風決定考前再回書院，與書院的夫子和學子一起去省城，有夫子帶隊，可以有個照應。江挽雲肯定是要找藉口跟著去的，她可不放心陸予風那些同窗們。

臨行前一晚，陳氏放話要好好做一桌菜踐行。

幾個媳婦兩個丫鬟忙活了一下午，口水雞、芋兒雞、蒟蒻鴨、紅燒魚、粉蒸肉、辣椒炒肉、炒空心菜、油燜茄子、炒豇豆、涼拌黃瓜、絲瓜肉片湯，幾乎把家裡的食材都用上了。

陳氏嫌不夠，指揮著幾個兒子在菜園裡摘菜。

「阿海，那裡，那個底下還有一根。」

陸予海躬下身子去黃瓜棚下掏，道：「這還沒手指長呢，也要摘了嗎？」

陳氏一邊掐番薯藤一邊道：「要啊！縣城裡吃什麼菜不得掏錢買啊，這自家種的又不值錢，還吃不完，他們這麼久才回來一次，肯定得多帶點。」

陸予山抱著一大捆豇豆過來問：「娘，這些夠嗎？」

陳氏看了一眼道：「差不多吧，絲瓜全摘了，挽雲喜歡吃。辣椒呢？辣椒摘多少了？」

玉蘭從遠處直起身子道：「摘一塊地了！」

往年他們並不喜歡吃辣椒，種幾棵當佐料罷了，自從江挽雲來了，解鎖了各種辣椒新吃法，再加上擺攤需要大量的辣椒粉，今年家裡就種了幾塊地的辣椒。陳氏還上山去挖了兩棵花椒樹回來，種屋後。

陸予風站在田埂上苦笑。「娘，真別摘多了，馬車裝不下了。」

陳氏想了想，道：「那讓你大哥、二哥再租輛馬車，送你們去縣城。」

陸予山道：「前幾天去縣城，我們去三弟的鋪子裡看了的，那鋪子地段好得很，又大又氣派。」

陳氏道：「你小子，鎮上還沒站穩腳跟呢，就想去縣城了？」

陸予山抹了抹嘴。「我就那麼一說。」

陸予風道：「挽雲說，讓你們秋收後就可以上縣城去了，正好我們要去省城鄉試，還得麻煩你們看鋪子。」

陳氏直起身子。「挽雲真這麼說？」

誰不想去縣城呢，可是風兒和挽雲去了幾個月，才在縣城穩定下來，這就把兩兄弟也接去？到時候租房、租鋪子，做生意的本錢都不必說是誰出了。

畢竟兄弟倆這幾個月賺的錢全投到蓋房裡去了。

本來最開始兩家是每天給陳氏兩百文的，但修房後續花費大，兩家都把自己積攢的錢又貼了進去，所以他們計劃的是再攢半年，明年開春後再去縣城。

陸予風道：「這事還得具體問問挽雲才行。」

遠遠的，杜華挑著擔子，揹著背簍來了，他是負責運菜回家的。一擔子蔬菜、一背簍瓜果於他來說輕輕鬆鬆。

陸家人都挺喜歡他的，覺得他踏實能幹老實。

杜華邊走邊把已經摘好的蔬菜放進擔子裡，到了辣椒地時，他遠遠看去，只看見一個背簍。

他帶著疑惑放下擔子，下地撥開半人高的辣椒樹往裡走去，待越走越近，他才看清，那背簍後面好像躺了一個人。

他意識到不好，趕緊加快腳步，兩步跨過去一看，玉蘭正側躺在地上，臉色發紅，滿頭大汗，嘴唇發青，還壓倒了幾棵辣椒樹。

杜華急了，手足無措的，看了看遠處，陳氏他們都在忙著摘菜，再加上瓜棚等等遮掩，是看不到這邊的。他又不能說話，若是跑過去叫人，又得耽誤一會兒。

這時玉蘭似乎還有意識，手捂著肚子，弓起了身子。杜華見此情況顧不得那麼多，彎腰下去就將人抱了起來。

他抱著人焦急的走出辣椒地，往陳氏他們那邊跑。陸予風正在掐茄子，冷不防的看杜華抱了個人飛奔而來，他趕緊丟下茄子，爬上田埂。

「杜華！出啥事了？」

杜華在他面前停下腳步，嗚嗚幾聲，陸予風看了看玉蘭的情況，道：「可能中了暑氣，快些送她回屋裡去。」

「玉蘭！玉蘭怎麼了？」

陳氏等人見狀，丟了東西就跑過來，杜華已經抱著人快速跑了。

「這、這……」陳氏指著杜華的背影說不出話來。

陸予風道：「娘，妳也趕緊回去看看，地裡的活兒我們來做就是。」

陸予山也道：「是啊，這天兒太熱了，娘妳也別待地裡了，我們馬上就弄完了。」

陳氏想想也是，便趕緊往家裡走去，待她到家時，杜華已經到了好一會兒。這時玉蘭已經醒了，滿臉蒼白的靠在床上，王氏正在給她擦汗、餵紅糖水。

「怎麼樣啊？要不要請大夫？」陳氏邊喘氣邊問。

王氏道：「沒大事，就是女兒家那個來了。」

她這麼一說，陳氏才想起來這事，玉蘭今年十四，平常姑娘家十二、三歲就來了，但她在林家多受苛待，才拖到現在才來。不過也有來得晚的，十四、五歲才來，算不得稀奇。

玉蘭是知道月事這回事的，但突然來了，還是讓她有些不知所措。這幾日家裡事兒多，她就沒說出來，只自己用棉布墊了墊，照常下地幹活。

摘辣椒摘著摘著，感覺肚子微疼，她就蹲下身子摘，後來聽陳氏叫她，她站起身來要回應，接著就感覺腦子暈乎乎的，一下倒了下去。

她迷糊中感覺自己被人抱了起來，整個人都晃晃蕩蕩的，而後就被送回家了。

「幸好杜華發現得及時，妳這孩子怎麼不早點說呢？」陳氏坐在床上，摸了摸玉蘭的額頭。

王氏道：「別說這人長得像個大老粗，心倒挺細的。」

玉蘭微咬唇，垂眸不說話。

陳氏道：「還有沒有哪裡不舒服啊？」

玉蘭搖頭。「都好全了。」

來陸家幾個月她吃得比以前好，幹活沒以前多，連個子都長了些。

陳氏這才放心，站起身來。「那我跟妳大舅娘就先去忙了啊，有事妳就叫繡娘，她在院子裡呢。」

出了屋子，王氏笑道：「這杜華真好笑得很，他方才放下人，手上沾了那穢物，以為玉蘭得了什麼不得了的毛病，急得滿頭大汗的，還是我攔住，他才沒去套馬車來。」

陳氏則表情複雜。「妳還笑得出來。」

王氏連忙住嘴，道：「我去廚房幫忙去了。」

江挽雲和柳氏正在炒菜，秋蓮和夏月在洗菜、切菜，見王氏進來了忙問情況。王氏說沒事，已經處理妥當，又將方才的事細說了一下。

柳氏道：「啊，那這豈不是……」

她看了江挽雲一眼，江挽雲表情複雜，心情更複雜。

杜華是孤兒，從小被人賣來賣去的，雖然有一身武藝，但是啞巴，還是奴籍。這樣看起來，江挽雲感覺自己好像成了男方家長一樣，但是玉蘭是陸予風的外甥女啊，所以她到底算男方還是女方親屬。

她正胡思亂想得起勁，王氏道：「這事其實說大不大說小不小，大家都裝作忘了，那些事也就過去了。」

柳氏應道：「對，還是少提起這件事，娘肯定不高興。」

很快的，下地的幾個人回來了，各自挑了一擔子菜放屋簷下，加上事先杜華運回來的堆了一大堆，灑上水保持新鮮。

陳氏招呼他們抬桌子出來吃飯，兩張桌子併在一起熱鬧。

菜端上桌，擺了一大桌子，玉蘭感覺自己沒有大礙了，也出來幫忙。

傳林轉了一圈才在屋後找到正在餵馬的杜華。「欸，大個子，吃飯了。」

杜華聞言回過神來，點了點頭，他方才後知後覺才反應過來，自己手上的血是何物。饒是他臉皮厚如城牆，也覺得發燙發熱起來，有些不敢去前院。

「快，大家都要落坐了。」傳林過來拽他袖子。

杜華這才跟著他往前院走，洗了手後落坐，最後一個菜上齊，大家開始動筷子，沒人提方才的事。

吃完飯洗了碗，陳氏叫大家都來堂屋，坐著商量接下來的事。

「縣城我租了一家鋪子又得了一家鋪子，你們去了就可以直接用的。」江挽雲道：「下個月我就要陪相公去省城了，明年還要陪他去京城。」

她的眼光可不侷限於小小的縣城啊。

不過陳氏等人就不贊同了，因為她們覺得江挽雲的想法過於樂觀，這萬一沒考上呢，那不得再等三年嗎？

陳氏道：「鋪子妳大哥、二哥可以幫忙看著，但不能直接接手妳的鋪子，他們去了，另外再找。」

這去省城，吃喝住都要花錢，日後去了京城花得更多，他們已經被江挽雲扶持著上道兒了，不能再事事靠別人。

王氏道：「三弟妹，妳的好意我們心領了，但我們萬不可再拿妳的東西了。我們也攢了些錢的，去了縣城先租個攤子，錢多了再租鋪子就是。」

柳氏也道：「妳的錢妳自個兒留著吧，日後花錢的日子還多著呢。我們如今房子也蓋起來了，沒什麼花大錢的地方了。」

見他們堅持，江挽雲便也答應下來，只幫他們留意下租房的情況。

她想著，還是得明年真的去京城了，再考慮鋪子的問題。

又商量了一下雜七雜八的事，眾人便各自洗澡睡覺。

次日清晨江挽雲穿戴好走出房門時被驚到了，只見陳氏幾人正往馬車裡狂塞東西。除了昨天摘的一大堆蔬菜瓜果之外，還有一些曬乾的筍子、蘑菇、玉米粒、大豆等。

除此之外，旁邊還有陸父編織的竹蓆、竹枕，桌上更堆滿很多臘肉，以及剛殺好去了毛和內臟的自家養的雞鴨等。

陳氏皺眉道：「山兒去租車，怎麼這麼久還沒回來？」

正說著，一輛馬車駛來，停在院門口，陸予山和一個車夫跳下馬車，笑道：「這下夠裝了吧？」

就在陸家的兩輛馬車啟程回縣城的時候，江家宅子裡卻爆發了一場激烈的爭吵。

江挽彤坐在上首的椅子上，下面跪著一個丫鬟，丫鬟長相甜美可人，跪在地上更有幾分楚楚動人之味。

她瑟縮著身子，眼裡盡是恐懼。

江挽彤臉上難掩怒氣，看著丫鬟的眼神，恨不得將其生吞活剝。她抓起桌上的茶盞砸了過去，砸在丫鬟肩膀上，對方發出一聲慘叫歪倒在地上，又隨即爬起來跪好，求饒道：「小姐饒命！」

江挽彤眼睛噴火，喝了好幾口茶才順了順氣。「說！妳這個賤胚子，是什麼時候爬上姑爺的床的！」

丫鬟結結巴巴道：「兩、兩月前，姑爺醉了酒……非拉著奴婢……」
啪的一聲脆響，江挽彤起身甩了她一巴掌，掐著她下巴道：「妳是說秦霄強迫妳？」
「奴、奴婢不敢……」丫鬟身子抖得更厲害了。
江挽彤眼神移到她肚子上。「打了！馬上打了！夏荷，去抓墮胎藥！」
她有些抓狂起來，千防萬防，自己院子裡和秦霄身邊放的都是長相粗鄙的丫頭婆子，誰承想，紕漏出在自己親娘的院子裡。
秦霄醉酒，怎麼會遇見江夫人院子裡的丫鬟？
江挽彤成親已快半年，肚子未有動靜，偏一個丫鬟卻有了，實在是奇恥大辱。
「姑爺呢？」
夏荷回道：「姑爺一早就出門去了。」
江挽彤又喝了口茶，感覺自己胸口憋得難受，江挽雲和陸予風那兒還沒找到機會下手，又出了這事。
她實在不明白，秦霄究竟想做什麼，既然不喜歡她，為何要和她成親？
莫非秦霄喜歡的是江挽雲，而江挽雲被爹許配給了陸予風，秦霄才退而求其次娶了她？
這幾個月來兩人越來越相敬如賓，一個月同房次數不超過三次，其餘時間秦霄都是睡在書房裡。她在書房安插了人，都說秦霄確實是一個人睡的。
今天她去娘親院子裡請安時，聞見了一股藥味。問娘親，娘親說她沒有生病，應該是下人在煎藥。

下人煎藥可以去大廚房，躲在院子裡煎藥，定是偷偷摸摸見不得人。她起了疑心，把煎藥的丫鬟白霜抓來問。

白霜是娘親院子裡的二等丫鬟，她死活不說是給誰煎的藥，叫婆子掌了嘴都不說。後來娘親的貼身婆子帶了一個丫鬟來，說已經查出來了，是白雪這個丫頭有了身孕，還是秦霄的血脈。

如今江挽彤恨不得將這丫鬟亂棍打死，正要讓夏荷快去抓墮胎藥時，下人卻通報夫人來了。

江挽彤趕緊出去迎接，一見到江夫人，她就忍不住哭訴起來。「娘，妳可要為女兒作主啊！」

江夫人連忙伸手用帕子為她擦淚，道：「娘都知道了，一定會為妳作主的啊。放心，先進去坐著慢慢說。」

進了院子，江夫人眼神在白雪身上掃過，白雪身子瑟縮得更厲害了。

兩人在椅子上坐下，江挽彤哭道：「娘，女兒心裡實在委屈，秦霄如今日日不與我睡一塊兒就罷了，還讓一個丫鬟先懷上孩子。如今這院子和書房裡裡外外的丫鬟都讓我換了，卻還出了這檔子事，我……我真不想活了。」

說著她用袖子擋著臉，嚎啕大哭了起來。

江夫人摟著她安慰了好一陣子，才道：「既然過不下去，就和離了吧。」

江挽彤一愣。「和離？可是我才成親半年，況且家裡的生意都在秦霄手裡。」

江夫人笑道：「妳真以為娘那麼傻，對他沒點防備，就將家業都交給他了嗎？不過是咱們家裡沒有成年的男子，生意不好打理罷了，娘還要給妳弟弟留著的。」

江挽彤一聽，放心了點，但還是搖頭。「不成，我不和離。」

她總有感覺，秦霄心裡有別的女人，很有可能就是江挽雲，若是和離了，豈不是便宜了這對狗男女？

江夫人摸摸她的頭髮道：「彤兒，娘這是為妳好，秦霄妳是降不住他的。和離後娘給妳找一個疼妳寵妳一輩子的，讓妳安安穩穩過日子才是。」

江挽彤奇怪道：「哪有娘親勸女兒和離的？和離了我就是二嫁，會讓人瞧不起的。」

江夫人收了眼神沒說話。

江挽彤指著白雪道：「娘妳說怎麼辦，秦霄應該還不知道她懷孕了。可不能讓這個孩子出世，不如把孩子打了，把人賣窯子裡去吧？」

白雪一聽嚇得一抖，但她看了江夫人一眼，硬是咬著唇，沒發出聲音。

江夫人眼神淡漠的看著她，嗯了聲。「這事交給娘來辦吧，妳還小，還沒生孩子，不能沾上血腥。」

江挽彤雖然不甘心，但也沒反對，讓江夫人的婆子把白雪帶走了。

江夫人又安慰了她一會兒，陪她吃了午飯才離開。

江挽彤吃罷飯在床上午休，翻來覆去的，感覺心裡堵得慌，最後翻身坐起來，把夏荷叫進來。

「怎麼樣，江挽雲這幾天跑哪兒去了？」

夏荷道：「下面的人回稟說是回鄉下陸家了。」

江挽彤道：「夫人上次說的聯繫了江湖殺手，有眉目了沒？」

夏荷搖頭。「這個奴婢也不清楚。」

「煩死了！我睡會兒，派人去門口等著，秦霄回來了叫他來見我。」

太陽偏西時江挽雲的馬車才到周嬸家，周嬸笑呵呵的打開門。「你們可算回來了。」

「唉，累死我了，這馬車坐得累人。」

江挽雲在陸予風的攙扶下跳下馬車，幾個人便開始卸貨。

周嬸羨慕道：「妳婆家給妳備了這麼多東西？唉，我要是有地就好了，也可以自己種點菜了。」

江挽雲笑道：「是，我婆婆他們都對我們很好。」

一直搬到天黑才把東西搬完，三間屋子都快塞滿了。他們搬東西的時候，江挽雲把從陸家帶來的雞煮了，做成口水雞，又煮了綠豆稀飯，炒了豇豆和空心菜、涼拌黃瓜。

從陸家帶來的菜夠他們吃好久，天熱放不了幾天，江挽雲便拿了一大簍子菜送給周嬸，順便借了她的地窖來放菜。

周嬸自然是滿口答應，讓他們隨便用。

每樣菜都做了兩大碗，連同車夫在內，六個人都趕路了一天，早就餓得飢腸轆轆，很快菜就被吃得乾乾淨淨。

吃罷飯車夫駕著馬車走了，杜華則帶著秋蓮和夏月回鋪子去歇息，今晚他也不回來了，睡馬車裡。

江挽雲和陸予風先洗了澡，鎖好門，把從陸家帶來的蓆子枕頭鋪上去。

江挽雲一邊梳頭髮，一邊道：「你幫我捏捏肩膀，剛剛搬東西好像扭著了。」

「嗯？」陸予風正在看書，聞言有些呆呆的嗯了聲，未反應過來她說了什麼。

江挽雲以為他不樂意，噘了噘嘴，自己反手去按肩膀。「算了我自己來。」

怎麼扭都不得勁，她乾脆對著牆壁開始做開肩動作。

兩個手臂搭在牆壁上，上半身往下壓，屁股往後翹，頭抬起來，把下巴貼牆壁上，這樣可以拉到肩膀和脖子的肌肉，非常舒爽。

她正壓得起勁，陸予風已經快把頭埋書裡去了。

非禮勿視、非禮勿視。

「你跟我做啊，保管你身心舒暢，你這天天低著頭看書，一定要多鍛鍊肩膀。」

她這古怪動作是哪裡學來的？偏她自己做就罷了，還要拉著他也一起？

陸予風拒絕，堂堂男子怎麼能、能這樣撅屁股呢？

江挽雲後面幾天感覺陸予風看她的眼神都有點奇怪，不過她沒放在心上。她正忙著去替陸家人租房，待把陸家人安頓好，才好上省城去。

她照樣在牙行找了一個離周嬸家不遠的院子，這個院子的主人家因為做生意，全家搬到省城去了。院子很大，有七間房，租金也貴一些，一個月要一兩半，不過夠陸予海和陸予山兩家人住。

她一次付了三個月的房錢，又在碼頭附近租了兩個攤位。

碼頭是除了夜市以外人流量最大的地方，有等船出行的人，有船停靠時下船採購的人，也有碼頭卸貨的工人，總之很適合擺小吃攤。

唯一不好的就是下雨天不能出攤，夏天又太陽大。

第三十二章

待到八月末秋收完畢，陸予海和陸予山便帶著妻兒來縣城了。

陸父和陳氏也來了，他們先來幫忙一段時間，待生意穩定下來再回家去。臨行前把家裡的雞鴨都殺了帶來，豬也賣了。

馬車在江挽雲給他們租的院子外停下，陸家人一進院子便驚呼。「這院子好大，不比家裡的院子小呢！」

「一、二、三……七，這麼多屋子。」柳氏眨了眨眼，拉過江挽雲問：「這屋租下來很貴吧？」

「不貴，咱不能跟鎮上比，在這兒賺得也多啊。」江挽雲笑道：「縣城每樣吃食都能漲一、兩文呢，這一天下來不就多賺幾十、上百文了嗎？」

柳氏一想，是這麼個理。

陳氏已經把屋裡屋外都轉了一圈，道：「這屋後還有塊地呢，可以開出來種點蔥、蒜苗什麼的。」

幾個男人招呼著把行李搬進屋，這次他們帶的行李很多，租了三輛馬車。

「這些屋子裡的家具都是齊全的，我已經提前領著秋蓮他們來打掃了，看還有什麼缺的後面再補。」江挽雲說著推開房門。「交了三個月的房租，到時候住得不舒坦的話，就再找其他的。」

「我有屋子了！」傅林跑進一間小一點的房間，興奮的看來看去，他可算是家裡最幸福的人了，可以一個人睡一間屋，繡娘和玉蘭住一間。

正說著話，楊槐趕著車來了，在門口叫道：「東家！妳要的東西我都買來了！」

陸予山和陸予海趕緊去接，一馬車的鍋碗瓢盆和生活用品，還有些做飯的調味料。

就著從桃花灣帶來的肉和菜，簡單的做了一桌菜慶賀搬家。從這裡走到周嬸家只要一刻鐘左右，所以到了飯點，陸予風才過來吃飯。

吃罷飯江挽雲便領著他們去看攤位，順帶逛逛縣城。

傅林、繡娘、玉蘭幾人從來沒來過縣城，柳氏和王氏也只來過一、兩次。在馬車上兩個小傢伙把窗簾掀開，好奇的往外張望，時不時發出感嘆的聲音。

陳氏則把一個錢袋子塞到江挽雲手裡。

江挽雲連忙推辭，陳氏卻先一步按住她的手。「必須收，若是不收，娘就不高興了。」

江挽雲道：「你們剛來縣城正是花錢的時候，再說了又沒分家，何必分這麼清楚。」

柳氏不贊同道：「弟妹妳必須收下，沒分家是一回事，這錢是另一回事，我們不能老占妳便宜。」

王氏道：「是啊，三弟念書我們如今也幫不上什麼忙，反而還要受你們照顧，不收我們實在於心難安。」

陳氏道：「錢不多，只夠房租，妳拿回去，到了省城給自己買兩身新衣裳穿。」

傅林也道：「等我長大了，要賺好多好多錢給爺和奶，我爹娘，還有三叔三嬸花。」

江挽雲無奈，只有把錢收下了，笑道：「馬上就要經過我的鋪子了，先下去看看吧。」

她領著他們先到江江奶茶鋪，給每個人上了一杯冰奶茶和一碗芋圓。

如今店裡的生意還是那麼好，位子幾乎是滿座的，到飯點時人排得老長，陳氏和柳氏都有些羨慕的看著。

陸予山倒是樂觀。「我們以後生意也會好得不得了的。」

趁著大家都在店裡，江挽雲便簡單說了下店裡的運作流程，還教了柳氏和王氏如何做辣椒油。

等她和陸予風去省城後，店裡會正常運轉，柳氏和王氏只需要每天做了辣椒油，由楊槐取來店裡便是，陸予海和陸予山則需要過幾天就整理一下帳本。

一切都交代好後，又過了三天，從棲山書院送來了一封信，是陸予風的夫子寫的，讓他早日回書院，鄉試就要到了。

日子進入九月初，天兒仍熱得很，路兩邊的蟬鳴不休止的鑽進耳朵。山路顛簸，江挽雲靠在馬車壁上，感覺自己已經失去了對生活的樂趣。

車廂裡又熱又悶，晃晃蕩蕩的無端惹人心煩。

陸予風倒是一臉淡定，心靜自然涼在他身上可謂得到了實踐。

「要不要喝水？」

見江挽雲難受，陸予風也沒轍，只能一會兒問問她要不要搧扇子，一會兒問問要不要吃啥喝啥。

江挽雲伸手去搆水囊，裡面是她煮的冰鎮酸梅汁，如今只剩一點涼意，她咕嚕咕嚕喝了兩大口才算舒服點。

幸好這個朝代的鄉試雖然也在秋天，但設置的時間是在九月，若是八月的話更要再熱幾分。

「上回去棲山書院也沒覺得路上這麼難熬啊。」江挽雲嘆息一聲。

陸予風拿起扇子給她搧風。「辛苦了、辛苦了。」

江挽雲白他一眼。「秦夫子信裡怎麼說？」

陸予風表情凝重了幾分，秦夫子那麼精明的人，會看不出這其中的彎彎道道嗎？

只是秦夫子沒辦法，他現在已經不當官了，只是一個普通的教書夫子，都是他的學生，他總不能為了一個學生，把另外的學生逐出師門，他沒那權力。況且對方是有背景的，他若是得罪了，自己家人也要遭殃。

是以秦夫子只能背地裡幫陸予風一點是一點，只要陸予風中舉後去了京城，那這些彎彎道道就困不住他了。

「他說，楊懷明如今不在書院，他去了省城書院進修，待棲山書院的學子去省城趕考時再會合，只是趙安盛還在書院。」

「不在書院好啊，至少這一路上能清靜點，至於這趙安盛倒是好辦，他若想報信那也要有那條件才行。」

陸予風聞言道：「嗯？妳有辦法？」

江挽雲笑了笑。「我自然有辦法啊，讓杜華盯著他，把他的信給截下來不就成了。或者更簡單的就是用武力威脅他，若是他報信，就把他腿打斷，他這種小人，肯定會害怕，對付壞人自然不必心慈手軟。」

正在趕車的杜華感覺自己後背有點涼，原來主子才是深藏不露的人。

江挽雲看陸予風的神色，嘆了口氣。「我要跟你說明一件事，你聽著。」

「嗯？」陸予風聞言抬頭正視她，見她表情有點嚴肅，他連忙正襟危坐，擺出洗耳恭聽的樣子。

江挽雲輕咳一聲。「也不是什麼大事，就是想說，可能你以前除了生病，其他事情都過得挺順風順水的，沒見過這人際關係中的複雜，也不知道有些人就是天生的壞心眼。這次去省城，你一定要多留意，肯定會遇見一些事情，萬不可大意，而且，遇見那種對你心懷惡意的人別心慈手軟，以免後患無窮。」

陸予風很認真的聽著，道：「嗯，我知道。」

別說是科舉了，就是這幾個月來，開個鋪子做生意，都能遇見這麼多事，可見人心險惡。他並非兩耳不聞窗外事，一心唯讀聖賢書的人，該知道的事他也是知道的。

又顛簸了一會兒，馬車終於在書院大門口停下。

看門的人迎了上來，有些好奇的打量著馬車，未見馬車上有什麼標識，想來應該不是什麼大戶人家。

「閣下，請問你們來棲山書院是為了……」

守門人不比普通的下人，他們畢竟經過書院的氛圍薰陶，行為舉止都有幾分讀書人的氣質。

但是，車夫沒有理他。他心裡有些發怵，這車夫看著有些凶悍不說，臉上還有一條疤，不言不語的看著他，好嚇人啊。

好在車簾馬上就被撩開了，一個年輕男子探出頭來，拱手道：「在下陸予風，是棲山書院的外遊學子，鄉試將近，特地回來與各位同窗一同前往省城。」

「哦，請出示一下你的……等等？陸予風？」守門人反應過來，眼睛瞪大看著他。「你是陸予風啊？」

「正是。」陸予風將證明自己身分的東西遞過去，而後跳下馬車，又扶著江挽雲下來。

守門人看了看，將東西還給了他，臉上的表情也熱情許多，道：「快！快請進，各位夫子正說起你什麼時候才回來呢。」

陸予風道：「我認得路，自己進去吧，還得麻煩您帶著我這位小兄弟，把馬車牽到停車的地方去。」

「好說好說，我這就叫人領他去。」

陸予風謝過後與江挽雲一道，提著買的禮品往書院裡走。

臨近鄉試，書院裡的學子讀書越發起勁，走在廊下就能聽見到處都是背書聲，陸予風有些懷念幾年前剛進書院，每天只需要念書的日子。

到了秦夫子住的院子，仍然只有師娘和她的兒媳李氏以及孫女雅兒在。

聽見敲門聲，李氏一邊把手在圍裙上擦了擦，一邊來開門，正好奇這上課時間會是誰來敲門呢。打開門一看，竟是闊別小半年的陸予風夫婦。

「嫂子。」陸予風拱手行禮，江挽雲也屈了屈膝。

「哎呀！是予風來了！」李氏驚喜道：「娘！雅兒！快來看誰來了！」

「陸叔叔！」雅兒聞言一溜煙跑了出來，拽著陸予風的衣角，仰著頭歡喜道：「陸叔叔你病好了嗎？」

陸予風彎腰把她抱起來。「已經全好了。」

「予風？予風來了啊？快些進來！」師娘走過來，笑道：「可算把你盼來了，瞧著胖了好多，臉上都有肉了。」

李氏道：「定是弟妹養得好，快些進來坐。」

眾人寒暄了一會兒，師娘和李氏問了陸予風的近況後感嘆。「真是老天保佑，讓你的病好了，此番去省城，可要多保重啊。」

陸予風十二歲就來書院了，是他們看著長大的，如今即將踏上人生的新征途，即便大家都知道此次只是去長經驗，但總還抱有一絲期望的。

江挽雲默默的充當背景板，只有他們問自己的時候才會回話。待他們聊得差不多了，李氏拉江挽雲去做午飯，陸予風在院子裡逗雅兒玩。

李氏一邊切菜一邊道：「這書院裡別看表面上平靜得很，實則暗潮洶湧著呢。」

江挽雲裝作聽不懂的樣子。「嗯？嫂子何出此言？」

李氏嘆了口氣。「弟妹，我是把妳當自己人才跟妳說的，去了省城可得多加小心，往年鄉試多少學子……」

她湊近了，壓低音量道：「考前莫名的染病受傷之類的，無緣考試呢。」

江挽雲笑道：「嫂子放心，我會警醒的。」

李氏道：「尤其是予風這種出挑的，更是多少人的眼中刺。」

第三十三章

正說著話，院子裡喧鬧起來，秦夫子和幾個弟子並幾個交好的夫子回來了。

江挽雲在廚房與李氏忙著做了一桌子菜，又在廚房支了張小桌子，幾個女人坐。

吃罷飯，秦夫子便領著陸予風等人去見院長和其他同窗去了。

洗了碗，李氏領著江挽雲去客舍，因陸予風幾年沒回來，他的屋子早就分給別人住了。

「看，房間還挺大的，這屋子前幾日有人住過，所以還算乾淨，沒什麼灰塵。」李氏找管事的要了鑰匙，登記後打開門。

「謝謝嫂子。」

江挽雲四處看了看，環境確實挺好，屋後就是竹林，風一吹動沙沙作響。

「謝啥，妳還帶了那麼多禮物來呢。妳先歇著，晚點過來吃飯，我先回去收拾了。」

李氏幫江挽雲把行李提進去，把鑰匙轉交給她便原路返回了。

江挽雲把她送走後，回到屋裡準備關門，實則沒有關緊，留一條縫往外看，果然見走廊的柱子後面走出一個人來。

那人向這邊張望著，江挽雲眼神冷了下來。看來陸予風果然是名人呢，一回來就被盯上了。

她把東西收拾了下，鎖上門窗出門，走沒一段路又見那人出現了。

對方假裝不知道她是誰，過來拱手行禮道：「這位娘子，小生有禮了。」

江挽雲停下腳步看他。「你是何人？」

她選的是大路，路上行走的學子挺多的。

對方笑咪咪道：「看娘子妳是生面孔，可是來書院作客的？這是要去哪兒嗎？我可以為妳引路。」

江挽雲假裝感激，福了福身子。「多謝公子美意，民婦要去停放馬車的地方，方才問了幾位公子，已經知道方向了。」

對方聽了眼珠子一轉，笑道：「既如此，那娘子請便。」

他彬彬有禮的離開了，但江挽雲知道這人肯定沒走，她方才不敢待在客舍就是怕出什麼事，索性出來還安全點。正好她想趁此機會，摸清楚是誰在背後盯著她和陸予風。

她不動聲色的繼續往後山走去，從背後輕微的響動判斷那人還跟著自己，她快跑起來，果然聽見後面的腳步聲明顯起來。她穿過迴廊和院子，出了後門，見後門外面是一片空曠的場地，上面停著大大小小的馬車。

她眼睛快速尋找著自家的馬車，杜華應該就在馬車裡，他一般是不會到處跑的。

那人喘著氣出現在她身後，道：「妳、妳跑啥？」

江挽雲回頭，冷聲道：「你為何一直跟著我，你是誰？」

那人一路追著江挽雲而來，方才路過長廊，周圍沒什麼人，他正要動手，誰知江挽雲突然跑了起來，讓他錯失良機。如今這附近都是馬車，保不齊哪個馬車裡就有車夫在睡覺，他不敢貿然動手。

他靈機一動，道：「這位娘子，妳是不是掉了什麼東西，方才我在妳路過的地方見到，但是我不敢確定是不是別人的，以免別人回來尋找時錯過，便沒有撿起來。只能來告訴妳此事，妳現在快回去看看吧。」

還想把她騙回去呢。

江挽雲聽他這麼說，假模假樣的摸了摸袖子裡，驚訝道：「好像是掉了什麼，我也記不清了，你等我一下，我去馬車裡取了東西再回去。」

那人鬆了口氣，笑道：「好，那妳趕緊，免得被人撿走了。」

江挽雲笑了笑，轉身快步往馬車旁走，看了幾下就找到了自家的馬車，掀開簾子一看，杜華正在馬車裡睡覺。

她爬上車去，杜華立馬驚醒了，看見是她，連忙坐起來，用眼神詢問。

「長話短說，外面有個男的一直跟著我到這裡來，想把我騙到人少的地方去。一會兒我將計就計，你跟著我們，等附近沒人的時候，就把他抓住捆起來。」

杜華很快反應過來，鄭重點了點頭。

江挽雲下了馬車往回走，那人還等著她，道：「東西拿到了嗎？」

江挽雲道：「拿了，這就回了，謝謝你來提醒我。」

兩人各懷鬼胎，穿過後門，走了一段，到了人跡罕至的長廊，此處遠離學舍和宿舍，很少有人來。

那人看了看周圍，確定沒人後，故意落後江挽雲幾步，正準備撲過去捂住江挽雲的嘴。誰承想他還未付諸行動，早就跟著他們的杜華就一下飛躍過來，狠狠一腳踹在他屁股上。

「啊！」這人發出驚天地泣鬼神的一聲慘叫，往前摔去，而後砰的一下撞到了柱子上。

他只覺得自己眼前一黑，腦子發懵，頭暈眼花，站立不穩的跌坐在地，之後額頭傳來劇烈的疼痛，他才回過神來繼續慘叫。

「啊！誰？是哪個王八羔子！」他暴跳如雷的站起身來，如臨大敵，待看到杜華時，他的氣焰瞬間萎靡下來。

對方一看就一巴掌能把自己打翻，他可不敢硬碰硬，只能開始講道理。「你是何人？我與你無冤無仇，為何要背後偷襲我？」

杜華根本不理他，只從懷裡掏出一條麻繩來，準備按江挽雲的吩咐把人綁起來。

「你、你要幹麼？」那人看見杜華的動作，有點慌張，再看江挽雲在一邊站著，他反應過來，指著她道：「你們是一夥的?!」

江挽雲抄著手冷哼一聲。

他見此情況，不管那麼多了，轉身拔腿就跑，可跑沒兩步就被杜華追上，又是一腳把他踢得在地上滾了幾圈。

這下他不敢跑了，只能爬起來跪求。「饒命！好漢饒命！姑奶奶饒命啊！」

杜華才不管他，把他拽起來，就用繩子把他手反綁住。

江挽雲道：「只要你說出是誰指使你來跟蹤我的，我就不傷害你分毫。」

那人一頓，道：「娘子何出此言，我沒有跟蹤妳啊，我真的只是來提醒妳掉了東西。」

江挽雲懶得跟他廢話，對杜華抬了抬下巴。「把他嘴巴塞住，綁上石頭丟湖裡去。」

那人驚呆了，怎麼這就要殺人滅口了？他趕緊開口。「我說我說！是趙安盛派我來的，他……他聽說陸予風回來了，叫我盯著你們，還說、還說……」

江挽雲問：「還說什麼？」

那人道：「還說想辦法把妳抓走，讓陸予風亂了陣腳，再找機會把陸予風弄傷，讓他不能鄉試。趙安盛還說妳長得美，可以快活一下……哎喲！」

話沒說完杜華就一拳砸向他肚子，痛得他在原地弓成了一隻蝦米。

江挽雲冷聲道：「還說什麼了？」

那人喘著氣，不敢隱瞞。「還說要馬上送信給他在省城的表哥楊懷明，讓他知道陸予風也要參加鄉試。」

「信呢？送出去了嗎？」

那人搖頭。「我不知道，我真不知道，不過每天都會有信差專門來收信，這會兒應該還沒收走。」

江挽雲道：「杜華，把他帶去馬車裡，把嘴塞住，我們離開書院前都別把他放了，再去把信截了。」

杜華點頭，提著那人飛快的走了，不過一會兒他就回來與江挽雲會合，兩個人往寄信的地方而去。

看守信亭的是個頭髮花白的大爺，江挽雲走過去，客氣道：「大爺，我想取回上午準備寄的信，有件事忘記寫進去了。」

大爺看了看她，又看了看杜華，都是生面孔，拒絕道：「你們不是書院學子吧。」

江挽雲想了想，從懷裡取出陸予風留給她的牌子來。

這是證明弟子身分的東西，類似學生證。中午吃飯後陸予風將此物給她，道自己下午可能要一直跟秦夫子他們待在一起，讓她自己隨便逛逛，有了牌子比較方便，這會兒倒派上用場了。

大爺仔細看了看，驚呼道：「陸予風的牌子啊？妳是他媳婦？」

江挽雲笑道：「是啊，想給家裡人寫信說已經順利到書院了。」

大爺便放心的端出一個木箱子來。「妳自己挑吧，我年紀大了，看不清字了。」

江挽雲果然找到一封寫給楊懷明的信，假模假樣的給大爺看了一眼。但大爺沒仔細看，他眼力不好也看不清，擺擺手就讓她帶走了。

順利拿到信，她看了看天色，已經不早了，便拆了信，看完塞回去，準備去秦夫子院子裡幫忙做飯。

「你中午吃什麼？」她問杜華。

杜華指了指一個方向，那是他們方才路過的飯堂，應該是當時把他帶路到後山停放馬車的人告訴他的吧，他身上一般有幾十文錢可以自己零用。

江挽雲又摸了五十文給他，道：「晚上你自己吃，吃了買點饃饃什麼的給那個人吃，看著他，別讓他跑了。」

杜華點頭，揣上銅錢回去了，江挽雲則是去了秦夫子院子裡。

到的時候師娘在院子裡帶著雅兒玩，李氏正在淘米，鍋裡已經燉上排骨了。

「妳來啦？快進來，雅兒剛還在念叨妳帶來的糕點好吃呢。」

江挽雲笑著與她寒暄了幾句，挽起袖子開始洗菜，裝作不經意的問：「嫂子，妳知道趙安盛嗎？」

「趙安盛？知道啊，也是書院的弟子，與予風是同一年入學的，妳打聽他做什麼？」李氏手上不停，把馬鈴薯切成塊，倒進鍋裡燉排骨。

江挽雲道：「就是以前相公在縣城醫館養病時，恰好他們夫妻倆也在那裡養傷，有些熟識，就想問問他如今住哪兒呢，相公想去拜訪他。」

李氏想了想，道：「應該是住宿舍裡，最靠近芸湖邊上的那棵大榕樹。不過你們最好別晚上去，那一帶晚上路上容易遇蛇。」

江挽雲笑道：「謝謝嫂子，有空了再去便是。」

她自然要讓杜華去好好拜訪拜訪這人。

日落時分，氣溫慢慢降了一點，菜擺上桌子時，秦夫子領著自己兒子和陸予風一道回來了。

秦夫子難得笑容滿面的，他今天下午考校了陸予風的復習情況，發現他病了兩年，並沒有忘掉太多東西，反而在這半年裡追上來一些，這樣的話，去參加鄉試倒也不是毫無準備。

他們還會在棲山書院待一天，後天便要啟程出發去省城了。

吃罷飯，陸予風兩人與秦夫子一家告辭回客舍，路上江挽雲簡單說了下白天的事。當陸予風聽到那人竟想抓走江挽雲，他心裡一緊，停下腳步，眉頭皺成一座小山。

即便知道有杜華在她安然無事，他還是把她仔仔細細的打量了一番，心裡很是後怕。隨之而來的就是憤怒，憤怒對方的惡毒和下作，也憤怒自己的無能。

他捏緊拳頭，轉身就想走。

「欸，你去哪兒？」江挽雲拉住他胳膊。

「去找趙安盛。」陸予風道。

江挽雲沒放手，無奈道：「你知道趙安盛在哪兒你就去找。」

陸予風道：「我可以打聽。」

「大晚上的你上哪兒去打聽？」

江挽雲笑了，扯著他的胳膊往客舍走。「我都還沒生氣呢，你氣成這樣，你還沒聽我說完呢。」

她又把後續杜華把人綁起來，以及把趙安盛的信截了的事說了下。

「這就是他的信，你看看。」

陸予風勉強冷靜下來，接過信看了看，而後揉成一坨放進袖子裡，道：「狗腿子。」

江挽雲道：「行了行了，別置氣了，明兒我們就讓杜華把他綁了，咱們以其人之道，還治其人之身，讓他也不能鄉試。」

這樣才解氣。

只是陸予風會不會覺得這樣太殘忍了，畢竟這次不能鄉試就要再等三年，讀書人才懂讀書人的苦。

陸予風嗯了聲，道：「人不犯我我不犯人。」

這兩人不但一而再，再而三想阻止他鄉試，還想對江挽雲動手，挑戰他的底線，這是他最不能忍受的。

聽他這樣說，江挽雲就放心了，只要他不在乎什麼同窗情誼和什麼仁義之心，那她就不用顧忌什麼了。

回了客舍洗漱，陸予風仍然覺得心裡悶悶的，他點燃蠟燭又開始看書。最初他只是打算今年去試試看，大不了三年後再考，那時候也不過二十出頭，仍算年輕。可如今他的心境不同了，他越來越想要一次中舉，只要中舉，哪怕會試撈不到結果，也沒人再敢隨便打他的主意了。

「明天再看吧，白天忙了一天，你不累嗎？」

江挽雲已經癱在床上不想動了。

陸予風側頭看她，把蠟燭移動了一下位置，讓她處於背光的地方，道：「是我翻書聲吵到妳了嗎？」

「沒，就是覺得你要適度休息。還有幾天就考試了，到時候要考九天三場，現在需要養精蓄銳才行。」

陸予風想來也是，道：「好，我知道了。」

他平復了一下心情，將一些地方勾畫出來，準備明天請教秦夫子，放好書，吹滅蠟燭躺上床。

不過瞬息，他就聽見江挽雲均勻的呼吸聲了。

近日他總有些難以入睡，可能心裡裝的事太多了吧。若是他能像她一般，遇見事馬上就解決，解決不了的先記著，不去多想、多焦慮就好了。

他側頭，伸出手輕輕摸了一下她的臉頰，江挽雲睡夢中還能感覺到臉上癢了一下，伸手就把他的手拍開，翻了個身。

陸予風又看了好一會兒，半強迫自己入睡，不久終於睡著了。

「相公，相公？起床了……陸予風！起床了！」

他睜開眼，意識回籠，見天色已經大亮，江挽雲已經穿戴整齊，站在床邊看著他。

「你怎麼了？是不是累著了，往日裡你早就起來了。」江挽雲打量著他，伸手摸摸他的額頭。

陸予風下了床，開始套衣服。「有點被魘著了，去飯堂吃早飯不？」

「成啊，我正想去嘗嘗呢。」

她對古代的學生食堂還是很好奇的。

兩人洗漱完畢，鎖上門往飯堂走，走在路上，聽到有人問：「劉家宏不見了，你們聽說了嗎？」

「昨夜不見的？是不是偷跑下山玩去了。」

「不會吧，他膽子這麼大？再說明兒夫子帶隊去省城鄉試，其他弟子就要放假了呀。」

「聽他交好的說昨天下午就不見了，怪邪乎的。」

江挽雲小聲問：「是不是在說昨天那人？」

陸予風頷首，神色凝重了幾分。「此事不能鬧大，吃了早飯我們就去找趙安盛。」

進了飯堂，學子們排隊打早飯，見江挽雲一個女人出現在這裡，都好奇的看著她。

早飯有稀飯、饅頭、包子、糖餅等等，價錢和山下差不多。付了錢，要了兩份稀飯加包子，兩人找了個位子坐下來吃。

陸予風吃了兩口皺了皺眉，明明還是兩年前的味道，但總覺得難吃了許多，定是他吃江挽雲做的飯，把口味養刁了。

真是由儉入奢易，由奢入儉難。

吃罷飯兩人先去找杜華，到了後山，江挽雲撩開簾子一看，杜華在馬車裡呼呼大睡。而旁邊的劉家宏被他綁住手腳，還塞住了嘴，額頭上昨天撞的包現在青紫一片，兩個眼睛下烏黑一片，看起來非常淒慘。

「杜華，起來了。」

杜華聞言，一下睜開眼睛坐起身來，見他們來了，便馬上爬起來，把劉家宏提下車。

劉家宏眼神驚恐的看著他們，嘴裡奮力發出嗚嗚嗚的叫聲。

杜華把他嘴裡的布取出來，劉家宏立馬叫道：「我、我要小解。」

江挽雲擺擺手。「帶他去。」

杜華便領著他去後山上廁所，劉家宏唯唯諾諾的，顯然對杜華產生了極大的恐懼感。

待兩人回來後，江挽雲把油紙袋給杜華，裡面是肉包子，讓他到一邊去吃，順便把風。

劉家宏羨慕的看著，他從昨天下午到現在只吃了饃饃，只能舔舔乾裂的嘴唇。

「到馬車裡去說。」

江挽雲先進了馬車，劉家宏只能乖乖跟著，三人在馬車裡坐好，江挽雲才開口道：「你今年鄉試嗎？」

劉家宏乖乖搖頭。

江挽雲道：「現在給你一個機會，你只要不摻和此事，並且保證不對外透露半個字，那就放過你。」

劉家宏拚命點頭。「我、我保證不說出來，我發誓！」

江挽雲說：「那你知道回去了以後該怎麼解釋昨天的事嗎？」

劉家宏馬上道：「我就說自己摔溝裡去了，摔暈了，今天早上才醒來。」

剛好他額頭上有瘀青可以當證明。

陸予風看著他道：「只要你以後不提此事，我也不會將你辦的事說出去，以後離那些人遠點，好生用功念書，這才是正途。」

劉家宏自然是滿口答應，江挽雲便讓杜華來給他鬆綁。

等杜華吃了早飯，三人便往回走。根據昨天向李氏打聽來的位置，陸予風領著她往趙安盛所在的宿舍走去。

此時的趙安盛心裡也是吊桶打水七上八下的，昨日劉家宏一去不回，肯定是出事了。他很害怕劉家宏把這事抖出來，讓書院裡的人知道了，到時候他不但會被逐出書院，還可能以後都不能參加科舉考試了，被逐出書院的人一般都是德行有虧的。

本來按照計劃，他把陸予風的媳婦抓來玩弄後就賣到很遠的窯子裡去，到時候誰有證據能證明是他幹的。可如今劉家宏被抓，那事情就完全不一樣了。

他妻子彭氏今天也上山來了，準備幫他收東西，明天就要出發去省城。

「相公你幹麼呢？一整天魂不守舍的，是在擔心鄉試的事嗎？哎呀別擔心，你一定會考上……」

「砰砰砰。」

彭氏聽見敲門聲住了嘴，放下手裡的東西，連忙去開門。「誰呀？來了來了。」

但是她沒有留意到，敲門聲把趙安盛嚇得一縮。

彭氏打開門一看，門口站著三個人，其中兩個是陸予風和他媳婦，另一個大個子她不認識。正要問話，江挽雲幾人卻不理她，直接就往裡面走。

江挽雲道：「把她嘴巴堵住。」

「你們幹麼？」彭氏大驚失色，還未來得及反應，杜華一把將她的手反剪在背後，把嘴巴塞住，手用繩子綁了起來。

江挽雲快步往裡走，聽見窗戶打開的聲音，轉過屏風就看見趙安盛翻窗跳出去的身影。

第三十四章

「別跑！」江挽雲衝到窗邊，但趙安盛已經連滾帶爬跑出去老遠。

這時杜華也爬出窗子，幾下就追了上去，一腳將他踹倒在竹葉堆裡。

「哎呀痛痛痛！好漢饒命好漢饒命！」趙安盛很識時務，一點也不反抗，任由自己被杜華提著後頸，揪起來往後拖回屋裡。

待兩個人回到屋子，杜華把趙安盛也綁了起來，而後關上門窗守在外面。

彭氏驚恐萬分的看著他們，而後又用疑惑的眼神看著趙安盛，拚命向他眨眼睛，嘴裡嗚嗚叫著。

趙安盛自身難保，哪裡管她，他感覺自己今天是要栽跟頭了，陸予風旁邊怎麼會有那麼厲害的人啊，實在太可怕了！

他瑟瑟發抖著，非常主動道：「陸大哥！放過小弟吧，我也是給別人賣命的啊，你想知道什麼我全告訴你。」

陸予風冷漠的看著他，趙安盛看著他的眼神有點害怕，陸予風怎麼變成這種凶神惡煞，眼神好像要殺了自己一樣。

陸予風勉強壓下自己的怒氣，道：「劉家宏做的事，是你的主意還是楊懷明的主意？」

「當然是楊……」趙安盛說著停了下來，楊懷明在省城，說是他的主意誰會信。

他小心翼翼的看了一眼陸予風，絞盡腦汁道：「是……是楊懷明吩咐我的，如果發現你回書院準備去參加鄉試的話，就想辦法把你攔住。」

意思就是把江挽雲抓走的主意是他出的。

陸予風面色平靜，江挽雲也不說話，就看著他怎麼處理。

陸予風道：「嗯，你還知道楊懷明有什麼計劃？」

「啊這……」趙安盛臉色掙扎，最後道：「我也不知道，只知道他想徹底廢了你。」

陸予風輕呵一聲，眼神帶著諷刺。「我哪裡得罪他了？」

趙安盛道：「其實他就是記恨你，覺得是你搶了他的位置。」

趙安盛可謂典型的牆頭草了，立馬倒向陸予風，開始拉踩楊懷明。

「他是知府的嫡子，從小穿金戴銀、順風順水的，想要的沒有得不到的，平日在書院裡眼睛長在頭上，看不起其他弟子。要不是秦夫子曾經的官位高、名聲大，結交的當世大儒和朝中官員多，他才不會紆尊降貴來這兒呢。」

趙安盛酸溜溜繼續道：「說起來本來你與他之間的矛盾不過是因為同為一門弟子，你的天資比他更高，更得夫子喜愛罷了。但你不知道，在你上次回書院拜訪後，他就得到去省城書院學習的機會，但是他不甘心，還想要秦夫子的舉薦信，有了舉薦信，日後他就可以拜更有名氣的老師，到了京城也會順利很多。」

江挽雲問：「但是秦夫子沒有給他舉薦信是嗎？」

趙安盛點頭。「對啊，秦夫子說舉薦信和省城書院的名額只能二選一。他是夫子，不能只偏心一個弟子，就算不給你，也要給其他弟子，當初去省城可是楊懷明自己選的。」

陸予風問：「可是他覺得秦夫子私下定了要把舉薦信給我？」

趙安盛又點頭。「對啊對啊，他就是覺得秦夫子偏心你，覺得是你的存在攔了他的路，說只要你敢參加今年的鄉試，就要把你弄殘。」

陸予風聞言沈默，感覺自己的心裡沈重得很，他未曾想過自己明明什麼也沒做，就牽扯出這麼多事來。

但他如今想抽身是不可能了，今年鄉試他必須參加，想攔他的路，他不會手下留情。

趙安盛看陸予風的臉色，試探道：「該說的我都說了，你能不能放了我？」

旁邊的彭氏也瘋狂點頭。

江挽雲道：「為什麼要放了你？就算你是照著楊懷明的想法行事，但你自己難道就是清清白白的嗎？」

趙安盛冷汗涔涔。「我……我……」

他一咬牙，撲通一下跪在地上磕頭道：「我鬼迷心竅！我該死！姑奶奶，陸大爺！你們放過我吧！我上有老下有小，我以後給你們做牛做馬都可以！」

江挽雲垂頭看他。「你怕死？」

「怕！怕得要命。」

他都要嚇尿了，外面那個大個子感覺一拳就能打死他。

江挽雲道：「那你說說，還知道楊懷明什麼事，說了我就饒你一條命。」

「還有……還有……」趙安盛腦子飛速轉動，終於想到一點。「我想起來了！上次因為他沒得到舉薦信，感覺受到了滿大的打擊，就喝酒，還拉我陪他喝。然後他說、說，沒有舉薦信又怎麼樣，只要到時候多塞點銀子什麼的……」

說到這裡他不敢再說下去了，這種大逆不道的話，他本來準備爛死在肚子裡的。

陸予風皺眉。「你是說他可能還會賄賂考官？」

科舉舞弊，這可是殺頭的大罪。

「不是我說的、不是我說的，是你自己猜的啊，只不過我記得他母親的庶妹，就是京城某個大官的妾室來著。」

楊懷明名義上是趙安盛的親戚，其實兩家人的關係隔了十萬八千里。

「我真的都說了，能放過我了嗎？」趙安盛眼巴巴道。

陸予風道：「只不過是答應饒你性命，你想對我下手的事就算了，但你想抓走我娘子的事卻不能算。」

趙安盛一聽，心裡咯噔一聲，冷汗狂流。完了，陸予風居然是個如此記仇的人。

「那你、你想怎麼樣？」他硬著頭皮問。

旁邊的彭氏已經嚇傻了，一邊流淚一邊嗚嗚直叫。

陸予風道：「這次你不能參加鄉試。」

趙安盛馬上答應。「成！成成成，我答應！」

他本來就沒什麼把握，去了也只不過熟悉一下考場氛圍罷了，但他直覺這事沒這麼簡單。

果然陸予風又道：「另外，斷你一條腿，恢復得如何就看你運氣了。」

「你！」趙安盛一聽，直接從地上彈了起來。「你，你敢！我家人不會放過你的！陸予風你好狠毒！」

陸予風薄唇一掀。「沒你狠。」

真以為他不知道，若是江挽雲真的被抓走了，會是什麼下場嗎？

彭氏也瞪大了眼睛。

江挽雲簡直樂開了花，她就喜歡睚眥必報的人。

江挽雲笑道：「若是你家人把事情鬧大，那你覺得是被逐出書院好呢還是斷腿好呢？」

趙安盛聞言沈默，斷腿還可以養好，逐出書院可就失去科舉資格了。

他在原地想了半天，終於認命的閉上了眼睛，語氣淒涼。「那你們下手輕點。」

怪就怪他沒早點下手，若是兩年前就讓陸予風死在病床上，哪裡還會有今天的事。

「杜華，帶他去後山。」江挽雲推開門道。

杜華是聽到屋裡的說話聲的，進來就把趙安盛的嘴也堵上，提著往後山去了。

彭氏瘋狂搖頭，衝過來用頭撞杜華，被杜華一巴掌掀開了。

江挽雲看了她一眼。「妳與其在這裡想著怎麼報仇雪恨，不如想想後面怎麼照顧好妳相公。」

說罷她與陸予風推門出去了，待杜華回來自會為彭氏鬆綁。

「怎麼樣，有沒有很解氣？」

江挽雲看著他，伸手摸了摸他皺著的眉頭。

陸予風伸手拉下她的手順勢抓著沒放，說不出來心裡什麼感覺。有解氣，有釋懷，還有對未來的恐懼。

還好他還有挽雲陪著，若是他一個人面對這些，實在不知道該如何自處。

他想起了先前作過一個古怪的夢，那個夢裡在自己身邊的女人……不，在他身邊的應該是挽雲才對。夢裡的那個他，肯定不是真的他。

「拉夠了沒有？」江挽雲假裝嫌棄的抽回手，還在衣服上擦了擦。

上午宿舍裡基本是空的，弟子們不是在上課，就是在準備去省城的行李。他們兩個是不急的，畢竟東西早就準備好了，又有自己的馬車，方便得很。

從縣城去省城走水路要走兩天，但是多數人會暈船，為了避免影響考試，他們選擇走陸路，走陸路要三天，途中會經過兩個府，其中一個就是楊懷明父親當知府的地方。

兩人在書院裡逛了逛，便去了秦夫子家。秦夫子和他的兒子都要去省城，李氏要留下來照顧婆母和女兒。

去省城的話車費平攤，吃住自己負責。此去至少要大半個月才能回來，很多家境好的會自己租馬車隨行，沒錢的就和別人併車，幾個人一輛馬車，自然就帶不起媳婦了，畢竟多個人就多幾兩銀子的開銷。

這次出來江挽雲帶的銀兩很足，這幾個月開店賺的加起來接近一百兩，普通學子鄉試花四、五兩就儘夠了。

主要是因為隨著鄉試到來，省城的客棧和飯館價錢都水漲船高，平日裡幾十文一間的客房可能漲到幾百文。

李氏和師娘把行李打包好，備了許多膏藥，給了陸予風幾小瓶，有跌打損傷的、防蚊蟲的、治失眠頭痛的。

秦夫子帶了好多次隊了，很有經驗，一點也不緊張，一切安排得井井有條。

吃罷飯江挽雲與陸予風就坐車下山去採購。路上無聊，江挽雲便買了很多零嘴，幾個水袋，還買了話本等解悶的東西。除此之外她還買了很多草編的軟墊，放馬車裡，防止坐三天馬車屁股開花。

剛回書院就聽到有人道：「這趟安盛也太不小心了，馬上要出發了，居然把腿摔斷。」

「我去看了，還挺嚴重的，沒個三、四個月好不了。」

「那他豈不是不能參加鄉試了？」

「也不知道是得罪了哪路神仙，能這麼倒楣。」

次日一早，十幾輛馬車在書院門口停好，馬兒都餵得飽飽的，眾人紛紛向院長和各位夫子及同窗拜別，而後上了馬車。

太陽剛升起，馬車依次下山了，江挽雲挑起簾子往外看，她終於要去往更大的地方了。

秋日天空一藍如洗，只有朵朵白雲打著卷。

一行馬車緩緩駛進隨州城。

隨州地處平原中心位置，四面地勢皆平，數個府城呈現眾星拱月之勢，奔騰的清江橫穿城中，將隨州分為東西兩城。

江挽雲等人已經行了三天兩夜，一路上又熱又累，終於在第三天下午到了城門口。

她這幾日是睡不踏實的，因她擔心江家會趁著這幾天在路上對他們下手。

陸予風此番前往省城鄉試，他們必定會坐不住，一旦陸予風中舉，那雙方的地位身分將不復從前，江夫人必定不會坐視不管。

但奇怪的是，這一路都相安無事，江挽雲卻沒有因此放下心來，反而更加警惕，總覺得有種山雨欲來風滿樓的感覺。

隨州城很大，比縣城還大上幾倍，城中住著數不清的權貴世家，這些人又與京城聯繫緊密。在路上的時候秦夫子就囑咐他們，到了城裡不能私自外出，不多問、不多看，好生溫習才對。

進了城門，找了一家客棧，棲山書院的學子陸續將東西搬進房間，有錢的住上房和普通房間，沒錢的與其他人一起擠下房。

儘管如此，還是有許多人被房價嚇到了，竟比縣城普通客棧高出十倍有餘。

江挽雲深知財不外露，陸予風在其他人眼裡還是農家子的形象，所以她選了一間普通客房，一晚上八百文，能抵縣城一個長工一個月的工資了。

旁邊的學子都羨慕的看著陸予風，他們並不認為陸予風發達了，只認為他娶了個有錢媳婦，畢竟江家是縣城富商。

這客房挺大，除了臥房還帶一間會客室，中間用屏風隔開。會客室擺著桌子、椅子、書桌和一張榻，江挽雲決定讓杜華睡榻上，離得近才好照應。

夜幕降臨，秦夫子的兒子秦文濤來敲門，問要不要一同下去用飯。

因李氏曾交代他，讓他多照顧著陸予風小倆口，兩人年紀小，又是第一次來省城。尤其是要叫他們一起吃飯，這樣若是有人打著在飯菜裡動手腳的心思，也會顧忌秦夫子。沒有秦夫子的話，這些初來省城的學子定會失去主心骨，像無頭蒼蠅一般。

「一路上累了吧。」秦文濤道。

陸予風道：「多謝師兄關懷，我感覺還好。對了，楊懷明會上門來拜見老師嗎？」

畢竟秦夫子才是楊懷明的正經夫子。

秦文濤道：「他遞了信來的，說明日就來拜見。」

「那他後面幾日是住客棧還是住書院？」

秦文濤說：「應是與我們同住的，他的鄉試文書還在我爹手裡。他只不過是去省城書院進修，並不是那裡的人，他信裡寫了，讓我們幫他先訂一間上房。」

見陸予風的神色有異，他道：「你是不是不想讓楊懷明知道你來省城了？」

陸予風默認。

秦文濤對於陸予風和楊懷明之間的關係也懂的，替他想辦法道：「瞞肯定是瞞不住了，他這人我也瞭解，心高氣傲，有些容不得人，加上他父親是知府，也沒人敢得罪。不如你搬去其他客棧吧，不住一塊兒，應該關係不至於那麼僵。」

陸予風抿唇，眼裡看不出情緒，道：「只能如此了。」

此時江挽雲沒跟陸予風一起，她是女人，不適合去跟一桌子學子一起吃飯，便讓小二把飯菜送到房裡和杜華一起吃。

江挽雲點了兩個葷菜、一個素菜，花了兩百文，儘管她現在賺錢了，也怪心疼的。想當初她剛去鎮上擺攤時，一天才賺一百多文呢。

很快的，飯菜就送到屋裡，好在菜的味道還不錯，能在省城立足的廚子，廚藝都是沒話說的。

她點的飯菜是三個人的分量，她只吃了四分之一，其他的全讓杜華吃了，杜華有些不好意思的看著她。

江挽雲知道他本來就吃得多，加上趕車三天累了，便把托盤拿出門交給小二，道：「麻煩再給我來碗打滷麵。」

小二笑著接過托盤道：「好嘞，請問客官要幾兩？飯量小的二兩儘夠了，飯量大的三兩合適，四兩管飽。」

江挽雲想了想，杜華已經吃過飯了，就是看著有點意猶未盡的樣子，那便來三兩吧。

「三兩，多少錢？」

「五十文。」

平日裡一碗麵十幾文就夠了，這不就是趁著鄉試期間狠賺一筆嘛。

江挽雲面無表情的付了錢，嘆氣，果然她賺的這點錢在大城市是不夠看的。

距離鄉試開始還有兩日了，粗略算下來這一趟得花個幾十兩。

很快門被敲響了，原來是陸予風吃完飯回來了，小二緊跟其後，端來麵條。

一個大瓷碗裡躺著黃澄澄的麵，上面蓋著滷子和菜葉、蔥花。

「這位相公請慢用。」

陸予風看著麵有點莫名其妙，問江挽雲。「你們還沒吃飯嗎？」

江挽雲笑道：「吃了，杜華還沒飽。」

杜華尷尬的撓頭，他現在對江挽雲是越來越死心塌地了。因為江挽雲不但不打罵他，也不嫌棄他笨，不嫌棄他吃得多，還給他吃好吃的，給他賞錢，這是他以前被賣好幾次都沒有的待遇。

趁著杜華吃麵的功夫，陸予風說了楊懷明要來的事。

江挽雲也覺得還是搬出去比較好，就算對方不做什麼，互相看著也影響心情。

「那我們明日一早就離開吧，你與秦夫子說了嗎？」

陸予風道：「說了，秦夫子答應了。」

天色不早，洗過澡後便躺下睡覺。江挽雲睡到半夜時，突然迷迷糊糊聽到外面有動靜，她睜開眼搖醒陸予風，對他做出一個噓的動作。

陸予風也聽到了，便輕手輕腳下床去看，繞過屏風，正撞見杜華打開門出去。

江挽雲小聲道：「我們在這兒等著，看他什麼時候回來。我聽見好幾次動靜了，他應該不是第一次出去。」

陸予風點頭，兩人便在榻上坐著。等了片刻，杜華高大的身影出現在門口，他進來關上門，一走近，卻見月光下坐著兩個人。

饒是膽大如他也被嚇了一跳，仔細一看，才看清是江挽雲兩人。

江挽雲起身直接問道：「你去哪兒了？」

杜華抓了抓頭，指了指門外，指了指肚子。

「你拉肚子？」江挽雲皺眉，好端端的怎麼會拉肚子。

杜華點頭。

她與他晚飯吃的是一樣的，她沒事，莫非問題出在那碗麵裡？

杜華捂著肚子，表情有些扭曲，他掙扎了一下，又轉身開門出去了。

當時小二問她要幾兩，她說三兩，是不是旁邊有人聽到，誤以為她是給陸予風點的麵。

陸予風也想到了這一層，在房間裡踱步著。

杜華這麼健壯的人都拉成這樣，若這麵真是陸予風吃了，不得拉掉半條命？那兩天後的考試怕就根本沒法子參加了。

果真防不勝防。

「我們天一亮就走，這藥是誰下的我們沒辦法追究，現在最重要的是鄉試。」

江挽雲抓了抓頭髮，她心情煩躁的時候就喜歡抓頭。

穿越了大半年，這還是她第一次遇見這麼難搞的情況。對方是誰，有多少人，會幹什麼，她完全不知道。

陸予風道：「對方明顯是衝著我來的，不如我們分開走，掩人耳目。」

江挽雲聞言道：「有道理，那明天我與杜華坐馬車，你乘人不備從後門走，路上我再棄了馬車，混進人群裡。我記得白天來的時候路過一家天香樓，就在那裡會合。」

這樣的話即便有人跟著馬車，也不會知道陸予風去了哪裡。

兩人連忙開始收拾行李，天剛矇矇亮時，杜華已經拉得臉色慘白，但他身體底子好，還勉強撐得住。

江挽雲又是心疼又是愧疚。

陸予風先把自己的頭髮紮好，用布巾包上，穿上杜華的短褂，打扮成普通幹活的男人，下了樓。

早上的客棧後院是很忙碌的，負責買菜的人早早就要出發去菜市場了，陸予風順勢跟著買菜的車從後門出去了。

江挽雲則等到了天色大亮，才帶著杜華坐著馬車出發。

先去了醫館買藥，在醫館待了一會兒，等杜華的情況好轉了，他們又坐車在城裡到處轉來轉去，而後江挽雲獨自下車進了一家銀樓，杜華則駕著馬車先離開了。

銀樓前後門都臨街，店裡人很多，江挽雲混入其中，隨著幾個女子一起從後門出去，匯入人流裡。

這下他們就是兵分三路了。

江挽雲憑著記憶找到昨天路過的天香樓，一進去果然見到正坐在角落裡喝茶的陸予風。

江挽雲坐下，咕嚕咕嚕灌了幾口水。「怎麼樣，沒發現有人跟著吧？」

陸予風道：「沒有，我出來得早，天剛亮應該看不清臉。」

「我給了杜華一兩銀子，讓他自己去吃點好的，晚上再來找我們。」

天香樓是吃飯的地方，但旁邊就是一家客棧，離秦夫子他們住的地方走一刻鐘，不遠不近正好。

江挽雲叫了小二過來，點了幾個菜，跑了一上午她也餓了。

按這個朝代的規定，鄉試要提前一天進考場，進考場前由陪考家屬提著空籃子，等大門一開就衝進去，把籃子放在位置上便表示這間號舍被占了。

若是運氣差的，坐在臭號和小號那可就難熬了。

臭號旁邊放著恭桶，能把人臭暈，小號則是空間比較狹小，不方便坐立。

三場一共考九天，一場三天兩夜，吃住都在裡面。

江挽雲吃罷飯，提著東西進了客棧歇了會兒後，便開始為陸予風準備鄉試要帶進去的東西了。

第三十五章

陸予風雖說如今病好了，但身體還不算強壯，再說了如今天氣酷熱，強壯的人都不一定受得了號舍裡的悶熱，屢有中暑的事發生。

江挽雲下午是一個人出門的，她戴了一頂帷帽遮太陽，先去藥店買了些消暑的藥，又買了一些便於存放的吃食和雜七雜八的東西。

提著大包小包的回了客棧，就聽同住客棧的學子在一樓大廳裡談論今年鄉試搶座改革的事。

因以往都是等大門一開，眾人衝進去占座，導致很多踩踏事件發生，所以今年改成排隊進去，先到先得，從後天凌晨開始排隊。

客棧的人皆唉聲嘆氣，尤其是獨身一人前來考試的，這幾天幾夜不能好好休息，鐵打的人都受不住。

江挽雲聞言，腳步一轉，去了離這兒不遠的木匠店，花幾十文買了個小板凳。

剛一回來走進客棧大門，正遇見兩個人在跟掌櫃打聽，店裡有沒有住一個姓陸的學子，稱自己與這位學子是同鄉，約好了省城碰面。

掌櫃的翻了翻帳本。「我們這裡住的學子很多，每個我都記下來了，但沒有姓陸的。」

棲山書院的人除了秦夫子父子，其他人都不知道陸予風去了哪裡，甚至他什麼時候走的都不知道。

秦夫子說陸予風的媳婦有親戚在省城，接他們去家裡住了。

但楊懷明不信，覺得陸予風一定還在附近。陸予風不敢出來露面，楊懷明便讓手下一間一間客棧問。

兩人道：「那今天上午可有來住店的，帶著媳婦的學子，小倆口都比較年輕。」

掌櫃仔細回想，江挽雲心裡咯噔一下，停下腳步站在柱子後面聽。

「沒有！」掌櫃的斬釘截鐵道：「昨天有、前天也有，有十幾對呢。」

「沒有就算了！」那兩人說罷，扭頭就趕往下一家了。

掌櫃的摸摸鬍子，繼續笑呵呵的打算盤。

江挽雲忍不住上前問道：「掌櫃爺爺，你方才為何說沒有呢？」

掌櫃的看了她一眼，記起她就是上午來的那對小夫妻，笑道：「你們住了我們的店，我們自然要照應著，往年許多乘機尋仇的，我們要保證學子的安全才是。」

畢竟住店裡的學子，說不準誰就是未來的狀元郎呢，那到時候狀元住過的客棧自然生意興隆。

江挽雲聞言笑道：「謝謝您。」

她從自己提的大包小包裡，摸出幾個竹簍裡裝的半綠半黃的橘子。「這是今年第一發橘子，給您嘗嘗。」
掌櫃沒拒絕，笑道：「剛開始賣的橘子可貴喔。」
「沒事，就嘗個鮮。」
江挽雲說罷提著東西上樓去了，進了屋陸予風趕緊過來提東西。
江挽雲把事情跟他講了下，陸予風手一頓，道：「明日還得麻煩娘子多為我掩護了。」
在進考場前，他都不能暴露身分，以免節外生枝。
江挽雲道：「你這兩天就安心吃好喝好睡好，到時候進去考試就行了，其他事我來解決。」
陸予風看著她，表情很凝重，道：「我一定會考上的。」
若是考不上，他該如何償還江挽雲的恩情。
江挽雲抓抓頭髮，尷尬笑道：「別這麼嚴肅嘛，弄得我都正經起來了。」
她把東西擺開，把買的吃的拿出來。「你啊多吃點，進了考場就只能吃乾糧了。」
青皮橘子、一個小西瓜、一包醬香餅、一包糖炒栗子、兩個肉餅。「你快吃這個餅，我覺得還挺香的。」
她笑咪咪的抱著西瓜，沒有刀，只能一拳把西瓜砸破，掰成幾大塊吃。這朝代的西瓜不太甜，個頭也不大，粉紅色，西瓜籽大，感覺品種不行。
看她這麼樂觀，陸予風的心情也慢慢平靜下來。兩個人吃了東西後，太陽快下山了，站在窗邊可以看見遠處的夕陽映紅了天空。街上來來往往的人和馬車，賣東西的小攤開始收東西回家，出城的人加快腳步往城門口去。

江挽雲趴在窗子上，風吹過，捲起她的頭髮飄動。

陸予風道：「妳喜歡這樣的景色嗎？」

「喜歡啊，我覺得最好的日子就是吃好喝好睡好身體好，有花不完的錢，還有愛的人在身邊。」

不過她現在除了吃好，其他的都沒實現。

陸予風沈默，把桌上的東西收拾了一下，點燃蠟燭開始繼續看書。

夜色降臨時，江挽雲下了樓到隔壁天香樓門口等著，等了一會兒見一輛馬車駛來，是杜華來了。

她領著杜華把車停到客棧的後院，道：「沒人跟著吧？」

杜華搖搖頭，從馬車裡提出一個油紙包來遞給她。

江挽雲接過來，笑道：「給我們帶的？」

杜華點頭，又從兜裡摸出幾串銅錢給她。上午她給了他一兩銀子，竟然還剩一半。

江挽雲聞了聞油紙包，一股香味鑽出來。「燒雞？」

杜華點頭。

這燒雞如今怎麼也得花個兩、三百文，這樣算來他自己只隨便吃了點吧？江挽雲嘆了口氣，這孩子是真老實。「我不是叫你自己買點好吃的嗎？」

杜華先去餵馬，江挽雲進了大堂，點了兩份砂鍋米線，讓他們半個時辰後再送上來。

她提著燒雞進了屋，把裹著燒雞的油紙包打開，頓時一陣香氣飄來，陸予風還以為她方才下樓又順便買了吃的回來。

「杜華買的。」

她已經被燒雞的香味勾得又餓了，便在房間的水盆裡洗了手，把燒雞剁成幾大塊，留了一半給杜華，自己和陸予風分吃了一半。

吃罷洗了個澡，杜華已經餵好馬回來了。

這家客棧仍然是一間臥房連會客室，杜華可以睡榻上。

這時小二送米線來了，加了煎蛋、豬肝、肉丸和各種配菜，兩份米線共一百八十文，用兩個砂鍋裝著，還搭配兩個小碗。

「杜華，給你留了一半燒雞，你們兩個快吃了米線歇息吧。」

江挽雲扭扭脖子，先爬到床上躺下了，她走了一下午，感覺累了。

杜華沒想到這米線是給自己留的，看了看陸予風。陸予風也沒想到自己還有消夜，笑嘆一聲，撩開衣襬，坐下來開始吃。

待夜色漸漸變深，街上的喧鬧聲開始變小，家家戶戶進入睡夢中後，一家客棧的客房裡坐著三個黑衣男人。

一男人道：「找到人沒有？」

「沒有找到，不知道人啥時候走的，是我們太掉以輕心了。」

「你說他們為啥住得好好的就跑了呢？難道發現我們了？」

「不可能，不過今天我發現還有另外的人也在找他們，挨個兒客棧在打聽。」

「他總要去參加鄉試，到時候把大門守著，總能等到他出來……」

次日中午吃了飯後，江挽雲便和杜華先去踩點，看看貢院外面的情況，再買點吃的帶回去。

陸予風則是睡了一下午，睡到天黑盡了才起床，洗頭洗澡後吃了客棧送上來的飯菜。客棧裡的學子已經開始忙忙碌碌收拾東西了，雖說天亮開始排隊，但早去早占位置。到時候會有官兵來守著，擾亂次序的，破壞規矩的，都會被官兵趕出去。

三人吃了飯後，江挽雲和杜華揹著兩個大包袱送陸予風去貢院。

馬車是行不通了，路上全是車，還不如走路快。杜華個子大，走在路上沒人敢擠他，江挽雲和陸予風則跟在他身後，三人到貢院門口時，外面已經有好多人了。

若是來得晚了被堵在周邊，那倒是肯定搶不到好位置的。

好在到處都烏漆抹黑的，只有一些下人手裡提的燈籠能勉強看清周圍，所以陸予風倒不怕別人認出他來。

旁邊有大戶人家的少爺開始抱怨這是什麼鬼規定，還要本人親自來排隊，以往只要家屬把籃子提進去占座即可。

半夜時分夜風冷颼颼的，有的人已經打開包袱，把備好的毯子拿出來披上了，有錢人家就坐在下人帶來的椅子上，沒錢的索性往地上一坐就開始打盹。

好在他們早有準備，出門的時候多穿了一件外衣，江挽雲把備好的板凳拿出來給陸予風坐。

陸予風要把板凳給她坐，江挽雲拒絕了。「你還要考試呢，得累好幾天。我等你進去了就回去睡大覺，你別管我。」

板凳帶多了重不說，還容易磕磕絆絆的，所以只帶了一個。

但很快江挽雲就發現她高估了自己的毅力，後半夜她一邊抖著腿一邊打哈欠，陸予風實在看不下去了，道：「妳來坐著，我站會兒。」

江挽雲搖頭，杜華看看她又看看陸予風，急了，指了指陸予風，又拍拍自己的大腿。

陸予風恍然大悟，輕輕拉了江挽雲的衣服一把，想問她要不要來坐他腿上。話還沒說出口，江挽雲本就睏了，被這樣一拉，腳下不穩，一屁股坐他懷裡了。

陸予風全身一僵，江挽雲瞌睡蟲也嚇飛了。她挪動了一下屁股，不管了，她腳後跟疼死了，坐會兒就坐會兒。

陸予風則是小心翼翼的不敢動，幸好是晚上，也沒人看得出來他的耳根子有什麼異樣。

臨近天亮時，許多人開始吃東西，來陪考的家屬也開始對自家學子千叮嚀萬囑咐。

陸予風吃了點東西，在江挽雲的交代下把包袱揹好，站起身。

天亮，負責的官員便宣布可以開始排隊了，有的人想往前擠，但看著架著長槍的官兵也不敢太過分，整體秩序還不算亂，陸予風排在中等位置。其實臭號和小號等號舍只是少數，所以大部分學子也不是特別擔心，只有排最後的學子如喪考妣。

又站了幾個時辰，貢院大門三門齊開，幾個身著官袍的官員走出門外，先宣讀一番話，而後禮炮聲沖天，一官員站在門口高聲道：「辰時到！入——場！」

學子們魚貫而入，會有專門的人一一檢查他們帶來的東西。

吃食要簡單的，饃饃、饅頭都要切開防止夾帶紙條。可以帶保暖衣物，但都要單層的，甚至風燈都可以帶進去。這個朝代對於學子們帶進去的東西管得不嚴，只要不涉及作弊，不傷害他人，那就不會管你。

陸予風的包袱裡裝著江挽雲準備的各種吃的喝的、衣物、蠟燭、筆墨紙硯等，甚至還裝著一個草編的墊子。

檢查的人把吃的一一檢查了，用奇怪的眼神看了他一眼，而後把墊子看了又看，確定是實心的，沒有夾帶東西才放他進去。

陸予風從容邁步進去，見裡面一排排號舍整齊排列著，好位置已經坐上人了。他掃視一圈，察覺有人在盯著他，他回看過去，反應過來，這人正是半年前有過一面之緣的楊懷明。

楊懷明面無表情，陸予風神色也冷下來，兩個人眼神交鋒了一下，陸予風收回視線，繼續往前走。

他如今不會為這些不相干的人影響自己的心情。

卻說江挽雲把陸予風送回考場後便和杜華回客棧，兩人吃了點東西，各自躺下一覺睡到下午。而後江挽雲去洗衣服，杜華牽著馬車出去換車篷，他們的馬車如今被人盯上了，得改頭換面一下。

待杜華回來時，江挽雲點了飯菜送上來，吃了一半，窗外大風呼呼作響，有人在喊下雨了收衣服。

她放下筷子起身看了看，趕緊下樓去後院把自己和陸予風的衣服收了，回到房裡卻不見杜華的人影。她叫了幾聲，突然聽見窗子外有動靜，走過去一看，嚇了一跳。

只見杜華一手扒著窗沿，整個人懸空掛在窗戶外，另一手在牆上摸著什麼。見她來了，他指著牆上的印記給她看。

江挽雲趴著看了半天，才反應過來那是半個腳印。

她心裡咯噔一聲，莫非在他們外出的時候，有人進了屋裡？

「下雨了，你先上來。」

豆大的雨點噼哩啪啦砸下來，窗外一片嘩啦聲。

杜華撐著身子爬上來，在房間裡到處查看，尤其是上了漆的檯面上，側著看可以看見留下的指紋，最後他指了指梳妝匣。

「梳妝匣裡有問題？」江挽雲把窗子關好走過來，把燭臺端過來照亮，啪嗒一下打開了匣子。

乍一看沒什麼問題，她仔細查看，發現平日裡用來搽臉的玉蘭油不太對，味道好像有點嗆。

她用手指沾了一點聞了下，覺得味道明顯嗆人，她把瓶子拿高，就著燭火翻來覆去的看著，而後發現，這玉蘭油的量似乎更多了，被人混進了東西？

若是她沒發現，用了這油搽臉，說不準明天就會爛臉。

對方到底是誰，難道不光是針對陸予風嗎？

他們一直以為是楊懷明想阻止陸予風鄉試，可如今看來，還有人在打她的主意，而與她有仇的人……

江家人？

貢院內，奮筆疾書了一天的學子們終於停下筆，把號舍裡的兩塊板子拼接在一起，躺在上面開始歇息。

整個天空都是雨霧，頭頂的瓦片噼啪作響，陸予風停了筆，把卷子小心收好。

學子們陸陸續續開始吃東西，大多吃的是冷水就乾糧，條件好的吃糕點滷菜之類的，條件不好的吃點饃饃，填飽肚子即可。

至於鬧不鬧肚子，味道如何，那就不在考慮範圍內了。

陸予風還未細看自己包袱裡有啥吃的，今年的題目不是很難。他答題後覺得心情不錯，把包袱打開，裡面是幾個鐵盒子，用油紙包著。

打開其中一個，發現裡面竟然一半是切成塊的燒雞，一半是切成片的醬燒肉。

再打開另一個盒子，裡面是各種點心。第三個盒子裡是各種洗好切塊的水果，還放著幾根竹籤，最後一個盒子裡是江挽雲在縣城就做好帶來的肉乾和肉脯。另外包袱裡還有幾個橘子，幾塊糖餅，一小包堅果和蜜餞，除此之外還有一張毛毯、一些蠟燭等物。

陸予風心想，原來他不是來考試的，是來享受的，難怪他總覺得自己的包袱怎麼這麼沈呢。

以往聽說貢院大門開，多有出來的學子形容憔悴，腳步虛浮，他覺得他出去的時候還能跑能跳。

他拿起筷子把燒雞和醬燒肉吃了，這兩樣放到明天可能會壞，又把水果也吃了。他揉揉肚子，感覺有點撐得慌，估計明天一天都不用吃東西了。

把東西收好，他取出毛毯，蜷縮在板子上睡覺。剛開始還會被哪個學子的驚叫聲嚇醒，或是號舍裡進了老鼠蟑螂，或是運氣不好頭頂漏雨的。後面他已經習慣了，心無旁騖的睡覺。

反觀不遠處的楊懷明則是心煩意亂，他何曾待過這種環境的屋子，頭頂就是蜘蛛網，腳下就是蟑螂老鼠，幸好他頭頂不漏雨，若是漏雨他還得護住試卷，當真教人無法安心作答。

這樣的日子持續了三天兩夜，陸予風早早的答完卷子，一邊檢查一邊嚼肉乾，巡考官路過他的位置，每回都見他在吃東西，不禁搖頭嘆氣。此子怕是家裡有幾個金銀，不知科舉之重要，來了考場還如此懈怠，估計心裡早就做好了三年後再來的打算。

第一場考試縱使再難，多數學子都咬牙熬過來了。第三天貢院大門打開，門口站著數不清的陪考家屬，江挽雲與杜華在等陸予風，另一夥人也在等陸予風。

「那娘兒們今兒不會來了吧？我在那客棧門口守了幾天都沒看見她出來，想必是臉真的爛了。」

「都說最毒婦人心啊，江家那二小姐對親姊姊都這麼下得去手，那東西搽在臉上必定皮開肉綻的。」

「這富貴人家的事旁人哪說得清，指不定是什麼深仇大恨呢，還是盯緊點，把事情辦了拿錢走人。」

也多虧這排隊進去的規矩，不然他們還真找不到兩人在哪兒。

「等等，你們看，那是不是那娘兒們？」

「真是她！快，跟上去！」

周圍人太多，他們只能遠遠跟著，看著江挽雲接了陸予風離開，而後進了一家酒樓。他們跟進酒樓，裡面到處都是客人，他們看了一圈，找到了江挽雲兩人的位置，便在不遠處盯著。

待江挽雲兩人吃完飯，結帳後起身往外走時，幾人終於察覺到了不對。「等等，這兩個人的身形，是不是與陸家那兩口子不一樣？」

「好像矮一些，跟上去看看。」

他們越看越不對，追上去一看正臉，根本不是陸予風和江挽雲，而是和他們兩個穿一樣衣服的人！

他們被耍了！

卻說江挽雲拉著陸予風一路快走，到了一條巷子裡，爬上馬車後才歇了口氣，不知道找來的那兩個替身能不能矇混過關。

陸予風喘了口氣，道：「妳安排得好周到。」

他並不知道這幾天外面發生了什麼，但看江挽雲的做法也知情況的凶險。

「杜華，走吧。」

馬車緩緩啟動，江挽雲才來得及把事情簡單說了下。

「總之就是楊懷明和江家的人都在找我們，所以我不得不立馬轉移陣地，先去客棧歇下再說。」

來到一家新的客棧，吃罷飯，陸予風抓緊時間洗頭洗澡睡覺，明日上午又要開始第二場考試了。

這幾天江挽雲和杜華的心一直緊繃著，如今順利到了客棧才算鬆了口氣。

下午江挽雲又戴上帷帽出去給陸予風準備吃的用的，第二場考試不用排隊，第二天上午直接進去就行。

而如今江家可算是鬧得雞飛狗跳的。

因秦霄帶回來一個女子，還是一個懷孕的女子！

他要讓女子做妾，江挽彤死也不答應，兩人大吵一架，不歡而散。但因為女子已經懷孕了，所以秦霄堅持把人接進府裡，並說一旦孩子出問題，那就怪在江挽彤頭上。

若說江挽彤為何這麼恨江挽雲，那是因為她對著這懷孕的女人左看右看，竟然看出幾分與江挽雲的相似之處來。

莫非秦霄心裡的人是江挽雲，這女人是她的替身？

江挽彤左想右想，越來越覺得有道理，便更加記恨江挽雲幾分。

她日日想著法子搓磨這女人，但江夫人反而勸她忍耐下來，到時孩子出世，去母留子，把孩子抱過來養在自己身邊就是了，到時候還不是誰養的跟誰親，這樣的話，秦霄還覺得她大度能容人。

她表面上應下，背地裡卻想著如何把孩子打了，同時想著怎麼報復到江挽雲身上去。

第三十六章

第二場考試結束後，走出考場的學子已經半數不成人樣了，個個神情憔悴，彷彿受了巨大折磨。有的見了在外等候的親人，竟忍不住當場號哭出來，可見今年試題的難度。

陸予風倒還好，他只覺得題目有些新穎，但還是能寫出東西的。

出了考場後與江挽雲碰面，兩人又按上次的方法，找了兩個替身，自己從酒樓的後門溜走，但他們沒有留意到的是，身後有人正悄悄的跟著他們。

這次兩人又換了一家客棧，照樣是抓緊時間休息。

夜色漸濃，到處都逐漸安靜下來後，江挽雲突然聽見了響動。她猛地睜開眼，發現陸予風已經坐起身來了，兩人對視一眼，皆聽見會客室傳來的聲音。

陸予風立馬翻身下床，這時臥房的窗戶一下被打開了，一個黑色的身影鑽了進來。此人手持短劍，月光下如一道幽靈，一下撲了過來，寒芒乍現，直取陸予風！

「小心！」

江挽雲見那人從陸予風的側面撲過來就要刺殺他，大驚之下只來得及尖叫一聲。好在陸予風早就繃緊了神經，反應極快的一下撲倒在地，滾了一圈避開劍鋒。

但胳膊還是被劃了一道，鮮血淋漓。

他咬牙沒發出聲音來，只快速爬起身看向來人，又看了看江挽雲有沒有事。

賊人一擊不中又要再來，但江挽雲也不是那被嚇傻的人，情急之下腦子飛速轉動，一把抄起床上的瓷枕就砸過去。

對方輕蔑一笑，就這樣？他完全不放在眼裡，輕輕一扭身子就躲開了。豈料江挽雲又搬起旁邊書架上的花瓶開始丟過來，反正她手邊有啥砸啥，只要動靜大，把客棧的人吵醒，他們就能爭取逃命機會。

聽會客室的動靜，想必杜華被其他賊人拖住了。

江挽雲很快發現，自己全身無力，力氣流失得很快，只能氣喘吁吁的強撐著。

陸予風抓了條長凳防身，慢慢向江挽雲靠近，他也出現了體力不支的情況。

「相公，你怎麼樣？」黑乎乎的，江挽雲看不真切陸予風的傷勢。

陸予風搖頭，表示自己情況還好。

賊人獰笑。「是不是覺得全身沒勁啊？你們中了迷魂香，能醒過來已算是萬幸了。」

這時做隔斷的屏風一下被推倒，發出巨大的聲音，只見那邊三個人打做一團，杜華一對二，雙拳難敵四手，處於落後的情況。

江挽雲與陸予風對視一眼，皆從對方眼裡看到了恐懼和絕望。

「你們搞什麼？大半夜鬧鬼呢，這麼大動靜！」

突然門口傳來了劇烈的拍門聲，有人在外面大聲呵斥。「要打架能不能白天打，真他娘的缺德！」

江挽雲趕緊大叫。「救命啊！」

只是她話剛出口，突然感覺自己後頸劇烈一痛，眼前一黑便失去了意識。

「挽雲！」陸予風緊接著也被人打暈。

另一個黑衣人從窗戶進來，沈聲道：「還不快走，想鬧出多大的動靜？」

「老三、老四，別管他了，走！」

見杜華難纏得很，功夫也不弱，再打下去就不好脫身了，幾個人扛起江挽雲和陸予風就翻窗而出。與杜華纏鬥的兩人奮力甩開杜華，跟著爬了出去，杜華追到窗口，見對方已經幾個起落消失在巷子裡。

江挽雲是在一陣晃動中醒來的，她睜開眼，感覺自己全身沒勁，肌肉痠痛，尤其是後頸疼得脖子不能動，察覺有人扛著她在爬樓梯。

她回過神來，手被反綁在身後，再看陸予風也情況一樣，只是還沒醒，被另一個人扛著走在前面。

她趕緊裝睡，聽到一賊人道：「那小子居然追上來了？功夫不弱嘛。」

「你我單獨對上他可能都不一定能贏，老三、老四先把他引開了，只要等天亮就能出城了。」

兩個人扛著他們爬上黑暗的樓梯，二樓是個破舊的房間，裡面有兩張床。

賊人把他們丟在床上，點燃蠟燭，又伸手捏了捏江挽雲的下巴道：「你別說這女人長得還挺好，要不哥兒幾個嘗嘗鮮？」

另一人道：「別誤事，這是江二小姐和江家姑爺點名要的，值不少錢呢。至於那小子，殺了或是弄殘廢了都成。」

「在這兒殺容易引來官府的人，明日出城後再說。」

「弄點消夜吃不？我買了燒雞的。」

「成啊，走，下樓去，這兩人醒了也跑不掉。」

兩個賊人說笑著，吹熄蠟燭下樓去了。

江挽雲連忙坐起身，蠕動過去用頭頂陸予風的胸口。「陸予風，陸予風，醒醒。」

半晌陸予風終於有了動靜，意識回籠，他睜開眼看看四周，皺眉看著江挽雲，小聲道：「那些人不在？」

江挽雲搖頭。「先把繩子解了。」

他們的手都被綁得緊緊的，唯一能動的只有嘴，她湊過去用牙咬住陸予風手上的繩索，開始用力扯。

好在可能賊人覺得他們兩個手無縛雞之力，沒有重視，只隨便打了個結，但也挺費力。

「我來。」陸予風扭動身子，探頭過去咬江挽雲的繩索，幾下便扯開了。而後江挽雲將他的繩子解開，又把腳踝上的繩子也解開。
「他們在樓下吃東西，我們得趕快逃出去。」
這可能是他們最後的機會。
除了下去的門，唯一的出口只有窗子，窗子並不高，外頭還銜接了一段一樓的屋簷。
如何出去？跳下去十有八九會缺胳膊斷腿的，屋裡只有兩條被子，也不夠時間撕成布條綁成繩子。
江挽雲急得冷汗直流，感覺那破爛的木門隨時會被打開，到時候他們就失去逃走的機會了。
「不能猶豫了，你明天還要考試。」
江家人就是想要他們最後一場考不成，就是想要他們眼看著離成功只差臨門一腳的時候潰敗。
江挽雲想不通江挽彤怎麼這麼恨她，不過只要陸予風中舉了，她必定要討回一切的，所以江家人想阻止陸予風考試也合理。
陸予風突然站起身來，動作迅速的扯過兩條被子，道：「裹起來，我們滾下去。」
他們不能跳下去，傷了腿還怎麼逃跑，再說窗戶外的那截屋簷上是有瓦片的，他們要小心別弄出聲音。
江挽雲沒弄明白他的意思，但陸予風已經走上前來，離她很近的站著，把一條被子裹在兩人身上。

江挽雲明白他的意思了，道：「不行！」

陸予風道：「目前是最好的辦法。」

「這樣很可能摔成腦震盪的。」

陸予風沒明白腦震盪的意思，道：「沒時間了，顧不上那些，快！」

江挽雲咬牙，不管了，搏一搏，總歸摔不死。

把凳子搬過來，兩個人小心的爬上窗戶，而後躺在屋簷上。再合力把兩床被子都裹上，再用方才解開的繩索把被子捆起來，而後把手收進被子裡。

兩床被子裹起來還是很厚的，下面是青石板的地面，估計只有兩米多高。

但她沒想到的是，陸予風的手把她摟在懷裡，把她的頭也按在自己胸口，她正想拒絕，突然聽見屋內傳來了輕微的上樓腳步聲。

「不好，他們上來了！」

陸予風聞言趕緊扭動身子，屋簷有坡度，兩個人一下像巨大的蟬蛹一樣，滾了下去。

江挽雲感覺自己騰空了，接著劇烈的震動了一下，而後天旋地轉，在地上滾了好幾圈。她的頭和身子都被陸予風緊緊摟著，後背磕到地板，隔著棉被倒也不疼。

至少她沒傷到哪裡，只感覺腦子有點疼，問題不大。她趕緊伸出手解開繩索，也來不及看陸予風怎麼樣了，兩個人爬出被子，她拽著陸予風就開始狂奔。

此時賊人也發現人不見了，趕緊翻窗出去，但不知道江挽雲兩人到底往哪裡跑了，他們只能分頭去追。

當他們跑遠後，江挽雲兩人才從一個柴火堆裡爬出來。

陸予風靠著牆喘著粗氣，他方才摔下來時才覺得有些高估自己了。儘管有棉被隔著，那巨大的撞擊力還是讓他的頭懵了一下，他的肩膀和膝蓋都疼得厲害，腰也被撞了一下。

方才是拚著一口氣逃跑，現在緩過來了，才感覺到疼。

他感覺自己暈乎乎的，眼前有些發黑。江挽雲蹲在他面前，拉著他的手就著月光看，他的手臂本就被劃了一道，如今皮開肉綻的，血肉模糊。

手肘還因為摟著她而被撞得很嚴重，連同膝蓋一起，紅腫了一大片。

「你幹麼啊……你摟著我做什麼……」江挽雲忍不住鼻子一酸，啪嗒啪嗒開始掉眼淚。她這段時間精神一直緊繃著，經歷了這一劫難，只覺得萬般情緒湧上心頭，悲從中來，恨意也劇烈翻滾著。

陸予風顧不得形象，齜牙咧嘴的。看她哭了，有些慌亂，小聲道：「一個人摔，總比兩個人摔來得……」

江挽雲不理他，抹了把淚，又去拉扯他衣服，看還有哪裡傷到了。

「沒了沒了，真沒了，骨頭沒事，被子厚著呢。」陸予風抓住她的手。「妳有沒有哪裡痛？」

江挽雲搖頭，道：「不知道什麼時辰了，也不知道這是哪裡，但總歸還沒有出城。我們要趕回客棧拿文書，還要小心那些賊人又找回來。」

第三場考試，他們不能放棄。

陸予風點頭，撐著牆壁想站起身，江挽雲趕緊扶著他。他費勁的站著，只覺得兩條腿痛得發抖。

兩個人踉踉蹌蹌的在街上走著，為了防止賊人發現，他們都貼著牆根走。透過沿路的酒館客棧名兒，他們判斷出這裡離他們所在的東城有幾里地遠。

江挽雲想先找個醫館給陸予風看看傷，他們身上還穿著寢衣，沒有帶錢，到時候只能求大夫，把陸予風留那兒，她自己回去取錢了。

就是不知道杜華在哪兒，有沒有讓賊人把包袱拿走。

走了一刻鐘左右，終於看見了一間醫館。江挽雲讓滿頭冷汗的陸予風在門口的臺階上坐著，自己上前去敲門。

一般來說醫館晚上都有人值班的，怕半夜有突發急病的病人上門，而且藥材珍貴，要防小偷和耗子。

「來了來了。」

不過片刻，屋裡就傳來了人聲，醫館伙計打開門，探出頭看了看，道：「你們二位看病嗎？」

江挽雲點頭。「我相公摔傷了，可否請大夫幫他看看？」

伙計撓撓頭。「我只是一個學徒，學藝不精。我幫妳請寧大夫出來吧，你們先進來。」

他走出來幫忙扶著陸予風進屋，而後關上門，點燃蠟燭，快速往後院跑去。

江挽雲用袖子給陸予風擦了擦汗，鬆了口氣，這下賊人不會找到他們了，道：「感覺如何？」

陸予風呼了口氣，道：「沒大礙。」

他懸著的心也放下來了，靠在椅子上輕輕喘息著。

很快後院就傳來了人聲，江挽雲趕緊站直身子準備迎接大夫。誰承想，來的卻不是意料之中留著鬍子的中年男人，而是一個年輕的女孩子。

「病人在哪兒呢？讓我看看是什麼情況。」

對方走上前，笑盈盈的取了醫藥箱過來，在陸予風面前坐下，用剪刀哢嚓哢嚓把陸予風的袖子和褲腿剪掉，方便上藥。

伙計在一旁道：「別看我們寧大夫年紀輕，她可是寧神醫的孫女。」

寧神醫？

江挽雲聞言總感覺有點耳熟，等等……

她心裡咯噔一下，莫非這女子是原書女主角寧姝涵？

寧姝涵是寧神醫的孫女，她父親是太醫院院判，正五品，未來會升為三品太醫院院使。

母親則是現任院使的女兒，她耳濡目染下，自然也有一手好醫術。

但她並不愛待在京城，京城冬冷夏熱，還需要時不時伏低做小，唯恐得罪權貴。她也不想與京城的貴女們往來，更不想嫁給世家之子，她只想行走江湖行醫濟世。

行走江湖自然是不被允許了，但她還是打著照顧爺爺的名義來了隨州，並時不時去周邊的縣城遊玩和考察，遇見貧苦人家沒有錢治病，她能幫就幫。

在原書中，她遇見了重病的陸予風，因陸予風的病特殊，她便把他帶回省城給寧神醫治療，朝夕相處，兩人逐漸互生愛慕之情。

最後陸予風中了狀元，一路扶搖直上，而寧姝涵則成了享譽民間的女神醫。

江挽雲說不清自己此刻是什麼心情，只覺得心臟一下被人揪住了一樣。她一直在想劇情到底變成什麼樣了，若是她真的留在陸家不走，那原書女主角的命運會如何。

她呼了口氣壓下情緒，走過來旁觀著。

寧姝涵收起笑容，替陸予風仔細檢查，皺眉道：「摔得還挺嚴重。」

伙計在旁邊掌燈，驚訝道：「這位相公，你是怎麼摔成這樣的？」

陸予風面不改色道：「起夜時候下樓踩滑了。」

寧姝涵表情嚴肅，確定他沒有傷到骨頭後，動作嫻熟的擦洗、敷藥、裹上紗布。「都是皮肉傷，養十天半個月就行，注意多休息，少沾水。」

陸予風對結果挺滿意的，只是他看著寧姝涵總有種眼熟的感覺，但他沒多想，眼緣這個東西有時就是這樣。

江挽雲也放心下來道：「真的太謝謝您了，只是我們出來得匆忙，沒帶錢……您看能不能讓我單獨回去取……」

「成啊！」

這種情況很多，寧姝涵並不覺得稀奇，又笑道：「正好讓他在這裡歇著，明天換了藥再離開，給兩百文就夠了。」

只不過是普通的跌打損傷藥，倒是不貴。

這醫館是她爺爺的，她爺爺每到秋天就要給一個故人看病去，她幫著看幾天。來看病的人聽說她是寧神醫的孫女，便沒人懷疑她的醫術。

江挽雲心情越發舒坦，又說了幾聲謝謝，便準備出門回客棧。

「欸，等等。」寧姝涵叫住她。「這位娘子怎麼稱呼？」

江挽雲頓住腳步。「我夫家姓陸。」

寧姝涵道：「陸家娘子，還有兩、三個時辰才天亮，妳現在就回去嗎？不急的。」

江挽雲看看外面漆黑空無一人的街道，也感覺心裡發怵，猶豫道：「實不相瞞，我相公他明日還要鄉試，我們住處離此處有幾里地，我還得回去取文書等物件。」

「這樣啊……」寧姝涵沈默了一下，笑道：「不急的，等天亮讓醫館裡的伙計送妳回去吧，我正好想吃東城那邊的油酥糕了。」

伙計小唐道：「成，咱們天亮就走，馬車很快的。」

江挽雲心裡感動萬分，無比感謝原書作者把女主角塑造得如此溫柔善良。

陸予風也暗暗記下了這家醫館，以後有機會一定要回來報答。

醫館不大，沒有住宿的地方，小唐便搬來兩張躺椅給江挽雲和陸予風歇息，寧姝涵則回房補眠了。

江挽雲又累又睏，睡得沈沈的。

她發現自己來到了一個奇怪的地方，她像是一個局外人。有一個女子笑罵著一個男子，男子長得很高大，看起來邪魅不羈，牽著馬跟在女子身後，滿臉寵溺。

突然江挽雲面前蹦出一本書，書頁自動翻開，她就這麼看著這兩人走劇情……迷迷糊糊中，突然聽到叫喚聲。

她是被小唐叫醒的，睜開眼坐起身，天已經矇矇亮了，距離進考場還有近兩個時辰，來得及。

小唐小聲道：「陸家娘子，咱們這就走吧？」

江挽雲點頭，見陸予風還在睡覺，便輕手輕腳的走出去關上門。

這時寧姝涵跟上來，拿了一件外衣。「把這穿上吧，早上涼。」

江挽雲連忙謝過她，爬上馬車，小唐駕著車跑起來。

江挽雲坐在車上琢磨，突然她腦子裡閃過一個念頭，昨晚她夢裡看見的那女子，不會就是寧姝涵吧？

那個男人又是誰？

馬車不過一會兒就到了客棧附近，此時客棧外面圍了許多人。

客棧老闆一臉晦氣的解釋。「昨晚不知道怎麼回事，睡到半夜，突然有人打架，動靜可大了，我們就跑上去看。待把門打開後，卻發現屋裡一個人也沒有，那些東西都摔得亂七八糟的。」

「啊？怎會如此？」

「不知道啊，那間房間住著一個趕考的學子和他娘子。」

有人道：「是不是來尋仇的啊！我聽說這鄉試水可深了，一些有錢人為了給自己鋪路，就想辦法把一些學問好的寒門學子弄死呢。」

「啊？還有這樣的事兒啊，這也太嚇人了吧？」

「這麼說，那學子豈不是……」

江挽雲趁著他們在門口交談，假裝普通客人，偷偷的從門邊擠了進去，而後垂著頭，淡定的上樓去。

此時客棧裡的學子都忙忙碌碌的收拾東西，準備吃了早飯去貢院。

江挽雲來到昨晚的房間，想先看看門是不是鎖著的，若是鎖著只能找客棧老闆了。

好在門沒鎖，她偷偷溜進去，見裡面已經被大概打掃了一下。她趴在地上，從床底的縫隙中把自己的包袱取了出來。

因為上次他們離開，有人進了屋子下藥的事情發生後，她就把重要的東西單獨收了一個包袱藏起來。至於裝衣服的包裹肯定是被客棧老闆或賊人拿走了，沒關係，也不值錢。

她取了包袱，小心翼翼的摸了出去，正巧撞上客棧老闆進屋來。

她趕緊走過去，老闆見了她，反應了一下，才想起來她就是屋裡遭賊人的那個。正要問怎麼回事，江挽雲趕緊做了個噓聲的動作，小聲道：「咱們到後面去說。」

客棧老闆咬牙，心想一定得要這人賠錢才行。

兩人到了後院，老闆問：「到底怎麼回事？昨晚那麼大動靜？」

江挽雲主動掏出一張銀票來，道：「真的對不起您了，因為我相公被人追殺，導致屋裡東西被砸爛了。這是我賠給您的錢，您放心，我和我相公都沒事，您就說是我們夫妻半夜打架就是。」

客棧老闆正想乘機抬個價，但江挽雲拿銀票的手又縮回來了點。「我知道你屋裡的東西都是普通的擺件，五兩銀子絕對夠了。我這裡是十兩，但希望你能把這件事壓下去，傳開了對大家都沒好處。」

客棧老闆接了銀票揣上，打量了她兩眼，道：「算妳識時務，那就這樣吧。妳還有兩包衣服在櫃檯那兒，自己去拿吧。」

江挽雲鬆了口氣，謝過他，趕緊跑去把包袱拿了。出門時，小唐已經買了寧姝涵要的油酥糕回來了。

「陸家娘子，咱們這就回去了嗎？」

江挽雲把包袱放進馬車，抱歉道：「我還得幫我相公買點吃的，他這三天兩夜都要在貢院裡面待著。」

小唐聞言道：「對啊，還有這茬，那妳上車，我帶妳去買。」

她買了些餅子、滷肉、燒雞、水果等，裝好便匆忙往回趕。

到了醫館大門時，卻見醫館門口停著一輛華麗的馬車，連門簾都是帶金線的，對比之下醫館馬車就顯得無比寒酸。

江挽雲沒多想，畢竟遠道而來找寧神醫的富貴人家肯定不少。

他們提著東西進去後，見醫館已經有好些人了，寧姝涵在問診。一個面容英俊，身材高大，渾身貴氣的男人坐在旁邊的椅子上看著。

江挽雲瞅了男人兩眼，這不是她夢裡見到的那個男人嗎？

「寧大夫，我們回來了。」

江挽雲把欠的錢交了，寧姝涵看著她笑道：「一路上還順利吧？妳相公在後院呢，已經替他換過藥了，可以等他出了考場再來換藥。」

江挽雲笑著謝過她，只是她察覺旁邊那男人盯著她，眼神看起來又冷又帶著敵意。

這時寧姝涵瞪了男人一眼道：「讓你坐這兒已經算開恩了，你還敢瞪我的病人？」

寧姝涵對著江挽雲就變了張臉，笑道：「別理他，妳快些進去吧，時候不早了。」

江挽雲點頭，提著東西進去，邊走她邊想，她悟了！

她穿越過來這個世界之後，改變了故事。寧姝涵不是消失了，很可能是原書和其他小說的世界重疊，寧姝涵成了另一本書的女主角，方才那人應該就是男主角。

進了後院，見陸予風正在洗漱，她把買的包子放桌上，道：「快些吃，吃了換身衣服去貢院。」

陸予風見她回來了，臉洗了一半就走過來看她。「怎麼樣？有沒有遇見難事？」

江挽雲搖頭。「沒有，挺順利的，只是還不知道杜華去了哪兒。」

不過杜華身手好，應該不會出大事。

陸予風吃了早飯把衣服換了，小唐幫人幫到底，又送他們去貢院。

待把陸予風送進去後，她突然感覺有個高大的影子籠罩住她，她驚嚇的回頭一看，竟是杜華。

杜華看見她很激動，他的身上髒兮兮的，看起來很憔悴，想必這一晚上也不好過。

「我正想把他送進去就去找你呢，你怎麼想到要到這兒來了？」

杜華比劃了一下，大概意思就是他實在沒辦法，只能來這裡碰碰運氣。想不到江挽雲兩人竟真的自己逃出來了。

「餓了吧？走，帶你去吃麵。」

江挽雲給了小唐一兩銀子，作為答謝他的幫忙。小唐連連拒絕，最後只收了五百文，而後駕著馬車離開了。

但他們沒有留意到，那幾個遍尋江挽雲兩人不著，只能來貢院門口蹲守的賊人也在盯著他們。

「媽的，居然被這兩個小雜種耍了，接下來我們該怎麼辦？」

「江家那邊交代的是不讓那小子參加第三場鄉試，如今他都進去了還能怎麼辦，難不成真等他出來把人殺了？」

「我覺得不值得，他們肯定起了戒心，那個下人的功夫也不弱，他日後若中舉了，我們就是背上了舉人的人命。江家就給了一百兩銀子，我覺得不划算。」

「說得也是。媽的不管了，這活兒不接了，走，下一個單子去。」

第三十七章

大雨初停，天還灰濛濛的，幾輛馬車行駛在寬闊的大道上。

幾場秋雨後，早晨和晚間生起了幾分涼意。

江挽雲裹著衣服靠在椅背上，隨著馬車行駛晃晃悠悠的，陸予風坐在旁邊閉目養神。

考試結束後他們又在省城待了幾天，待陸予風傷勢好點了，才隨著秦夫子的車隊一起回縣城。

楊懷明沒有隨他們一起，而是自己先一步回家去了，估計是沒攔住陸予風鄉試，心情不悅，考完連秦夫子都沒來拜會就走了。

行了兩天，進入縣城地界，再過一晚上就到縣城了。

陸予風思緒翻動，自離開隨州後，他便沒有再作那個古怪的夢了，像是一瞬間有些事就變了一樣。

他曾經想過，為何江挽雲會性子變化那麼大，後來他將之歸結於緣分。是上天的緣分讓他們能夠在一起，若是沒有她，自己可能不能活到現在，若是沒有自己，她可能會被江夫人隨便嫁給哪個男人也說不定。

糾結於她到底是誰，到底發生了什麼，其實並不重要了。

陸予風呼了口氣，見江挽雲昏昏欲睡，他怕她頭磕著，便湊過去用肩膀接住她。

「什麼時辰了啊？」江挽雲睡醒時，馬車裡已經很昏暗了。

陸予風道：「天快黑了，今晚要在鎮上住，明日才到縣城。」

江挽雲擰眉道：「我們明日與書院的馬車分開走吧，別讓江家的人知道我們回來了。」

這一路上都很太平，想必江挽彤等人暫時消停了，只是不知道還打著什麼其他主意。

說起江挽彤為何消停了，就不得不提起江家如今發生的事。

江夫人病了。

這病來得快而凶，大夫說讓江夫人搬到城外的莊子上住，更有利於養病。

江夫人便擇日準備動身，但她不放心江挽彤，怕她對有孕的小妾竇氏下手，便提出把竇氏帶去伺候自己。

江挽彤自然樂意，這樣她就能與秦霄獨處了，出乎意料的是秦霄也沒反對，這事便這麼定下了。

「娘，妳一定要好好養身子，我過段時間就去看妳。」

江府大門外，秦霄摟著江挽彤的肩膀，江挽彤不捨的看著馬車裡的江夫人。

江夫人未施脂粉，面容已顯出絲絲老態，笑道：「妳在家好好侍奉夫君，沒事別瞎跑，娘病好了自然會回來的。」

江挽彤點頭，又把眼神轉向站在車邊的竇氏身上，竇氏人長得美，嬌嬌弱弱的，一雙眼睛看人的時候彷彿含著一汪秋水。

江挽彤恨她，卻只能忍著，誰讓自己生不出孩子呢，冷聲道：「可得把我娘照顧好了，否則仔細妳的皮。」

竇氏彷彿受驚了一般，瑟縮著身子道：「是，奴婢定當盡力。」

江挽彤看著她的樣子就來氣，但沒關係，只要孩子出生，就是她的死期。

待馬車走出一段距離了，江挽彤與秦霄才往回走。江挽彤問道：「派出去的殺手回來了嗎？」

秦霄皺眉。「沒有，鄉試都結束了，估計沒辦成事。」

江夫人找的殺手，江挽彤又格外叮囑了他們想辦法乘機毀了江挽雲的臉，可如今居然一點動靜也沒有。

真是一群廢物，這點小事都辦不好。

江挽彤氣憤的甩著帕子回屋了。

江挽雲的馬車剛剛進了城門，他們與秦夫子等人是分開走，不回書院，直接回租房的地方。

江挽雲撩開簾子，看著闊別大半個月的縣城。這時迎面而來一輛馬車，馬車上面明晃晃的標識昭示著是江家的馬車，而且馬車裝飾得很華麗，不像是秦霄的馬車，更像是江夫人和江挽彤的風格。

江挽雲唰的一下放下簾子，現在江家就是扎在她心裡的一根刺，只要提起江家，她就會想起和陸予風被人抓走的那天晚上。

她心中恨意翻滾，馬上撩開車簾對著趕車的杜華道：「把車停路邊，你追上江家馬車，看看他們要去哪兒。」

杜華聞言馬上趕著車停下，而後跳下車就快速跟上了江家的馬車。

陸予風則接替了車夫的位置，趕著車繼續前行，道：「妳發現了什麼嗎？」

江挽雲搖頭。「暫時還沒有，但是我不會放過江家的。」

陸予風道：「我也不會。」

可惜他現在還沒有能力，待他日後手握權柄了，定要讓傷害過自己和江挽雲的人付出代價。

江挽雲道：「先找人盯著江家吧，看看他們如今是什麼情況，上次沈船的事不知道有沒有什麼後續。」

江家損失了好幾個大客戶，聲譽也是一落千丈，不得不變賣好些鋪子和田地來抵債，如今只能靠著原來的生意苟延殘喘著。

江挽雲兩人先回了周嬸家。

周嬸正在院子裡餵雞，她買了籠子養了幾隻小雞，準備過年吃。

聽見門外的動靜，她跑出去一看，喜道：「是你們回來了啊！快進來快進來，一路上可還順利吧？」

「好久不見了啊，周嬸。」江挽雲提著東西往裡走，笑道：「這屋這麼乾淨，周嬸幫我們打掃過？」

「喔，就把院子裡掃了下，屋裡沒動。你們餓了不？我給你們弄點吃的。」

「不麻煩了，我們吃過了，準備先洗頭洗澡，晚上要去我哥哥嫂嫂那裡吃。」趕路幾天，感覺身上都要臭了。

周嬸聞言笑道：「妳夫家哥哥、嫂嫂也在城裡擺攤了是吧，我去逛過，生意挺好呢。」

江挽雲一邊應著一邊開了門進去，屋裡大半個月沒人住，有點霉味了。開門通風了一會兒，陸予風已經把水缸打滿水。

燒了熱水洗頭洗澡，再把床上的床單被罩都換了，在外面客棧住終究不如家裡舒服。兩人舒舒服服的睡了個午覺，一直睡到下午，杜華回來了。

陸予風比她先醒，已經在院子裡收拾東西了。江挽雲出去的時候，見杜華拿著一根木棍在地上畫圖。

他不認字，但記性不錯，畫了一個簡易的地圖，陸予風看了看，道：「紹子溝？」

杜華點頭。

江挽雲道：「江家確實在那裡有處莊子。」

而且那莊子，還是原主的親生母親留下來的，本來是要給原主的嫁妝，如今倒讓這些鳩占鵲巢的人住上了。

「她們去那裡做什麼？可聽見其他消息？」

杜華想了想，抓了抓頭，站起身挺起肚子，用手比了一下肚子大的樣子。

江挽雲道：「有孕了？」

杜華點頭。

「江挽彤有孕了嗎？」

杜華搖頭。

「那還能是誰……」江挽雲一頓。「難道江夫人有孕了？」

陸予風也愣了下，兩人都看向杜華，杜華狠狠點頭。

難怪要躲到莊子去呢。

江挽雲一聽心裡有了主意，江夫人不到三十五，連徐娘半老都算不上的年紀。如今還頂著江夫人的名頭，沒有二嫁卻懷孕了，也算得上是對江父的背叛，這個年代無媒苟合可是要浸豬籠的。

不管這孩子的父親是誰，她都可以利用這點，去要回嫁妝來。

但是……這件事江挽彤和秦霄知道嗎？若是他倆知道，江夫人又為何要去莊子呢？直接稱病在家不見人就罷了。

「既然這事教我們知道了，那我們可得好好利用下，不能浪費了看好戲的機會。」

事情有點眉目了，江挽雲心情大好，領著陸予風和杜華兩人去買了很多菜，提到陸予山和陸予海兩對夫妻租房的地方。

他們擺攤很忙，江挽雲便不想麻煩他們做接風宴，自己買了菜去，大家一起熱鬧熱鬧就行了。

來開門的是陳氏，如今秋收剛過，地裡也沒什麼活計，便在縣城幫忙幹點活。

陸父閒不住，到一個竹編品店裡去幹活了，他手藝好，編各種簍子筐子不在話下，一天也有幾十文進帳。

「哎呀！風兒你們可回來了！我這還尋思你們哪天回來呢！」陳氏驚喜道。

聽到聲音的傳林和繡娘也跑出來叫道：「三叔三嬸！你們可回來了！」

江挽雲空出一隻手來，挨個兒摸了摸兩個娃娃的頭，道：「三嬸給你們帶了禮物。」

陳氏連忙讓他們進門，玉蘭也迎上來，幫忙提東西。

陳氏道：「哎呀，你們回來得突然，都沒準備菜。」

如今擺攤的地方不像從桃花灣到鎮上那麼遠，攤子也更大一些了，所以他們都是把材料弄好帶去攤位上現做現賣，家裡倒沒準備太多東西。

陸予風提著東西往屋裡走，道：「我們買了菜來的。」

陳氏笑道：「傳林、繡娘，去叫你們爹娘早點收攤回來吃飯。」

江挽雲與陳氏、玉蘭進廚房開始忙活起來，讓杜華去接秋蓮和夏月過來一起吃飯，陸予風則去接陸父回來。

「娘，我們出門這段時間，家裡生意可好？」

陳氏笑道：「好！可好了！比在鎮上賺得翻一倍不止呢。」

江挽雲問道：「可有人為難你們？」

陳氏想了想，道：「那倒沒有，不過有一事我倒想和妳商量商量。」

她看了一眼院子裡洗菜的玉蘭，道：「是關於玉蘭的親事。」

「玉蘭？娘妳有啥話就說。」江挽雲手上不停，十幾天沒做飯，她的手已經癢了。

陳氏道：「玉蘭馬上就滿十五了，尋常姑娘十四說親，十五、六出嫁正好，我這半年都在留意著呢。」

江挽雲道：「那有中意的嗎？」

「沒有。」陳氏瞬間臉拉了下來，不滿道：「我跟妳說有哪些人選吧，長相不錯家世也不錯的看不上玉蘭，長相家世都不行的我又看不上他們，這不是嫁過去受苦嘛。還有些婆家精怪的，家裡兄弟多的都不行，再說了，我可看得出，這其中有大半是衝著咱家攞攤的手藝和巴望風兒日後的成就來的。」

當初陳氏可是對林家放了狠話，道玉蘭的親事她來張羅，一定要給玉蘭尋個好人家。再加上玉蘭這孩子聽話懂事體貼人，不作不鬧的，能幹踏實，陳氏如今挑外孫女婿可是比挑女婿還重視。

家人不好相處的不要，長得醜的不要，窮的不要，不老實的不要，選到最後柳氏私底下說，這些人還不如挽雲身邊那個大個子呢。

除去是啞巴，其他哪樣不比普通莊稼漢強。再說了，他賣身契就在江挽雲手裡，要不要為他消奴籍還不是一句話的事。而且啞巴多好啊，不會和你頂嘴惹你生氣，也不會在外面逗小姑娘開心。

陳氏聽柳氏這麼一說，心想還真是，而且說起其他漢子玉蘭都沒什麼反應，唯有問起杜華的時候，玉蘭才表現出幾分羞澀來，說自己都聽外祖母的。

所以陳氏這不就找江挽雲來了。

江挽雲聽她說完，笑道：「杜華在我身邊半年了，確實是個踏實能幹的，幫了好多忙，他倆若是能成，也是件喜事。」

陳氏道：「那妳可是同意了？」

江挽雲道：「同意啊，就算妳不說，以後我也會為他消奴籍的。不過近來我還有事要他去辦，待過年後再說行不？」

陳氏撫掌笑道：「不急不急，有妳這話我就放心了。」

她樂顛顛的去洗菜了。

陸予風兩人回來了，陸家人沒有不高興的，聽聞消息立馬活兒也不幹了，攤也不擺了，馬上收工回家。

陸父去打了平日裡捨不得喝的好酒，柳氏和王氏則囑咐自家男人去買點燒雞、滷菜。

陸予風和陸父最先回來，提著兩瓶酒，陸父把酒拿去屋裡，陳氏打量著陸予風道：「等等，你過來，腿怎麼了？走路怎麼有點彆扭呢。」

陸予風道：「沒事，不小心摔了。」

上回的傷如今好了一半，但膝蓋上還是一大塊瘀青，走路走久了就會有點疼。

而後柳氏和陳氏也來幫忙做飯，院子裡逐漸熱鬧起來。

陸予山和陸予海則推著車走了好遠，去買縣城裡最有名的燒雞和滷肉回來。

隔壁的大嬸叫住傅林道：「你家今天怎地這麼熱鬧？來客了啊？」

傅林道：「不是，是我三叔三嬸回來了！」

陸家的三兒子隔壁一直沒見過，但聽說是去省城參加鄉試了，陸家這麼高興，莫不是要出一個舉人老爺了？

紅燜豬蹄、回鍋肉、蔥爆豬肉、油燜茄子、清蒸魚、排骨蓮藕湯、炒空心菜、擂辣椒皮蛋，還有燒雞、滷肉，整整擺滿了一桌子，比過年時也差不離了。

江挽雲做菜捨得放油和調料，整個巷子裡的住戶都能聞見香味。

「二嫂有孕了？真的啊？多大了？」江挽雲聽陳氏叫柳氏別進廚房，煙大對孩子不好。

柳氏站在門口道：「兩個月了，這孩子可乖了，一點也不鬧騰，我吃得好睡得好。」

不讓她進廚房，那她就搬桌子去。

杜華也接了秋蓮和夏月來了，楊槐因為要趕著出城回家便沒來。

秋蓮慣是嘴甜的，一來就誇院子好，誇這兒誇那兒，誇得大家都笑呵呵的。夏月則是話少勤快的，已經自覺的幫忙搬東西了。

兩張桌子拼在一起，菜陸陸續續擺上桌，這頓飯吃得個個都肚子圓圓。

傳林纏著陸予風講省城裡的事，陸予風便挑選省城的一些風土人情說給大家聽，還說起了鄉試場裡發生的事，比如有的學子，堂堂男兒竟被耗子嚇哭，有的怕蜘蛛有的怕蟑螂，惹得大家都笑起來。

沒人問陸予風考得怎麼樣，只要盡力了，再來三年又何妨？

吃罷飯天已經快黑了，陳氏催著他們趕緊回家歇息，自己則帶著兩個兒媳和玉蘭收桌子和洗碗。

馬車行了一段路後，江挽雲說想帶著兩個丫頭去逛夜市，給兩人買點東西。

離家這麼久，店裡都是秋蓮和夏月負責的，明日便放假，讓大家都休息。

「我們三個女人家去就是了，你們兩個自己逛自己的，別和我們一塊兒。」

江挽雲把陸予風和杜華攆走後，領著秋蓮和夏月去逛了逛，給兩人一人買了一件首飾，又各買了一身衣服。

秋蓮道：「小姐，這都是奴婢該做的啊，您不用給奴婢賞賜的。」

在店裡幹的活，比在江家時幹得輕鬆多了，再說了也沒人再打罵她，她覺得日子過著可有意思了。

夏月也是同樣的心思。

逛累了，三人在河邊的草坪上坐下，江挽雲道：「妳們是小姑娘，打扮一下怎麼了？」

她吃了一口手裡的糖葫蘆，想了想才道：「夏月，我有件事想問妳。」

夏月和秋蓮都看向她。

江挽雲語氣平靜道：「妳曾經說，因為秦霄要讓妳當通房，江挽彤才把妳賣出府的？」

夏月好像意識到了什麼，垂眸不語，秋蓮看看她又看看江挽雲。「小姐，您為什麼這麼問？」

江挽雲道：「依據我對江挽彤的瞭解，若是妳真被秦霄看上了，那她不會就這麼把妳和其他下人一起發賣，至少也要把妳賣到其他縣去，讓秦霄找不到妳才對。」

夏月手裡揪著衣角，眼睛不敢抬起來看她。

「夏月，到底是怎麼回事呀？」秋蓮急道。

江挽雲又道：「是因為妳無意中發現了江府的什麼事，才自請被賣出來的吧？」

夏月身子一頓，像是回想起了什麼事，半晌才小聲道：「是。」

秋蓮瞪大眼睛，她與夏月在一起待了大半年了，都沒聽她提起過，莫非是什麼重要的事？

「夏月妳快說啊，難道我和小姐妳還信不過嗎？」

夏月糾結了一番，道：「沈船那事兒出來之前，奴婢一直是在江二小姐院子裡伺候的，奴婢有個從小一起長大的姊妹是夫人院子裡的，叫白雪。她說……說她被姑爺看上了要收為通房，但其實……其實每次姑爺與她辦那事兒的時候，她都覺得自己腦子是不清醒的，每回醒來時就已經被人送回屋裡了。」

秋蓮驚訝道：「還有這事？那後來呢？」

「後來她就留了心眼，察覺到是房裡的熏香有問題。一次姑爺召侍前，她吞了一顆清腦丸，雖然後來她還是迷迷糊糊，但還有一點神智，而後看見了一個人到房裡……」

江挽雲道：「是不是江夫人？」

夏月一愣，道：「小姐怎麼知道？她說身形有點像……」

「啊？」秋蓮驚訝的捂住嘴巴瞪大眼睛，不敢置信，她可不會傻到認為江夫人是去找秦霄聊天的。

江挽雲心道，果然江夫人腹中的孩子竟是秦霄的。

夏月又道：「後來可能是怕次數多了，姑爺便不讓白雪伺候了，白雪說很可能他們會再選另外的奴婢。沈船那事兒發生後，她勸我趕緊趁府裡往外賣奴婢時出府去，哪怕做一輩子奴婢，也比沒名沒分、不真不實的通房強。」

做奴婢還可以嫁個下人，生兒育女；做了秦霄的假通房沒有前途可言不說，指不定哪天就被殺人滅口了。

「所以我便自請被賣了出來。」

江挽彤見夏月長得貌美，巴不得把她攆走，自然不會不答應。

秋蓮臉皮緊繃，似乎還沒從這事裡緩過來。

江挽雲道：「嗯，與我知道的消息差不多。我還知道江夫人懷孕了。」

秋蓮更震驚了，道：「這這這，太荒唐了！」

江挽雲說：「此事妳們知道便是，別往外面說，後面的事妳們也別多問。」

見她神情嚴肅，秋蓮和夏月都點頭。

江挽雲神色凝重，按夏月這樣說的話，江夫人與秦霄兩人苟合就不是單純的突破倫常，而是涉及到很多丫鬟。一旦通房的事被江挽彤發現，這些丫鬟是首先被推出來的，江夫人完全可以事不關己，高高掛起。

歇了一會兒，江挽雲把秋蓮和夏月送回鋪子，自己則到路口找到陸予風和杜華，方才約好了在此等候。

爬上馬車後，陸予風見她表情不太對，道：「發生了什麼事？」

江挽雲簡單說了下事情經過，嘆道：「你可認識武藝好的人？比杜華還好的。」

杜華的拳腳功夫很強，但她要找的是那種來無影去無蹤、輕功好的，可以幫她監視江家人的動靜。

陸予風很抱歉的搖頭，不過他想起一戶人家來，道：「妳還記得顧家嗎？」

「顧家？」江挽雲琢磨了一下，眼前一亮。

顧夫人說過讓她有事就去顧府，一定盡力相助。雖說江挽雲已經收了人家的謝禮，但這是如今唯一能想到的可以幫她的人，江挽雲便決定明天就去找顧夫人。

第三十八章

次日清晨，江挽雲與陸予風吃罷飯，就上了馬車出發了。到鎮上的時候已是下午，先吃了飯，買了些禮品，提著去顧府拜訪。

顧夫人聽聞江挽雲來意後，乾脆的叫來兩個身手好的暗衛。

顧老爺是顧大人的親哥哥，為免有人挾持顧老爺，威脅顧大人，顧大人便挑選了幾個暗衛放在顧家。

顧夫人沒問江挽雲要幹什麼，只囑咐兩個暗衛聽江挽雲的吩咐。江挽雲只借十天，日子多了她也不好意思。

在顧家歇息了一晚上，次日江挽雲便領著兩個暗衛回縣城了。她與陸予風坐一邊，兩個換了常服的暗衛坐另一邊。

江挽雲輕咳一聲緩解尷尬。「你們二位怎麼稱呼？」

「我是夜隱，擅長隱匿身形和探聽。」

「我是夜尋，擅長跟蹤和追捕。」

兩人言簡意賅道。

江挽雲道：「你們可以悄無聲息的把信送到別人家裡，而不被發現嗎？」

夜隱道：「自然可以。」
夜尋道：「輕而易舉。」
果然暗衛和普通護衛是不一樣的。
江挽雲清了清嗓子。「成，那後面就麻煩二位了。」
她想早點把江家的事解決了，好早點放下心裡的石頭。多拿回點嫁妝是其中一個原因，不然遲早要被江家那幾個人敗光。
她便簡單說了下任務，讓兩人一人盯著江府，一人盯著莊子，一旦發現秦霄去莊子了，便想辦法引江挽彤去莊子。
休息了一日後，次日便正式上工。
江挽雲得空了，把傳林和繡娘帶到鋪子裡學做吃食，怎麼說她都是這兩孩子的師傅呢。
這幾天天氣開始漸漸變涼了，街上賣果子的商販越來越多，他們挑著擔子、揹著簍子，有的是自家種的，有的是去鄉下挨家挨戶收來城裡賣的。
今年氣候好，果子又大又甜，江挽雲便買了些來釀酒，或是做成糖漬水果。
而經過幾日的觀察，兩個暗衛也給她帶回來更多消息。
江夫人懷孕是真的，但自從她去了莊子後，秦霄就沒有去見過她，江挽彤盯他盯得緊。因為江挽彤怕他去莊子看望那個妾室。至於那所謂的妾室，根據暗衛的觀察，並沒有懷孕，江夫人要她當丫鬟，看來不過是拿來當擋箭牌。

除此之外，江挽雲還讓暗衛查找夏月所說的白雪還在不在府裡，得到的結果是，白雪不久前得了急病暴斃了。傳聞是被江挽彤發現懷有身孕，被江夫人帶走打了胎，壞了身子。

得知這個消息，江挽雲閉了閉眼，感覺自己心裡怒氣翻滾。

白雪根本沒被秦霄碰過，怎麼會有孕，不過是因為江挽彤懷疑了什麼，就被推出來當了替死鬼，什麼打胎，分明是直接找個藉口滅口。

「想辦法找到白雪的屍身埋在哪兒，繼續盯著秦霄，他一去莊子就來稟報我。」

暗衛領命後又消失在黑夜中。

江挽雲感覺自己心裡難受得很，又是憤怒，又是為小人物身不由己而難過。

陸予風走過來站在她身後，伸出手搭在她的肩膀上以示安慰，道：「妳能做的，是為她沈冤昭雪。」

江挽雲點頭。「我知道，我一定不會放過這三個人的。」

外面的風颳得嗚嗚作響，又是一個大雨日。

秦霄此次是出去談生意的，本想趕回縣城，誰承想下暴雨了，路滑難行，天黑了都沒趕到，只能轉道去紹子溝。

說實話秦霄並不是很想去，因為江夫人腹中的孩子並非他想要的。

一來風險太大，二來非自己明媒正娶的女人或非心愛的女人所生，名不正言不順。

但江夫人非要生，還說生了給江挽彤養。

就江挽彤那脾氣，秦霄想起來就頭疼，孩子在她手裡，名義上是妾室所生的，她能養成啥樣？

但是他拗不過江夫人。

雖說與江挽彤成親後，他接手了江家大部分產業，但核心的產業還在江夫人手裡。他最初與江夫人不過逢場作戲，他知道江夫人年紀輕輕守寡，日子難熬，江夫人知道他想要從她手裡得到更多的好處。

可他萬萬沒想到，江夫人會有了身孕，她明明說自己事後有喝湯藥的。

若是要這事永遠不被發現，要麼把孩子打了，要麼把江挽彤殺了，一個是他的骨肉，一個是他的妻子，可真諷刺。

秦霄到紹子溝的莊子時已近子時，來開門的婆子是江夫人手下的人，如今莊子上的人都被江夫人換成了自己信得過的。她準備在莊子裡把孩子生下來，再謊稱是妾室所生，抱回去養在江挽彤名下。

「姑爺，您怎麼這麼晚來了，快些進來。」

門大開，馬車進了莊子，下人撐著傘來接秦霄進屋。

已經睡下的江夫人聽聞外面的動靜，睜開了眼睛，心腹婆子道：「夫人，姑爺來了。」

江夫人皺眉。「他怎麼來了？」

但她心裡還是有些雀躍的，他們已經好些日子不見了。

婆子道：「姑爺說怕吵到您，去客房歇息了，如今正讓廚房備熱水呢。」

江夫人掀開被子下床，披上衣服，道：「給他下碗麵，擱點肉和蛋。多煮點，我也有點餓了。」

雨下了一夜，江挽雲縮在被子裡，感覺身下的涼蓆有點冰涼了。

身上的被子還是夏天蓋的，薄薄一層。

她被凍醒，掀開被子下了床，到了隔間外。見陸予風睡得熟，她蹲下身用手指撓了撓他的鼻尖，陸予風迷迷糊糊睜開眼，道：「怎麼了？」

「我冷。」

陸予風可能還沒從夢裡醒過來，翻了個身，下意識道：「冷就多穿點。」

她想給他屁股一巴掌。

「進去點，我也要睡。」她在他身邊躺下，不客氣的把被子扯了一半過來。

一夜安睡。

次日清晨，雨停了。

江挽彤在下人的伺候下起了床，卻見梳妝檯上放著一封信。「這信哪兒來的？」

丫鬟們都搖頭。「奴婢不知。」

江挽彤滿心疑惑的拆開，一行行看過去，突然手一鬆，信就掉在了地上。

下了一夜雨的山間清晨格外涼爽，草葉上都掛著水珠，庭院裡被風雨打落的桂花和菊花散落一地。

莊子裡燃起炊煙，丫鬟婆子們起床做早飯和燒熱水，但久等了幾個時辰，都不見兩個主子起床。

「快晌午了，夫人和姑爺怎麼還不醒。」

「妳這丫頭，問這麼多做甚，進了這莊子，多說一句話都可能要了妳的小命。」

「啊，我知道了，嬤嬤。」丫鬟連忙噤聲，垂著頭走了，卻仍不免看了房門一眼。

秦霄昨夜睡得晚，起床時不知是昨日坐馬車顛簸久了還是著涼了，感覺頭腦發昏，身子疲憊，他扭頭看，江夫人也還睡得正香。

他扭了扭脖子，揉了揉眉心，正要找衣服套上，突然聽見院子裡傳來聲音。

「小姐您怎麼來了？」這是婆子驚慌的聲音。

「我娘呢？我要見她！」

「小姐，小姐，夫人還沒起呢，她的病一直沒好。」

江挽彤看婆子的反應便知道她心裡有鬼，伸手推開婆子就要往裡走。「滾開！妳敢攔著我？」

那封信裡說了，昨夜秦霄半夜到莊子上，只要她及時趕到，就可以把兩人捉姦在床。

本來她不信，但信裡仔細寫了事情的來龍去脈，包括江夫人與秦霄利用通房來掩護，私下苟合，白雪並未有孕，卻被江夫人帶走後暴斃；秦霄帶了一個外室回來謊稱有孕，想要暗渡陳倉。

這一樁樁、一件件結合起來，由不得江挽彤不信，即便她再不信，她也要來驗證真偽。

「哎喲！小姐！小姐！夫人病了，您進去要過了病氣的！」婆子故意大聲叫喊著，企圖把房裡的人叫醒。

莊子裡的人都提心吊膽的觀望著。

她越阻攔，江挽彤心裡的懷疑越重。

這莊子不大，只有兩進的屋子，江挽彤不往正屋走，直奔客房而去，因信裡說了，秦霄是在客房。

「開門！」她繃緊臉皮，敲了敲門，幾個婆子圍上來，又要開始勸，江挽彤卻掃視一圈道：「都閉嘴！」

她指著門道：「沒人開門是嗎？」

婆子搓搓手道：「這是客房，沒人住的，小姐不如去堂屋坐坐，歇息下。」

江挽彤沒理她，道：「沒人住？這門口的腳印怎麼回事？」

昨夜下雨，到處都是泥濘，門口的腳印雜亂，怎麼也不像沒人住的樣子。

「這……這是昨日老奴帶丫頭進去打掃時踩的。」江夫人的貼身婆子冷汗直流。

江挽彤疑心更重，道：「鑰匙呢？把門打開！」

「鑰匙，丟……丟了……啊！」婆子話未說完，江挽彤就一個耳光刮了過去。

「你，過來。」江挽彤指了指車夫。「把門踹開。」

不明所以的車夫按照吩咐走了過來，抬腳就狠狠踹門。

幾個婆子差點嚇暈了，連聲道：「使不得，使不得啊小姐！」

「繼續踹！」江挽彤死盯著門，拳頭捏得緊緊的，她的心好像繃成了一根弦，門開就是弦斷之時。

終於在數十下巨響之後，門轟然倒下了。

江挽彤踏著倒下的門進去，快速掃過房間裡的情況，櫃子、桌子、一張床，窗戶就在門旁邊，所以可以確定人沒有跳窗逃跑。

「咳咳咳。」床簾垂下來，裡面傳來江夫人咳嗽的聲音。「是彤兒來了嗎？」

她撩開床簾，露出蒼白虛弱的臉龐。「娘病了這麼些天了，妳別過來，以免過了病氣。」

江挽彤此刻腦子飛速轉動著，她打量著屋子，而後走到床邊。「娘，妳病好些了嗎？」

江夫人又咳了幾聲，撐著身子。「沒，大夫說天氣涼了，病情更容易加重，主屋那邊風大，我才搬到這屋來的。妳怎麼突然來了，也不打聲招呼？還鬧這麼大動靜。」

江挽彤現在越想破綻越多，她的心像掉進了冰窟窿裡一樣。「既然娘病得這麼重，那為何從我進來後，莊子裡和屋裡一點藥味都沒呢？為何那些婆子方才要說屋裡沒住人呢？」

「我……」江夫人未想過她為何突然會發現這麼多，道：「妳今天來找我所為何事？」

「所為何事？」江挽彤笑了，邊笑邊哭，她不再理江夫人，而是衝到衣櫃前想要開門。

「挽彤！」江夫人驚慌失措的尖叫一聲。

江挽彤停下手，扭過頭紅著眼睛看她。「娘，妳這麼激動做甚？」

答案就在眼前，江挽彤的手都在發抖，好像有一隻手揪住她的心，讓她喘不過氣來。

「彤兒……」

江夫人也紅了眼眶，她知道江挽彤一定是知道了什麼才來這裡的。但是她不知道該怎麼做，也不知道該怎麼面對。

「快晌午了，妳餓了沒，娘給妳做最愛吃的菜好不？」

她下了床，想要打感情牌，把江挽彤帶出屋子，但剛一碰到江挽彤的手就被甩開了。

江挽彤伸手，猛地一下拉開了門。

空空如也的櫃子裡，秦霄正蜷縮在裡面，身上還穿著寢衣，頭髮散亂，臉色難看至極。難堪、憤怒、後悔交雜。

江挽彤的身子定格住了，她感覺自己呼吸一滯，連血脈都不流通了一般。心裡知道是一回事，親眼看見又是另一回事。

她雙眼死死盯著秦霄，突然狠狠把櫃門一甩，發出歇斯底里的尖叫聲。「秦霄！」

她力氣驚人的伸手把他拖了出來。「滾出來！給我滾出來！」

秦霄是盤腿坐在裡面的，被她硬拉著，整個人滾出來摔在地上，他自覺難堪，掙脫她的手爬起來。

門口的婆子們早就垂著頭不敢看不敢聽，雖然她們也覺得夫人和姑爺做的事有違人倫，但她們做下人的，哪敢多說一句呢。

「為什麼！你說啊！為什麼！」江挽彤尖叫著撲上去捶打秦霄。

秦霄沈默著，任由江挽彤爆發。

江挽彤跌坐在地上，嚎啕大哭，彷彿把成親以來受的委屈都要哭出來才甘休。

今天早上的那封信，徹底把她堅信的東西擊碎。怎麼可能，她的母親怎麼可能和她的夫君有了私情？而且還有了孩子？

她發瘋似的在家砸了一通東西才勉強冷靜下來，來到莊子又見到眼前的情景，簡直崩潰了。

「你不喜歡我為何要娶我！」江挽彤站起身，指著秦霄叫道：「你把我當什麼了！」

秦霄沈著臉，深吸了一口氣，道：「妳鬧夠了沒有？妳為何會來這兒，是誰告訴妳我的行蹤？」

秦霄顯然覺得更重要的是弄清楚江挽彤為何會知道這事，說誤打誤撞不可能，她明顯有備而來，而且自己並不是從縣城來莊子的，是從其他地方回來，因為避雨才來這裡。

江夫人在一邊看著，想說什麼卻又覺得自己沒有立場，聽到這裡才開口道：「挽彤，是不是有人和妳說了什麼？」

江挽彤看著他們兩個，只覺得無比噁心，都什麼時候了，他們卻還沒有悔意？

「你們真讓我噁心！」

江挽彤心如死灰，彷彿已經感覺不到心痛了，只剩下全身顫抖。她死死盯著秦霄，道：「你真噁心，當初父親就不該把你帶回來，應該讓你餓死在街頭。」

秦霄看著她的眼神一點溫度也沒有，道：「既然事情妳也知道了，妳想如何？」

江挽彤被氣笑了，諷刺道：「我想如何？你問我想如何？」

她揚起手，狠狠一巴掌甩了過去，秦霄被打得頭歪在一邊，江挽彤手掌也疼得發麻。

秦霄腦子嗡嗡的，捏緊拳頭忍住沒還手。

「我想要你死！」江挽彤叫著又要抬手，江夫人一下撲過來，攔住了她。

「彤兒！妳冷靜點！彤兒，妳聽我說，妳聽我說……」江夫人抱住江挽彤顫抖的身子，不能再讓江挽彤鬧下去了。

但江挽彤正在氣頭上，根本不管不顧，一把狠狠推開江夫人。

「不要妳管！妳這個不知廉恥的賤婦！」她又把火力轉移到了江夫人身上，惡狠狠道：

「妳就這麼不要臉？我爹才死了不到兩年，妳就這麼耐不住了？你們這對狗男女！」

江夫人被她推得往後退了幾步，一下撞到桌子，而後又摔在地上，江夫人痛苦的叫了一聲，捂著肚子，蜷縮起身子。

「啊！夫人！夫人！」在門口的心腹婆子連忙衝進來扶江夫人。

江夫人感覺自己肚子被狠狠撞了一下，痛得她直抽搐，而後痛楚越來越重，像是要把她撕裂了一樣。

「我的孩子，我的孩子！」她六神無主的叫著，而後感覺一股熱流湧出了下身。

婆子看見江夫人褲子瞬間被鮮血染紅，也嚇壞了。

「夫人！夫人！」她朝江挽彤和秦霄叫著。「小姐、姑爺！快救救夫人啊！」

江挽彤和秦霄根本沒想到會出這樣的變故，都傻了，江挽彤連忙跑過來想查看江夫人，但秦霄比她更快一步。

秦霄一直忍著的怒氣和壓抑的情緒終於爆發了，再怎麼說這也是他的第一個孩子。

「滾！」他一把扯住江挽彤的頭髮，將她狠狠一推，江挽彤被甩了，砰的一下撞在床柱上。

秦霄上前將江夫人抱起來，就要往外面走。

這時莊子外面傳來婆子的叫嚷聲，一大隊衙役從兩面包抄了過來。

「有人狀告江挽彤和杜如煙二人買兇殺人，謀奪下人性命，這便跟我們走一趟吧！」

第三十九章

「你們幹什麼！憑什麼抓我！救命！救命啊！」

江挽彤被衙役從屋裡押出來，她經過了接二連三的打擊後神情已經癲狂，不管不顧的喊叫著。

江夫人已經痛到半暈厥，根本無暇顧及她。

「這是怎麼了？這麼多血。」捕頭本來是來抓人的，哪承想犯人自己先搞成這樣了。

「大人救命啊，我家夫人小產了！」婆子立馬跪地給捕頭磕頭。

捕頭嫌晦氣，別過眼去，但人還是要帶回去交差的。

「把她抱馬車上去，送到縣衙後堂，再去請大夫來。」

秦霄把江夫人抱上馬車，才放下，捕頭就冷不防的出現在車邊問：「你是什麼人？」

秦霄道：「江家女婿，秦霄。」

捕頭似笑非笑道：「那她是你丈母娘吧，喔對了，江老爺不是去世了嗎？她肚子裡的孩子是誰的？怎麼不見人？」

秦霄臉色又紅又黑，他知道這捕頭必定知曉什麼，才故意羞辱他。

他厚顏道：「在下也不知。」

雖然不知道為什麼這抓捕令裡只有江夫人和江挽彤卻沒有他，但他不會蠢到上趕著去讓人抓，為今之計自然是先撇清關係。

他有自信，江夫人和江挽彤都深愛他，況且能救她們出來的人只有他，他是她們最後的希望，她們也不至於把自己賣出來。

再說了，不管是找殺手去阻擋陸予風鄉試，還是把白雪弄死，都沒有經過他的手，皆是江夫人和江挽彤辦的。

他現在已經很確定，一定是江挽雲和陸予風來報復了，他們肯定在江府安插了奸細。要怪就怪這兩個蠢女人當時買凶殺人時不夠狠心，以為江挽雲和陸予風只是普通的書生和農婦，不成氣候，想要先報復他們一通而不是果斷點直接殺了，才讓對方逃之夭夭。

捕快道：「那你便下來吧，別耽誤我等辦案。」

秦霄不滿的下去了，道：「還是叫個婆子跟著伺候下吧，畢竟人命關天。」

捕快又道：「這不是有她閨女嗎？」

衙役把江挽彤也押上了馬車，而後一行人便啟程回縣城。

「姑爺，姑爺，這可怎麼辦啊？您想想辦法啊！」江夫人的心腹婆子追著馬車跑，被衙役攆了回來，只能來求秦霄。

秦霄也是六神無主，心煩意亂的，他爬上了另一輛馬車，催促車夫趕緊跟上。

此時的縣城裡，江挽雲正躺在床上，她昨晚受涼了，早上起來就感覺頭暈喉嚨痛。

陸予風還笑話她。「妳昨晚突然爬上床，我也凍醒了，怎的我沒事妳倒著涼了。」

江挽雲沒有心情理他，她正琢磨著江家的事進展到哪一步了。「你去報案的時候，把我說的話告訴縣太爺了吧？」

陸予風道：「自然，縣太爺認得我，願意賣我這個人情。」

「你做的什麼湯，聞起來還挺香的。」她撐起身子看向陸予風端著的托盤。

「蓮藕排骨湯，我燉了一上午，還給妳抓了藥熬上了。」

陸予風難得下廚，以往是要念書沒時間，現在好不容易有空閒了，自然是要積極表現。

他把托盤放在床頭櫃上，道：「我餵妳還是妳下床來吃？」

當然是她自己下來，江挽雲掀開被子下了床，兩人在堂屋裡吃飯。杜華如今被她派去幫陸家人擺攤了，表面上是擺攤，實際上是讓他與陸家人相處，看是不是真能與玉蘭成事。

江挽雲評價道：「嗯，口味適中，排骨和藕都夠軟爛，小風的廚藝真是深得我真傳。」

「你們正吃飯啊？」這時周嬸提著個籃子上門來了，陸予風連忙起身搬來凳子給她坐。

江挽雲道：「嬸子妳吃了嗎？」

周嬸把籃子放桌上，道：「我在街上吃了。看，這是我買回來的桂花，我知道妳會弄新鮮花樣，就給妳提了一籃過來。」

黃澄澄的桂花滿滿當當的一籃子，香味撲鼻而來。

江挽雲瞬間有了主意，換季了，店裡的奶茶也該換了，她準備試試桂花酒釀奶茶。
周嬸說如今街上好多人進城賣桂花，可以買來曬乾了冬天用。江挽雲便委託她問問，哪家桂花多，她準備多囤點。
送走周嬸後，江挽雲喝了藥又躺下了，陸予風則是前往衙門去看看案情進展。
還未睡多一會兒，她突然被敲窗的聲音驚醒，打開門一看竟是夜隱。
夜隱道：「江家姑爺正往這邊來了，應該是要來見妳。」
江挽雲可不認為秦霄是來跟她敘舊或者求情的，來找她套話還差不多。
「我知道了，你先躲起來，若是他有什麼異樣舉動就麻煩你了。」
夜隱點頭。「明白。」
他嗖的一下就不見了。
不過一會兒門就被敲響了，江挽雲假裝不知道是誰，打開門看見秦霄後，做出驚訝的表情來。「怎麼是你啊？有事嗎？」
秦霄看了看周圍，道：「能讓我進去說話嗎？」
江挽雲放他進來後關上門，道：「有話快說，教我相公回來看見就不好了。」
秦霄看起來很憔悴，他回到縣城之後想去衙門打聽，但往日裡明明給點錢就能通融的衙役們這次是油鹽不進，根本就不搭理他。
江府裡有被官府的人搜查過的痕跡，埋在城外的白雪屍身也被挖出來，江府的一些下人也被抓到縣衙去了。

他感覺害怕極了，對方為何這麼恐怖，彷彿對江府的事瞭若指掌一樣。他這人做事很圓滑，在生意場上是沒和人結下什麼大梁子的，而對方也不是衝著他一個人來，唯一的可能就是江挽雲。

可江挽雲怎麼會雇得起這麼厲害的人，她不是一個村姑嗎？陸予風更不可能了，他就是一個靠著自己婆娘養活的孬種。

但是這種坐以待斃的感覺太痛苦了，他不能什麼也不做，於是他想要先來找江挽雲套套話。

「挽雲，此事是不是和妳有關？」

他還記得，幾個月前，江挽雲剛來縣城，連一件像樣首飾都沒有，是他帶她去買了衣服首飾，她怎麼也會感激自己幾分吧。

莫非正因為她對自己還有幾分舊情，才只狀告了江挽彤和江夫人？

江挽雲也懶得和他繞彎子，道：「你是說狀告你娘子和丈母娘的事嗎？嗯，確實是我叫我相公幹的。」

秦霄沒想到她這麼快就坦白了，道：「妳是怎麼發現是她們主使的？」

江挽雲想了想，道：「為什麼要告訴你？」

秦霄被噎住了。

江挽雲眨眨眼，嘆了口氣。「不過我真為秦霄哥哥你惋惜，挽彤的脾氣從小就不好，她肯定把你管得很嚴吧。更過分的是江夫人，她一把年紀了居然還敢勾搭你，真是噁心。」

秦霄聞言心思百轉，試探道：「妳是不是買通了府裡的人？」

「對啊，買通了江夫人身邊的幾個婆子……啊我怎麼說出來了，算了，你知道就知道了吧。反正她們母女倆吞了我的嫁妝，還買殺手來害我相公，我一定不會放過她們的。秦霄哥哥，這事你就不要插手了，免得你也被捲進去。」

江挽雲一副我為你著想的樣子。

秦霄懷疑的看著她，她難道真的不懷疑自己？

江挽雲淡定的任由他看著，道：「秦霄哥哥你不要害怕，我相信這事跟你沒關係，縣太爺一定會秉公處理的。」

秦霄道：「前些日子我都在外奔波談生意，不知道家裡發生了這樣的事……唉，她們畢竟是妳的繼母和妹妹，妳想要怎麼處置她們？」

江挽雲驚訝道：「我一個普通婦人怎麼能處置她們呢？肯定是聽縣太爺的決斷呀。」

秦霄臉色一沈，又問：「除了買凶和丫鬟的事，還有什麼別的嗎？」

江挽雲道：「別的我不知道，但是聽相公說，縣太爺明察秋毫，把江府的下人都抓去，還要掘地三尺，看看有沒有其他受害的丫鬟、下人呢。」

秦霄沈默了一會兒，道：「我還有事，就先走了。」

江挽雲看他魂不守舍的，意有所指的笑道：「秦霄哥哥別擔心，她們兩個是咎由自取，再說她們死了，江家的產業不都落入你手裡了嗎？」

秦霄腳步一頓，心有所悟，對她敷衍的笑了笑，爬上馬車離開了。

江挽雲關上門，瞬間拉下了臉，搓了搓自己膀子，剛剛可把她噁心壞了，不過看來效果還不錯。

秦霄坐在馬車裡，手緊緊抓著摺扇，他的雙眼布滿血絲，眼神晦暗。

回到江家後，管家來告訴他，縣衙的人傳信來，江挽彤和江夫人的犯行證據確鑿，已經被審訊一番，押入大牢了。因為江夫人一直昏迷著，只能改日再審，並讓江府的人送一些女人小產後補氣血的藥和厚衣服進去。

地牢潮濕，免得江夫人真的撐不住，死在牢裡了。

秦霄聞言，擺了擺手讓管家下去準備，他自己則在房間裡來回踱步。

巨大的心慌感纏繞著他，勒得他喘不過氣來，不行，他絕不能坐以待斃，而今晚就是一個好時機。

半晌，他召了自己心腹下人進來，仔細交代了一番。

心腹領命而去。

但他們沒留意到自己的一舉一動都被人看在眼裡，心腹前腳剛走，夜隱後腳就跟上去。

傍晚天快黑時陸予風才回來，還帶了江挽雲愛吃的滷菜。

裡。

「怎麼樣怎麼樣？情況如何？」江挽雲迎上來，先拉著他去洗手，而後把滷菜倒在盤子

桌上已經擺好了菜，陸予風拿起筷子，道：「夜尋已經和衙役們在大牢布置好了，只等魚兒上鉤。」

天氣越來越涼了，樹上的葉子開始發黃，昨夜被雨水打落的枯葉還未有人去清掃。

縣城的大牢不大，守衛也不算嚴，關的多是一些欠錢不還、小偷小摸、打架鬥毆的人，有重罪的都被移交給上頭的官員判決了。

也正因為不夠重視，縣城的大牢裡環境是很差的，陰暗潮濕不說，蟑螂老鼠成群，牆角還長著毒蘑菇，甚至有些犯人在牢裡死了，都要一、兩天後才會被發現。

關於此案，待縣太爺基本查清江家的事後就要上報給知府，到時候江挽彤和江夫人也會被轉移到府城去。

照理說殺害丫鬟的罪並不算重，畢竟奴隸罷了，通常判個一年半載，多花點錢通融下也就啥事沒有了。

但謀害秀才可是重罪，況且一旦陸予風中舉，那他的身分將發生翻天覆地的變化，江挽彤兩人的死罪就跑不了了。

江挽彤已經被關進大牢半天時間了，她到現在都還沒從接二連三的打擊中回過神來。

本來發現自己夫君和母親的姦情已經夠讓她崩潰了，誰能想到接下來她就被抓到了公堂上。

她那個只見過一、兩面的窮秀才姊夫陸予風站在公堂上，義正辭嚴的控訴她和她娘做的事，連狀師都不用請。

狀紙連同各種證據一同交上去，加上仵作對白雪的驗屍結果、江府下人的供詞，以及一些她與幾個江湖殺手之間的往來書信全部被翻了出來。

她們霸占江挽雲死去娘親留下的嫁妝，買凶殺陸予風，殺害無辜丫鬟的罪行板上釘釘。

她奇怪的是陸予風並沒有提到秦霄，縣太爺和辦案的人也一副不知道的樣子。江挽彤不曾想過這背後的別有用心，也沒心情去想這些了。

她此時正在大牢裡，抱著膝蓋縮在角落，牢房沒有窗子，只有走廊的火把勉強照明。

她分不清現在是什麼時辰了，只能感覺到牆角裡老鼠嘰嘰喳喳的聲音，和蟑螂爬過她腳背的噁心觸感。

這其間獄卒來送過一頓飯，一個乾裂的窩窩頭和不知道哪裡來的餿了的菜。

她自然吃不下，拍打著牢房門要求見秦霄。

「吵什麼吵！進了這裡妳還以為自己是大小姐呢？把嘴閉上老實點！」獄卒一棍子敲過來，砸得牢房門亂顫，嚇得江挽彤尖叫著退開了。

「江挽雲！江挽雲妳這個賤人！妳不得好死！」

她開始在牢裡咒罵著，終於把昏迷的江夫人吵醒了。

江夫人當時被抬回縣衙後堂，大夫草草看了下，說只是滑胎，死不了。既然死不了那就沒人管了，大牢裡熬不過去死了的人多得是。

江夫人肚子痛了一天，在公堂上暈過去，如今才迷迷糊糊轉醒。她比江挽彤冷靜許多，回憶了一下昏迷前的事，再看周圍的環境也大致知道如今是什麼情況。

「彤兒，彤兒。」她叫了兩聲。

江挽彤停了下來，回過頭俯視著她，而後走過來在她身邊坐下，哭道：「娘，我們怎麼辦啊……秦霄為什麼還不來救我們？」

江夫人嘴唇慘白，臉色發青，渾身散發著腥臭，她緩緩抬起手來，抓住了江挽彤的手，道：「別怕，別怕……」

她此時心如死灰，江挽彤不知道，可她可是很瞭解秦霄的，他那種薄情之人，指不定早就急著撇清干係了，哪裡會想著救她們。

「娘，妳有辦法對不對？妳肯定有辦法！」江挽彤瞪大眼睛，近似癲狂的看著她。

江夫人一時也沒有辦法，只能用悲哀的眼神看著她。「我……」

江挽彤見她不說話，頓了下，突然吼叫道：「都怪妳、都怪妳！」

她用力推開江夫人，指著她罵道：「要不是妳剋扣了她的嫁妝，要不是妳說找殺手，我們怎麼會落得這境地！都是妳害的！妳還勾引我相公！妳不要臉妳不要臉！妳該死！」

江夫人微張著嘴，愣愣的看著她，無聲落淚，不一會兒體力不支，又昏了過去。

江挽彤又爬起身，衝到牢房門口開始拍門。「我要出去！我要出去！放我出去！」

就在江挽彤大喊大叫的時候，地牢裡突然傳來了腳步聲。

一個人提著食盒跟著獄卒走了進來，弓著背垂著頭。獄卒打開門，把那人手裡的食盒和一個包袱放進牢房又鎖上門，道：「只有一刻鐘，趕緊的。」

說罷獄卒離開了，江挽彤期待的看著來人，忙不迭的問：「你是秦霄哥哥派來的嗎？他想到辦法救我們出去了是嗎？」

來人聲音沙啞道：「是，公子說他正在疏通關係，讓妳們放心，明天就可以出去了。這是他給妳們準備的飯菜，還有給江夫人準備的湯藥和保暖衣物。」

江挽彤聞言激動道：「真的嗎？我們明天就可以出去了嗎？」

那人點點頭，道：「小姐、夫人慢用，老奴先走了。」

他緩緩轉過身走入黑暗中，江挽彤已經餓了一天，早就飢腸轆轆，趕緊把食盒提過來。打開一看，裡面有兩碗米飯，一個湯盅，兩個葷菜、一個素菜。

她看了看江夫人，還是忍不住道：「起來吃飯了。」

江夫人又半睡半醒的，江挽彤叫了幾聲沒反應，便不再管她，自己拿著筷子開始大口吃飯。

一碗米飯快要下肚的時候，江夫人睜開了眼，迷迷糊糊中，看見江挽彤背對她坐著的背影。

她眼神移動到旁邊的食盒上，一下愣住了，強撐著身子，伸出手去抓住江挽彤的衣服。

「不要！」

江挽彤回過頭，不耐煩的看她。「秦霄哥哥剛才派人送來的，妳吃不吃？還有，這給妳的藥。」

江夫人臉色大變，幾乎是尖叫著拉著她。「不要吃！不要！吐出來！快吐出來！」

江挽彤甩開她的手，厭惡道：「妳發什麼癲？」

江夫人叫道：「有毒！這飯菜裡肯定下毒了！」

江挽彤心裡也咯噔一下，但她不信。「妳說什麼胡話呢？妳不吃拉倒……」

突然，她感覺自己的肚子開始隱隱作痛起來，一陣巨大的恐慌湧上心頭。但她還是不敢相信，覺得是自己吃得太猛了，用手揉了揉肚子，卻越來越痛，痛得她開始發出慘叫來。

「我肚子……好痛……」她痛得跪坐在地上。「娘……娘……」

「彤兒！彤兒！」江夫人爬過去抱住她。

江挽彤倒在地上蜷縮著身子，很快就全身抽搐起來。

「來人啊！救命啊！救命啊！」江夫人瘋狂大叫著，爬到牢房門口拍門，卻沒人回應。

很快的，江挽彤就口吐白沫，失去了意識，身子也逐漸僵硬。她意識消逝前的最後一刻，想的仍然是，不可能，秦霄怎麼會給她下毒……

而在這不久前，縣城城門關閉之前，守門官兵攔下了一輛馬車。

車裡坐著的正是喬裝打扮，準備趁著關城門之前出城的人多，乘機溜出去的秦霄。

「江家姑爺，你這是想去哪兒啊？你可是江家一案的重要證人，可不能現在走啊。」官兵似笑非笑的打量著他。

秦霄的心一下沈到了谷底，他都喬裝打扮成這樣了，還是被直接認出來，說明他的一舉一動早就被人監視了。

江挽雲下午說的話，定是故意誆騙他的，那他派人去大牢的事，也一定被發現了。

秦霄閉了閉眼睛，眼底浮現出一片絕望。

江挽雲，陸予風，他就是做鬼，也記住他們了。

「把他綁起來，押回衙門聽審！」

天黑盡了，又是風雨大作的晚上，江挽雲正把床上的涼蓆換下來，把兩個人的被子放一張床上。最近太忙，還沒來得及去買厚被子，只能先湊合著睡一張床了。

但這天晚上大家都沒早早上床睡覺，他們在等一個消息。

陸予風挑了挑燈芯，道：「妳風寒還沒好，先上床睡吧，我等著就是。」

江挽雲披著衣服坐著，搖頭。「不，我睡不著。」

陸予風道：「秦霄的馬車已經被攔下來了，縣太爺也帶人查抄了江家大大小小的鋪子田地，想必也找到他想要的東西了。」

本朝雖然重農抑商的情況並沒有特別嚴重，但商人要交的稅是很重的。江家是縣城幾大富商之一，可自從江老爺去世後，交的稅是越來越少了，表面也看不出問題，只讓人覺得江家的生意變差了，說起來也是江家後輩不如江老爺會做生意。

但是這能糊弄得過普通人，糊弄不住縣太爺。

自古官商勾結，若是商人給了當官的許多好處，少交點稅那也就罷了，偏沈船事件後，秦霄拿不出多的錢來。而縣太爺雖說不是多麼清廉的好官，但也不算是貪官，自然就盯上了江家。

但秦霄表面做得滴水不漏，縣太爺不好下手，正好趁此機會，與陸予風合作。

商人偷稅，在這個年代可是殺頭的大罪。

不過一會兒，夜隱和夜尋穿著蓑衣敲開了門，向他們稟報大牢裡和秦霄的情況。

江挽彤死了，江夫人傷心欲絕，又自覺再無活路，索性喝了秦霄準備的毒藥，隨著女兒一起去了。

而秦霄派去的人一出大牢就被守株待兔的獄卒抓住，秦霄不但偷稅，還派人到大牢裡毒害自己的妻子和丈母娘，實在罪大惡極，等待他的只有人頭落地這個結局。

「你們辦得很好，真的太謝謝你們，快些進來吃點熱飯吧。」江挽雲放下心來，趕緊去廚房把早就準備好，在鍋裡溫著的飯菜端進堂屋裡。

夜隱和夜尋確實奔波一整天了，如今總算把事情忙完。外面下大雨，街上的飯館早就關門，他們也不推辭，坐下拿起筷子開始吃。

吃了飯江挽雲又給兩人一人包了十兩銀子的紅包，才送他們去住客棧，明日兩人便要回顧家覆命。

了卻一件事後，江挽雲心情大好，美美的睡了兩天，病好後她就開始準備冬衣了。

另一件好事便是，縣太爺將江家的產業清算了，補齊了秦霄欠的稅，還將原本屬於江挽雲母親的鋪子、田地、莊子還給江挽雲。儘管已經被江夫人敗了一些，好歹留下大半。

如今江家已經支離破碎，只剩下一間宅子，但江夫人還有一個兒子。

江氏家族也沒人願意領養他，後來還是江夫人的娘家把孩子帶走，宅子也賣了，順帶幫江夫人和江挽彤收了屍。

江挽雲志不在縣城，手裡握著原身母親留下的嫁妝還要花心思去打理，所以她將鋪子和田地都賣了，只留下一個莊子，以後可以回來避暑。

賣出去共得了將近一千兩銀子，足夠她去京城開店了，聽說京城的物價比省城還貴一倍呢。

秦霄被押往府城，只等案子一層一層上報，便能定罪問斬。

待此事作罷，日子不知不覺就到了九月末，鄉試放榜的日子到了。

第四十章

因著要放榜了，這幾日陸家人都是提著心的，雖說不抱多大希望，總並不是全無期待。

陳氏日日睡前和晨起都要焚香禱告，祈求菩薩保佑。

陸予風本人看起來挺淡定的，可能對自己很有把握吧。

江挽雲倒是一點都不擔心，她最近總作一些夢，一開始夢是斷斷續續的，但她連續幾天都夢見同樣的東西，逐漸的，她串成了一個完整的事兒出來。

原來這是在向她展示，原書劇情變動之後的走向。

夢裡的東西並不完整，但她能聽見鑼鼓聲，聽見祝賀聲，那陸予風必定是考中了的。

「明兒我們便收拾東西回老家去吧，賞錢紅包、酒水鞭炮這些都是要備著的。」在陸家飯桌上，江挽雲笑咪咪道。

陸家人互相對視，不忍心打擊江挽雲，她是不是太樂觀了？

只有陳氏與江挽雲一條心，不管能不能考上，東西都要準備上。

「這攤攤這麼久了，大家都累了，一個多月沒回老家，這幾天就回去看看，打掃打掃屋子，把冬天要吃的蘿蔔白菜種上。」陳氏發話。「那錢是能掙得完的嗎？把身子累垮了可不行。」

柳氏道：「娘，我想回娘家看看。」

陳氏知道她是想回去顯擺顯擺，自己懷上，再加上在縣城賺錢了，這點小心思也就隨她去了，道：「去吧去吧，妳們都去看看自己的爹娘吧，要帶什麼東西回去，自己在縣城買好。」

陸予海和陸予山還是同以往一樣，每天上交給陳氏兩百文，剩下的自己攢著，這上交的錢作為房租和吃飯的開支。

江家的事陸家人也大概知道了原委，皆大罵江家幾人不是人，而後越發心疼江挽雲，倒沒人去打聽江挽雲得了多少嫁妝。

一家人開始放假，各自採購要帶回去的東西，而後三輛馬車一起從縣城出發回桃花灣。

桃花灣不常有馬車，陸家的馬車一回來，幾乎整個村子的人都知道了。眾人紛紛來打聽是不是為了鄉試放榜回來的，也有心裡嫉妒的背地裡說幾句酸話。

離家不過一個多月，屋裡已經鋪上薄灰，院子裡也生了雜草，窗沿上掛了蜘蛛網。

陸家的男丁忙著下地播白菜蘿蔔種子，女眷則裡裡外外給屋子大掃除，杜華如今也算半個陸家人了，陸予風領著他去衙門消奴籍，又給他另立了一戶，如今已是良民了。

他幹活也很積極，得到陸家上下一致的誇獎。

忙活了兩天後，各省的鄉試開始放榜了。

因為放榜日是在桂花飄香的日子，又稱桂榜，有專門報喜的人從州府出發，把捷報送到學子家裡。

這日一早，有在村子外種地的村民聽見遠處傳來喧鬧的聲音，直起身子放眼望去，就見數匹駿馬和數輛馬車從大道上奔來，後面還陸陸續續跟著一些騎馬的、坐轎子的人。

這好像是員外鄉紳出行的派頭吧？

「肯定是來報喜的！走，快別挖了，回去討喜錢去！」

「是去陸家的吧？天啊！肯定是陸三郎中舉了！快快快！」

大夥兒紛紛丟了鋤頭就往村裡跑。

報喜的人一進村裡就開始敲鑼打鼓，問：「哪家是陸老爺的家？」

村民們紛紛圍過來，激動的指路。

「就前面那家青磚大瓦房！」

「我們陸三中舉了嗎？」

報喜的人笑道：「中了中了，七十九名，雖名次不高，但應是這次舉人老爺裡年齡最輕的。」

中了，真中了！

陸予風病才好半年，第一次赴考，居然就中了！旁的秀才幾十年不中，也是不稀罕的事啊！

圍觀的人一下癲狂了，他們桃花灣終於出了一個舉人了！

「舉人老爺可在啊？快去報喜吧！」後面的鄉紳們催促著，報喜的人這才又吹吹打打起來。

陸家人早就聽到動靜，但他們要穩住，不能表現得太急切，不過一個個都憋不住喜意，在屋裡又蹦又跳起來，而後扒著窗子去看外面的情況。

很快隊伍便來到陸家院門口了。

「陸家老爺！捷報來了！」

陸予山和陸予海聽聞聲音，趕緊打開大門，陸家人紛紛在院子裡站好。

報喜的人念了一遍捷報上面的字，將其交給陸予風，笑道：「恭喜陸老爺了。」

陸家人都死死忍住，才克制著沒有大叫出聲，激動的看著那張紙條。

但鄉親們就不一樣了，歡呼雀躍著，一擁而上，擠進院子裡，拿著鋤頭把陸家的門窗砸得稀巴爛，這叫「改換門庭」。

與此同時，陸家宗族的男子點燃鞭炮，一陣噼哩啪啦，聲音傳出去老遠。

這時陸家女眷們終於繃不住了，喜極而泣，男丁們則振臂高呼起來。

陸予風還算能穩住，把報喜的人和衙門來的人以及一眾鄉紳們請進院子裡，另外還有村長、族長等長輩們，整整坐了幾大桌。

除了報喜的人有賞錢，來道喜的也有喜錢拿，陸家準備的賞錢多，一點也不像普通的農戶，準備的菜也齊全，雞鴨魚肉海鮮擺滿了一桌子。

村裡的媳婦們都來幫忙，熱鬧得就像嫁娶一樣。

待宴席撤了，眾人紛紛告辭，鄉紳留下大量的禮物祝賀，幾乎擺了一屋子。

一直到日落時分院子裡才算歇了下來，陸予海和陸予山勉強把門窗給釘上，只能等來日請木匠來修了。

這一晚上大家都興奮到很晚才睡。

陸予風坐在燈下，反覆翻看那捷報，似乎要從中看出花兒來了。

江挽雲洗了澡回來，道：「嗯？看什麼呢？」

陸予風搖搖頭，笑了笑，他只是覺得，這一切好像作夢一樣，儘管早就預料到自己答得不差，但還是覺得有點夢幻。

江挽雲道：「距離明年春闈也只有半年時間了，你好好準備，下次一定高中狀元。」

陸予風眼含笑意，把捷報收起來，道：「嗯，我信妳，妳說的話都很靈。」

江挽雲在床上躺下，笑了。「這麼說我就是舉人娘子是吧。」

陸予風把東西放好，吹了燈，躺她旁邊，道：「妳想做進士娘子嗎？」

江挽雲側了個身，摟著他的腰，道：「那當然，誰不想啊，我還想當誥命夫人呢。」

她這輩子的終極目標不就是有錢花、有人伺候嗎？

現在原本女主角的事兒解決，江家的事兒也解決，陸予風在原書裡的戲分也快結束了，大結局就定格在他金榜題名和洞房花燭，想來離現在也不遠了。

現在陸予風經過她的幫助已經走上正軌，她也不走了，就留在陸家過日子，抱著陸予風的大腿享福了。

她問：「你要是當大官了，會不會做陳世美啊？」

陸予風摸著她的頭，想了想。「陳世美是誰？」

「就是一個話本裡的，有個書生中了狀元，就拋棄了糟糠之妻，娶了公主。」

陸予風聞言，很認真道：「自然不會。首先，尚公主意味著只能領閒差，沒有哪個進士樂意，何況狀元郎。再者，無故休妻是觸犯本朝律令的……」

江挽雲對這答案不太滿意，她扯了扯被子。「走開，睡了，晚安。」

陸予風不知自己哪裡說錯話了，只能試探著問：「小生哪裡惹娘子生氣了？」

江挽雲呵了一聲。「你都舉人老爺了還小生呢，我可不敢當。」

陸予風想了想，肯定是自己對那什麼陳世美的評價有失偏頗，便重新組織語言道：「我肯定不會如他那般背信棄義，攀附權貴。我若為官，自然要做一個為民請命的好官。而且……而且妳也萬萬算不得糟糠之妻，喔不是，女人既要照顧家裡，忙裡忙外，又要生兒育女侍候公婆，很辛苦也很偉大，怎麼能用糟糠來形容。」

江挽雲白他一眼。

陸予風抓了下頭髮，難道還不對嗎？

「嗯……我的意思是，妳永遠是我的妻，無論我以後是什麼地位。」他幾乎是鼓足勇氣說出這句話，而後期待的看著江挽雲，只不過黑燈瞎火的，實在看不清。

半晌只聽江挽雲悶笑起來，還把自己笑得嗆到了，她咳了幾聲才道：「知道了知道了，睡覺。」

陸予風不明白。

就這樣？

女人真奇怪。

接下來的日子可以說是很忙碌的，陸予風要參加各種聚會，包括回棲山書院謝恩師，參加舉人聯誼，上州府拜見學政，以及確定明年上京的事宜等。

陸家人則是又開始準備辦酒席，宴請親戚朋友，以及接待時不時來家裡拜訪的人。

不過陸父和陳氏也教育了陸家人，不能因為眼前的一點點好處就忘了自己是誰，就想著不勞而獲。

鄉紳們、同窗們送來的禮物都要記錄在冊，以後都是要還回去的。而且陸予風出身農家，雖然上京趕考朝廷會出路費，但是到了京城，人生地不熟的，沒個依靠，萬事只能靠自己。就算中了進士，也要花銀子上下打點，仕途才順利，如今這麼點銀子哪裡夠。

如此陸家人原本火熱的情緒也消下來了，是啊，自家這麼窮，到了到處都是達官貴人的京城，陸予風沒有銀子可怎麼行得通，怎麼能這樣就得意忘形了呢？

如今只不過是剛開始，明年還要會試，還要殿試，就算考上了，為官了，還要一步一步晉升。他們如今就想著享福了，殊不知未來還有多少困難等著陸予風。

所以他們還要更加努力，當陸予風的堅強後盾才行。

陸家人又回到縣城擺攤，陳氏和陸父這回卻沒去，而是留在桃花灣種菜，備些過年的東西，以及迎接到處來攀親戚的人。

陸家出了個舉人，還是曾經那個早就為人熟知的陸予風，來拜訪的人多得陳氏已經麻木了，索性稱病閉門不出，道兒子去了省城，要拜訪得到省城找他去。

江挽雲的鋪子和陸家的攤子生意因此爆紅了一陣子，人人都想沾沾這少年舉人的喜氣。

陸予海和陸予山則是拿著攢的錢和陳氏從禮金裡挪出來的一些錢，各自租了鋪子，結束了風吹日曬的擺攤生活。

江挽雲閒下來了，便研究更多的吃食，這到了冬天，涼麵那些不能賣了，倒是可以試試關東煮、章魚小丸子之類的，傳林、繡娘就跟著她學廚。

同時她還計劃著，未來去京城開一家火鍋店。

陸予風忙活完從省城回來，已經入冬了，過了年他就要立馬起身前往京城。

陸予風是隨著幾個中舉的同窗一同從省城回來的，他還帶回來一個消息，楊懷明也中舉了，且名次比陸予風好多了，排在十幾名。加上楊懷明家在京城的關係，待去會試時，想必也比陸予風輕鬆很多。

楊懷明最初攔著陸予風不讓他鄉試，不過是記恨他得了夫子的青睞，搶了自己的風頭。可如今他家裡動用關係，拿到了另一個當世大儒的推薦信，他自然不會把注意力再放在一個出身低微的普通舉子身上。

但楊懷明不打陸予風的主意，可不代表陸予風放過他了。

有同窗問他，當初是不是出了考場，就心裡有數能不能取中。

陸予風笑而不語，他可不是出了考場就心裡有數，而是拿了卷子就有七、八成把握了。但為了不讓楊懷明之流盯上自己，他發揮得「平庸」了一點，將將落在排名末流，不過這也是很有風險的，萬一一個不慎，可就真的落榜了。

這一去一月有餘，陸予風歸心似箭，也不知道家中情形如何了，挽雲可吃得好睡得好？

他發現自己如今已是離不開江挽雲，同窗笑話他，去省城參加宴會，多的是女伎相伴，左手細腰右手美酒的舉子，他卻不讓任何女伎靠近，就連喝酒也只是淺酌兩口。

不過旁人知他病好不久，也沒人為難他。

回來這一路上，陸予風想了很多事，他知道江挽雲不是原來的江挽雲，但她幫了自己這麼多，自己心儀的也是她。她想要當誥命夫人，他覺得一點問題也沒有，他若是不能出人頭地，哪裡配得上她呢？

且說陸予風中舉後，陸家人都緊張兮兮的，怕有人對陸予風不利，商量著要不還是湊點錢，再給他買兩個下人跟著吧。

好歹也是舉人老爺了，這丫鬟下人僕婦總要有，縣裡很多富商鄉紳給陸家送了人來，但都被拒絕了，這別人送的人，用著可不放心。

杜華則是表示要跟著陸予風保護他。

不過陸予山和陸予海可不同意，好不容易脫離奴籍了，哪還有回去做下人的道理，還是去重新買吧。

陸予海隔天便抽空回家跟陳氏、陸父商量，陳氏便拿出幾十兩銀子來。陸予海和陸予山兩兄弟打聽了一下僕人的價錢，加上他們自己賺的錢，合夥買了一個丫鬟、一個婆子和一個會功夫的隨從，共花了四十兩。

隨從可以當車夫，可以跑腿，可以幹活，丫鬟、婆子可以做飯洗衣服，哪裡還有讓舉人老爺自己幹活的道理。

陸予風嘆了口氣，接受了他們的好意。他也知道，隨著自己越往上走，周圍人會越來越和自己產生距離感，大哥、二哥他們，包括姪子姪女都對他恭恭敬敬的，不再像之前那樣親密了。

只有江挽雲不一樣，她還是像以前那樣對他。

因為距離去京城也不久了，他們便沒有再租房，先跟陸予海他們湊合著住。

江挽雲把秋蓮和夏月的奴籍也消了，而後正式聘用她們當兩個店鋪的掌櫃，並且可以參與店鋪分紅。

這樣的話她們就可以攢錢了，日後是想自己開店也行，想嫁人也行。換言之，相當於江挽雲啥也不用幹，秋蓮和夏月都會為她盡心盡力經營鋪子，她躺著賺錢。

在縣城又待了一段日子後，天兒越來越冷了，樹上的葉子幾乎都掉光了，家家戶戶都開始做冬衣。

陸家如今不缺錢了。

王氏一邊縫衣服一邊感嘆，去年這時候家裡還欠著十幾兩銀子的債，他們沒錢買布料和棉花，只能把舊棉衣縫縫補補，裡面多穿幾件單衣。

被子蓋得都結塊了也不能丟，小孩子和大人手上、腳上都長著凍瘡，就連過年，也就只能吃一塊臘肉。

世事無常啊，今年大家再也不用挨餓受凍了。

陸予風成天在家溫書，江挽雲便開始搗鼓火鍋，先研究怎麼製作鴛鴦鍋，再研究火鍋底料。

十一月末，氣溫降得很快，某日早上起來，窗外雪白一片，昨夜下了一夜的雪，險些將樹壓塌。

這是今年的初雪，大家都很高興，雪越大，明年的收成越好。

但江挽雲卻憂心忡忡起來，因為她夢裡關於原書的劇情，又有了新的進展。

她夢見了大片大片的雪，伴隨而來的是眾人的哭喊聲，在夢裡發生了大雪災，陸予風去參與救災工作，後來意外得知了這不僅僅是天災，更是人禍。再後來的發展，夢裡便沒有預示了。

雪災……

昨夜的大雪難道真是雪災來臨的預兆？

第四十一章

雪只下一天就停了，氣溫又回暖了一點，但外面的風還是颳得呼呼響。

陳氏擔心他們沒有備好冬天的衣服被褥，在鎮上讓裁縫做好了厚衣服被子，自己租了輛馬車送來縣裡。用的自然是最好的料子和棉花，鎮上的人都知道她是陸舉人的娘，沒有不巴結討好的道理。

「娘妳怎麼親自來了，衣服我們正做著呢。」王氏把她迎進來，看著這一車的東西咋舌道，婆母怎麼變得這麼大方了。

如今家裡條件好了，她們也花錢買了不少東西準備過冬，兩家還請了一些打雜的人，這樣的話自己就不用那麼累了，王氏和柳氏也有更多時間照顧家裡。

陳氏道：「你們要擺攤，哪有時間做衣服縫被子，縣裡的裁縫貴，比不得鎮上的。」

柳氏正是懷孕前幾個月胎不穩的時候，陸予山已經不讓她去店裡幫忙了，就在家休息。再加上洗衣做飯都有買來的婆子和丫鬟幹，柳氏覺得自己這輩子都沒這麼閒過，以前懷繡娘的時候，快生產了還要下地幹活呢。

「娘來了？怎麼不託人帶個信來，好讓我們回去接你們，爹呢，沒來嗎？」柳氏和陸予風聽見動靜，都出來院子裡。

陸予風如今在屋裡看書，平常不怎麼出來，家人一般也不鬧出太大動靜打擾他。

正在廚房裡忙活的謝婆子和丫鬟小琴也趕緊出來給陳氏行禮。「老夫人萬安。」

陳氏還沒被人這樣叫過，受寵若驚的托起她們。「快起來快起來。你們爹在家裡看著那些雞鴨呢，走了怕有人偷。快把東西搬進去，被子我都曬了的，直接就可以蓋。」

陸予風、王氏和兩個下人幫忙把東西搬下車。

陳氏進廚房去看兩個下人幹活，見她們手腳都麻利，心裡滿意，想要搭把手，引得謝婆子和小琴惶恐不已，她只有作罷，自己去家裡的幾個鋪子轉轉。

陸予海和陸予山的鋪子在不同的街上，人流都挺大。

陸予海的鋪子如今已經發展成一個上午專門賣早點，中午專門賣自助餐的店了，而後下午就閉店休息。

店裡除了陸予海以外，還請了一個廚子、兩個婆子、一個跑堂。早上天不亮就開始做早點，除了原本就有的包子、燒麥、饅頭、餃子等，現在還多了油條、韭菜盒子、發糕、麻圓和稀飯等。

中午則是根據江挽雲的提議，炒很多盆菜用熱水煨著，客人來了就現打菜，六文錢一葷一素，米飯管飽，加一個葷菜兩文、素菜一文，與現代的自助餐店模式一樣。

店離碼頭近，附近工人多，卸貨的壯勞力多，鋪子的午飯經濟實惠，所以每天客人都爆滿。

陸予山的店則是在商業區，鎖定的客群主要是來逛街遊玩的人。他們上午才開門，一直賣到傍晚，主要是賣燒烤和炒河粉、炒米粉等等，因為味道好，生意也很好，同樣請了幾個人幫忙。

至於江挽雲在幹麼呢？她正在鐵匠鋪裡和鐵匠研究怎麼打造鴛鴦鍋。

這年代是有火鍋的，只是普通人家不常吃，且多為清湯涮菜。她去省城時曾去各種調料店和香料店尋找過鍋底配方，用來實驗怎麼做出口味正宗的麻辣火鍋。

「這天兒越來越冷了，在家吃鍋確實不錯。」老鐵匠笑呵呵的擺弄著自己的工具，在他面前放著兩口剛打好的小鐵鍋。

這小鐵鍋不像尋常的鍋，更像一個盆子，中間被鐵板分成兩半，裡外都打磨得很光滑。

江挽雲想著先試試，若是條件好了，自然用銅鍋是最好的。

江挽雲笑道：「今年冬天似乎特別冷呢。」

老鐵匠聽她這麼說，神色微動，仰頭看了看遠處的天兒，道：「怕不是會出幾十年前的事吧？」

「幾十年前？什麼事？」

「幾十年前，也是這樣哩，從入冬開始就格外冷，而後突然下雪，下了好久好久，死了好多人和牲畜……」

江挽雲提著兩個鐵鍋回家，心情有些沈重，難道夢裡的事真的要發生了嗎？

但是她該如何向人們預警呢？

若是雪災肯定會來，首先要做的自然是保護好自己的家人。

回家時，正遇上陳氏和杜華提著一籃菜回來，杜華如今在陸予海和陸予山的店裡打工，哪家忙的時候去哪家，陸予山不放心陳氏一個人回來，叫杜華跟著她。

「挽雲，我正找妳呢。妳提這兩口鍋是……」陳氏看了看她的鍋子，不明白怎麼會有這種形狀的。

江挽雲笑道：「娘妳怎麼來了？這是我準備拿來涮菜的，這一邊清湯一邊辣鍋正好。」

「涮菜？我正好買了好些菜呢，還有隻雞，拿雞湯涮吧。」陳氏先提著菜進去讓兩個下人處理，而後出來給江挽雲看她帶來的衣服和被子。

王氏、柳氏也來幫忙，幾人一起把幾個房間的床鋪好了。

江挽雲見天色差不多了，便把自己買好的調味料找出來炒火鍋鍋底，同時讓謝婆子和小琴開鍋，又叫新買來的車夫小松駕車，去把秋蓮和夏月接來。

今晚人多，那就做個火鍋熱鬧熱鬧。

她炒的火鍋鍋底飄得整個院子都是嗆人的香辣味，炒好後倒進兩個鍋子裡，另一邊則倒熬好的雞湯。

待大夥兒陸陸續續到家後，便把鍋端到堂屋裡，放在燒紅的小瓦爐上，門窗都敞開。要吃什麼涮什麼，肉片、雞肉、魚丸和各種蔬菜等，吃得個個都頭上冒汗，冬日的嚴寒都去了三分。

「這鍋的味兒真好，感覺和以往的調料又不一樣。」

「肉放紅湯，菜放清湯，這主意真不錯。」

「冬天太適合吃這個了，感覺吃了渾身都熱了。」

江挽雲臉不紅、心不跳道：「我給取了另外的名兒，叫火鍋，這種一半一半的，叫鴛鴦鍋，炒的料配比不一樣。我還加了很多新香料進去，所以味道與麻辣燙那些也不一樣，到時候去了京城，我就開一家火鍋店。」

她的提議眾人紛紛贊同，以江挽雲的廚藝，去了京城肯定也不會差。

邊吃邊聊完，已經月上中天了。

江挽雲一身火鍋味，洗澡後抱著湯婆子躺在床上，琢磨著雪災的事。

陸予風掀開被子躺進來，道：「想什麼呢，這麼出神？」

江挽雲感覺他身上一身寒氣，便把湯婆子丟給他，自己則把腳縮了起來。「你說，如果咱們這兒突然下大雪，下很久很久，會發生什麼？」

陸予風雖然不知道她為什麼突然問這個，但她表情很嚴肅，他也就認真思考起來，道：「城裡倒還好，可能出門不便，日日掃雪。若是鄉下或者山裡……泥牆草棚可能會被壓塌，貧苦百姓沒有禦寒的衣物，人畜都會受凍，田地也會被大雪覆蓋。」

「今年這麼冷，我擔心……」江挽雲想了想，道：「今日聽一老翁說，幾十年前就曾出現過雪災，與今年的情況很像，我想我們得提早預防。」

陸予風神色凝重起來，他一直覺得江挽雲的預測很準，準得他下意識覺得這事肯定會發生。

他揉了揉眉頭，若真是這樣，那事情就麻煩了，到時候河面結冰，港口凍上，去京城的船停航，走陸路又大雪封山，春闈肯定要耽誤了。且不提春闈，那麼多貧苦百姓可怎麼辦？可他如今雖說是舉人了，卻無一官半職，也無權無勢，有什麼辦法呢？

「我去找縣令吧，讓他號召縣裡的富商和鄉紳先囤糧囤衣，再由他的名義寫信給府城和省城，讓大家都早做準備。」他腦子迅速轉動。「還有秦夫子等人，以及我在省城認識的一些舉子們能出力。」

總之能讓多一個人知道算一個。

江挽雲點頭。「那聯繫人員這方面就交給你了，我來多準備點東西備著。」

次日一早陸予風去縣衙了，她則是到陳氏屋裡與她單獨說話，家裡的銀子包括旁人送的禮都是在陳氏手裡。

也有送鋪子、送房子、送下人的，但陸予風沒收，只有第一天來祝賀時留下的禮品，因為人太多了只得都收下。

算起來折合成銀子的話也有幾百兩，加上江挽雲手裡的，能大概湊二千兩銀子。

如今的糧價是一擔一百多文，約有六十斤，棉花是每斤八十文。

為免影響其他人，造成恐慌，江挽雲先跟陳氏說了此事。

陳氏道：「妳說的那一年我還記得，那時候妳大哥還沒生，雪一直下了快一個月，我們村子差點就被埋雪裡，好些人都凍死了。我們是因為勤快，提前多砍了柴備著，再加上年輕能抗凍，才挺過來。」

她回憶著那一輩子都忘不了的情景，再想起今年的情況，未免開始心慌起來。

江挽雲道：「所以，娘，我想找妳借錢，咱們多囤點糧食和衣服，不光自家可以用，還可以救助別人。但若是現在跑去跟別人說會有雪災，肯定沒幾個人信的，不過相公已經去找縣太爺了。」

陳氏想了想，還是同意了，道：「好歹有糧食和衣服在，不至於打了水漂，妳若想做就去做吧。」

她絲毫不會覺得江挽雲在胡鬧。

陳氏從自己手裡的錢拿出五百兩，只剩下一百兩給自家人留著。「銀子只有這些，還有一些書畫之類的，要拿去當鋪當了才行。」

江挽雲說：「夠了夠了，謝謝娘。」

陳氏嘆了口氣。「說啥謝，這些錢本來就是妳和風兒掙來的，但總歸還是希望別下大雪才是。」

然而陳氏的念想最終落空了，不過半個月，整個省都開始下雪，且雪越下越大，足足下了十幾天還未停。

離過年只剩不到一個月了，往年這時候家家戶戶都閒下來，開始殺年豬備年貨，在外做工念書和做生意的人都到了回鄉的日子。

但今年卻不一樣，因雪大，河面結冰，航運停了，碼頭也關閉，只有馬車能勉強行進，但也走不了遠路。

縣裡的年味沒以往濃了，備年貨的人少了許多，顯得有些冷清。

陸家男人每天早上起床的第一件事就是掃雪，大雪時斷時續，一夜過去就能淹沒腳踝。陳氏為此特地花大錢給家人做了保暖又防水的鹿皮靴子，還拘著孩子們別跑出去。

因為下雪，進城來賣菜的農戶也少了很多，所以最先開始漲的就是菜價。

陳氏又過起了每日祈禱的日子，祈禱雪早點停，好好過個年，她不放心陸父一個人，讓杜華駕車帶她回去。也不知她和陸父說了什麼，三個人把家裡的雞鴨都殺了，把地裡留著過年吃的白菜、蘿蔔都拔了，連同臘肉等耐儲存的食物都搬上車，運到了城裡，一副要在城裡過年的架勢。

江挽雲和陸予風最近也總是早出晚歸的，兩人分頭行動，各自做著準備。

陳氏看著窗外的落雪，手裡抱著湯婆子，嘆了口氣。「這雪怎麼還越下越大了。」

小琴把茶壺的水換成熱的，道：「老夫人，今兒吃啥呀？」

陳氏道：「吃點乾豇豆燉臘肉吧，地窖裡的菜都省著點吃，如今菜價越來越貴了。」

小琴道：「是咧，白菜都翻一倍了。」

柳氏在一邊納鞋底，道：「三弟和三弟妹怎麼見天兒地往外跑，要是凍著了怎麼辦？」

陳氏道：「他們自然是有要緊事，過幾日這雪再不停就閉店了，就待家裡烤烤火，準備過年。」

柳氏道：「那我們還回桃花灣過年嗎？」

她還是想回去的，畢竟這租的房子又不是自己的家，再說了她還想回娘家呢。

陳氏說：「那就要看這雪停不停了。」

再不停，別說回去過年了，還要叫人去給親戚們送信，要他們快點做準備才是。不過那些輩分大的人都經歷過幾十年前的雪災，心裡有數，說不準已經有打算了。

此時江挽雲正領著小松在莊子裡清點貨物。

這莊子離縣城不遠，又在平原上而非山裡，是原主的嫁妝裡最大的莊子，其他的都被她賣了。

莊子有十幾間屋子，堆滿她派人去附近州府買來的糧食和棉花製成的衣服，那時候剛下雪，糧價穩定，航運也未停，如今再想買就晚了。至於裝不下的，她還在城郊租了很多院子來存放。

想必很多商人都察覺到了情況不對，準備把糧食囤著，待日後坐地起價。

不過江挽雲如今囤的糧食至少有幾十萬斤了，棉花也是，雖不算特別多，但應急是足夠了。

陸予風則是與縣太爺早就計劃好，請了縣裡的富商和鄉紳吃飯，商量囤糧的事。若是度過難關，在座的人都是大功臣，是要被寫進縣誌，被百姓們立碑讚頌的，那到時候還愁後續的生意不行？

這可是一本萬利的好事啊。

哪個富商不想自己的名兒被編進書裡，就憑這一點，他們就心甘情願掏錢。

江挽雲正在莊子裡看帳本的時候，院子裡傳來了動靜，她抬眼看去，陸予風掀開門簾進來了。

他身上披著江挽雲給他買的披風，脖頸處還圍著一圈暖和的狐狸毛，頭頂上沾著幾朵雪花，顯得他臉色清冷，身姿挺拔。

他比她剛見到他的時候又成熟了幾分。

「你怎麼來了？」

江挽雲擱下筆站起身，抖抖坐麻的腿，走到他面前，抬手把他頭上的雪花撥掉，又摸了摸他的手，冰冰涼涼的。

「小松，把湯婆子灌上，再把炭盆加幾塊炭。」

她喜歡摸他的手，他的皮膚很光滑不說，手指又長又好看，摸著很是療癒。

陸予風已經習慣了，就勢被她摸了兩把，感受到她的手暖乎乎的。

「縣令說省城那邊來了急令。」
房間裡很暖和，他把披風取下來掛上，接過小松灌好的湯婆子。
江挽雲整理了一下帳本，猜想應該是省城的官員們也意識到雪災可能要來了。
「我們縣其實還不算嚴重的，急令說更往北的平山縣已經雪埋半人高，牲畜和人凍死無數，所以讓周圍縣往平山縣救援。」
陸予風垂眸，他不知道現在是不是時候了，他們縣因為縣令早有準備，即便雪災來了，糧食和衣服也是夠的。但平山縣就沒反應過來，聽聞如今縣倉的儲糧已告急，不得已才向省城和府城求援。
江挽雲道：「平山縣？那不是楊懷明他爹的府城下面的縣嗎？」
這可有意思了，若這次救災不力，楊懷明的爹也難辭其咎。
陸予風點頭。「縣令已經準備召集本縣的民壯，明日就出發。」
民壯類似於民兵，有需要的時候他們聽官府號令，沒有需要的時候就正常下地幹活，像這次這種任務，去的人都會得到官府的獎勵。
除了民壯以外，一些大戶人家也會派自家下人一同前往，想在官府面前博個好名聲。
江挽雲說：「我們莊子的東西都整理好了，隨時可以裝車。此去平山縣，路難行，估計要走兩、三天才能到。」
陸予風看著她，眼神複雜，想說什麼又說不出來的樣子。

「有啥事你就直說啊。」

她被他看了好半晌，忍不住道：「是有什麼難事嗎？」

陸予風嘆了口氣。「我想隨他們一起去。」

他雖然有秦夫子和顧大人的推薦信，但仍然比不過楊懷明在京中的人脈，若是他此次能一起去，必定能掙一個好名聲。再有一點便是，他並不放心自家的物資就這麼被送到平山縣去，楊懷明若知道這是他們送的，背地裡私吞了也未可知。

更甚者在裡面下毒，利用這糧食來栽贓陷害，那可就麻煩了。

江挽雲聽罷，也想到了這兩層，道：「那我與你一起去。」

「不！」陸予風果斷拒絕。「妳不能去。」

「為何不能？」

陸予風道：「此行危險，天寒地凍的，且肯定有很多流民湧進城裡，妳不能去。」

江挽雲道：「不，我也要去。這些物資是我買的，我不去不放心。」

其實她主要是不放心陸予風。那可是楊懷明的地盤，被他撞上了，陸予風還能安全回來嗎？多個人多個照應也是好的，再說萬一她又夢見劇情發展呢。

陸予風看著她，知道拗不過她，道：「那把杜華帶上，再去找鏢局的人來押送，妳不能到處跑，到了那兒就和官府的人待在一起。」

江挽雲這才笑了，道：「沒問題。」

兩人剛一回家，就聽見陸家人在討論新出的告示了。

一方面是本縣裡的人要做好應災準備，另一方面就是召集民壯去平山縣，只要是年滿十六，四十五歲以下，身體健壯的男子都可參加，每人獎勵二兩銀子和糧食布疋若干，若是表現好的，還可再加獎勵。

二兩銀子，普通農戶一年的收入也就這麼多，何況官府會發厚衣服，危險度比洪災小多了，所以願意去的人還是很多的。

江挽雲和陸予風商量著不能告訴陸家人，他們肯定不會同意，還會多擔心，便尋了個藉口，道秦夫子叫他回棲山書院指點他春闈的事。

兩人帶著杜華和小松，次日一早便揹著包袱坐上馬車出發了。

當馬車消失在飄雪的街頭後，陳氏才忍不住以袖拭淚，陸父眼裡也滿含悲愴，扶著她往屋裡走。

年輕一輩的不知道他倆怎麼了，忙追問為何落淚，陳氏搖搖頭，道：「沒事，被風迷了眼睛。」

別人不知道，她還會不知道嗎？風兒定是瞞著他們要去平山縣了，不然不會把挽雲和杜華都帶去。

可她沒辦法，兒子要做的事，她不能阻攔。只能每日在家祈求菩薩保佑。

江挽雲與陸予風先去莊子，他們請來的鏢師已經把東西都裝車了，整整一個車隊，三十幾輛車，加上車夫共有六十幾個人，押送這幾十萬斤的糧食和衣服。

若是沒有江家的嫁妝或是沒有那些人送陸予風的禮，她是絕對湊不出這麼大的車隊的。鏢局老闆也是熱心腸的，得知自己是押送救災物資，便主動把費用降低許多。

江挽雲的車隊不與官府的車隊同行，那樣的話，這些物資就失去她的控制。到了平山縣後，當地的官府若是得了楊懷明的指使，對糧食下手，她就沒辦法阻止。

她決定以私人的名義去捐物資。

一切打點好後，陸予風先去與官府的人會合，江挽雲則晚半日再出發。

官府挑選了一下，最後選出五百個民壯，每人發了一套厚衣服和鞋子，再帶上縣裡的富商和鄉紳捐贈的物資，押送著出發了。

此行除了陸予風，還有很多年輕讀書人，尤其是棲山書院的學子，都是自發去幫忙的。

此時的平山縣已經是一片混亂局面，菜地被埋進大雪裡，貧苦百姓餓死、凍死在街頭不計其數，牲畜凍死，房屋倒塌。

大批流民湧入縣城找吃的，富商乘機哄抬物價。官府的糧倉早就被吃光了，流民便衝進普通百姓家裡搶吃的穿的，官府人數比起百姓人數不值一提，根本控制不住局面。

平山縣的縣令急得頭髮都要掉光了，送出去的信也不知道有沒有順利送達。就算到了，其他縣派人來又要幾天，再說也不止他們一個縣下雪，想必周圍縣的人也自顧不暇了。

完了，他只有這個念頭，真的要完了。

第四十二章

車隊在風雪中行了幾天，終於到了平山縣地界。

平山縣為何叫平山縣，是因為縣裡到處都是大山，取平山之名，寄託了百姓們走出大山的美好願望。

因山多，平山縣的雪也下得格外大些，車隊經過周邊幾個縣時，可見其他地方也出現了不同程度的雪災，但還在當地官府可控制範圍內。

因為有陸陸續續前往平山縣的隊伍，所以江挽雲這一行人走得還算順當，前面的路都被人開出來了，經過的地方雪埋得還不深。

臨近天黑的時候，他們到了縣城外，天地一片白，風肆虐的颳著，吹得馬車嘩嘩作響。

江挽雲把自己裹得像一顆粽子，只露出一雙眼睛來。

有一匹馬從遠處奔來，馬上正是裹得嚴嚴實實，卻仍然被風雪吹得渾身發抖的小松。

小松是跟著陸予風的，杜華則是跟著江挽雲。

鏢局的人見他來了都停下腳步，他們知道這人是負責傳令的。

「快，喝點熱水。」

鏢師把用貂皮包著的水壺遞給小松，小松接過來，大口喝了幾口才把水壺還回去。「多謝大哥。」

這時江挽雲下車來，迎著風雪大聲道：「小松！是相公傳信了嗎？」

小松趕緊走上前，摸出信來，道：「少爺他們已經在城中安頓下來了，他讓我跟你們說先別進城，城中到處都是流民，沒有官府的保護，進去東西怕會被搶。他明日會與當地的官員說好了，再派人來接你們。」

江挽雲收下信，看了看天色，對鏢頭道：「今夜不能進城了，還是原地紮營吧。前方那處山坳，可以擋風，地勢也平，就在那兒紮吧。」

隨著鏢頭一聲令下，車隊的人都往山坳裡去，紮帳篷的、餵馬的、煮飯的各司其職。

江挽雲這才打開信，就著最後的天光看起來，陸予風也是一路隨著隊伍行進，沒有時間寫信。

他比江挽雲早到半天，安頓下來後才匆忙寫了封信讓小松送來。

信裡簡單介紹了一下城裡的情況，更多的則是關心她這幾天的情況如何，有沒有凍著，有沒有餓著。

江挽雲把信收進懷裡，這人真是，還有空來關心這些小事。

很快鏢局的人就把帳篷紮好了，他們多年行走在外，做這些事情駕輕就熟。

江挽雲鑽進牛皮帳篷後才感覺暖和一點。杜華把湯煮好提過來給她喝，一個小鐵鍋，裡面煮著肉乾和一些馬鈴薯塊，放點鹽再配著饃饃吃，就算是很好的伙食了。

她和杜華分吃了那鍋東西，而後把帳篷紮緊，準備睡覺。這一路上她已經習慣了，前兩天晚上都是在風雪裡過夜的。

次日一早，外面天色大亮，是這麼多天以來難得天色略微晴朗的一天。

江挽雲爬出帳篷，正捧著熱稀飯喝，就見遠處行來一列隊伍，看來人的打扮，應該也是其他地方來支援的人。

對方也看見了他們，便派人來與鏢頭他們攀談幾句。

那些人先往縣城裡去了，鏢頭來告訴她。「是府城楊大人派來的，領頭的是楊大人的公子。」

江挽雲聞言心沈下去，果然，楊懷明來了。

他是知府的兒子，身先士卒來此，自然會為自己和父親掙得好名聲。只希望陸予風早做準備，別入了他的套，還好她提前吩咐了鏢頭，不要透露他們是從哪裡來的。

又在原地等了半日，終於見到了一隊人從縣城方向來了。這隊人約有二、三十人，是來接他們的。

如今平山縣已經陸陸續續來了好些援助的人，還有來自省城的官員坐鎮，場面已經勉強控制下來。

「閣下可是陸舉人家的車隊？」

鏢頭連忙上去交涉，很快領頭的人就來與江挽雲見禮，目露欣賞道：「想不到竟是陸舉人的娘子親自前來，我代平山縣的百姓謝謝您和您的夫君。」

他叫趙成喬，是平山縣縣令的兒子，也是今年剛考上的舉人，與陸予風在省城有過幾面之緣，知道陸予風家並不是大富大貴，卻還能送來這麼多東西，他真的萬分感動。

江挽雲與他寒暄幾句後便問起陸予風的情況，趙成喬道：「他與其他書生一樣在城裡負責管帳，如今城裡流民多，物資多起來卻無人打理也不行。」

江挽雲便問自家的糧食能不能由她帶來的人分發給民眾。

趙成喬以為她是想借此替陸予風揚名，很多富貴人家都這樣做，沒什麼奇怪的，便欣然同意了。

行了一個多時辰便進城了，城門口圍著很多人，院牆下架著大鍋在煮粥，流民們排著隊打飯。

趙成喬道：「前幾日這城門口擠滿了人，馬車都無法通行，還被打死了好些官兵衙役，昨日開始施粥了才好些。」

江挽雲坐在馬車上看過去，見排隊的人有老有小，皆穿著破爛，臉頰通紅，有的甚至還光著腳，有的則是穿著破了洞的布鞋或草鞋。

這些人有的是因為自家房子被雪壓塌跑出來的，有的則本來就是流浪漢。

趙成喬解釋道：「災情來得突然，多數縣城能湊齊糧食已算不錯了，要一下拿出那麼多衣物來著實難辦。」

畢竟收集棉花和布疋、做衣服都要時間，等衣服做好說不定災情都結束了，還不如多喝點熱粥。

江挽雲道：「我這車隊裡，有一半都是衣物鞋子，共有幾萬件。」

趙成喬不敢相信，驚訝道：「幾萬件？妳哪裡弄來的？」

是把一個縣城的富人都打劫了嗎？

他們平山縣因為山多，比其他縣要窮幾分不說，但凡有點錢的都往府城和省城跑了。雪災來了，人人自顧不暇，糧商和布行坐地起價，絲毫不管百姓死活。

若是他們能拿出幾萬件衣服，那得少死多少百姓啊！一個村就幾百人，這可能救十幾個村子啊！

江挽雲笑道：「我娘家是做這方面生意的，自然有路子。」

趙成喬信了，又狠狠感謝了她一番，領著他們進城往縣衙去。

百姓也知道這些車隊是來給他們送東西的，所以多數人都會馬上為他們讓路通行，但仍然有少數不怕死的伺機而動，準備撲上來搶了東西就跑。

每輛車都有兩、三個人負責，幾個流浪漢尾隨著他們，衝上來一人，負責纏住一個人，另外幾個流浪漢抬起板車上的一個袋子就想跑。

「快！攔住他們！」

但他們沒想到，這車隊的人不是民壯，而是鏢局的，他們更沒想到，從旁邊巷子裡突然衝出一隊衙役，兩下就把流浪漢們抓住了。

江挽雲和趙成喬趕緊過來查看，袋子被衙役放回車上，被押住的人開始哀號。

「打人了！官府打人了！沒天理沒王法了啊！」

「我們飯都吃不上，你們這些有錢人卻吃香的喝辣的！沒天理了啊！」

衙役呵斥道：「閉嘴！城外不是設置了施粥的攤子嗎？爾等平日裡就偷雞摸狗，如今倒是嫌白粥吃不飽了？省城來的大人已經下令，要把尋釁滋事的人抓起來，不管是施粥還是發其他東西，你們都只能排最後了，這便去縣衙挨板子吧！」

江挽雲問起城中有何變故，趙成喬解釋道：「這還要多虧了陸舉人他們的主意。」

原來省城的大人來了後，召集了來幫忙的舉人們幫忙想對策，集思廣益，最後制定了一些穩固民心，有益於解決困境的方法。

比如要抓一些乘機搗亂的人打幾十大板，以儆效尤，又比如學習陸予風所在的縣城的法子與富商們商量，威逼利誘他們捐款捐物。再有鼓勵百姓們以工代賑，幫忙搬東西和鏟雪的百姓可以多分到糧食，同時還由官府出錢，開放客棧和寺廟以及城中百姓的家，接納鄉下逃難來城裡的人住，免得更多人凍死在街頭……

這些法子，有些是她與陸予風提前商量出來的，有些是陸予風提出來的，有些是其他舉人提出來的，總之她與榮有焉。

只要這些法子奏效，很快城中的局面就能好起來。

車隊繼續往縣衙走，一路上見到沿街的屋簷下都坐著或躺著人，也有一些地方架著大鍋在施粥，這應該是私人的而非官府的。

待到了縣衙後院後，趙成喬帶他們去安頓，又派人給他們準備了施粥的鐵鍋，還派了好些民壯協助他們。

江挽雲打聽一下陸予風他們在哪兒，她已經好幾天沒見到他了。

這時一個衙役跑來找她，道：「妳找陸舉人嗎？妳是他娘子？」

江挽雲點頭。「對。」

衙役道：「哎喲大事不好了，妳夫君和知府兒子起了爭執，如今在正街上吵起來了。」

江挽雲臉色一變，急道：「發生了何事？」

衙役說：「我也不清楚，妳先去看看吧，我還要去稟報各位大人。」

江挽雲讓鏢師們先歇息，自己則帶著杜華往外走去，走沒多遠就看見前面的大街上圍著許多人。

杜華人高馬大的，往裡面一擠，順利就進去了。江挽雲跟在他背後，穿過人群，總算看見了裡面的情形。

只見此處擺放著數輛馬拉車，從拆開的袋子看裡面是衣物。

她伸長脖子去看，見陸予風站在人群中間，穿著四天前從家裡出發時的那身衣服。只是衣襬和鞋子都染上了泥漿，他的臉色看起來也憔悴了幾分，下巴冒著鬍碴。

他手裡拿著一件衣服，臉色有些漲紅，眼神冰冷的看著楊懷明。

楊懷明抱臂站著，氣焰囂張道：「怎麼樣？考慮清楚了嗎？是放下衣服呢，還是硬要與我作對？」

陸予風的手緊緊抓著那衣服，指骨幾乎泛白，他用了好大的勁兒才克服自己的衝動，讓自己冷靜下來。

不行，現在還不是時候。

他方才聽人說知府的兒子楊懷明領著人，在正街上發放從府城運來的衣物和糧食。府城是有朝廷撥下來專門用來準備賑災的錢，也有省城調轉過來的糧食，按照慣例，這種不是私人捐贈的東西，是要先拉去縣衙登記檢查後再發放的，楊懷明卻直接在街上就開始發了。

且陸予風到了此處，拿到那衣服就覺得不對。

雖然衣服針腳粗糙可以理解，畢竟是緊急趕工出來的，但為何布料也粗糙，摸著還不夠軟、不夠蓬鬆？

他自小的衣服都是陳氏做的，冬天的新衣服裡面塞了棉花，是很蓬鬆、很軟和的。他湊近聞了下，味兒也有點怪，而後就發現從針腳處鑽出一些白色絲絨般的東西。

他認得，這絕不是棉花，而是蘆花，也就是蘆葦頭上飄來飄去的東西。這在鄉下的河邊大片大片的都是，根本不值錢也不保暖！

他那一瞬間，只氣得手抖。再去看糧食，發現都是陳糧，還夾雜著石子，分明就是以次充好。

他想要馬上揭穿此事，但楊懷明的人也發現了他，楊懷明冷笑著根本不把他放在眼裡。

就算陸予風考上舉人了，還是改變不了自己的地位，楊懷明只要隨便動動關係，就能把他碾壓得永無翻身的可能，還有他的家人們，也難逃報復。

所以楊懷明問：「陸予風，你真的要與我作對嗎？」

陸予風死死的盯著他，楊懷明嘴角含笑坐在車上，免得地上的泥水污了自己的鞋子，高高在上的看著下面的人。

「陸予風啊陸予風，你好好在家做個舉人，不來礙人眼不就好了，你非要跑來這裡充能幹，你一個書生，沒錢又沒力氣，你能幹麼？我勸你少管閒事！」

這時旁邊圍著的百姓越來越多了，有些人道：「你這書生怎麼回事？知府大人的公子給我們發衣服，你為何攔著不發？」

「就是啊！你自己穿得厚，就要讓我們凍死嗎？」

「書都讀狗肚子裡去了嗎？」

「這人真是黑心腸啊！」

陸予風感覺自己胸口堵得快喘不過氣來，手死死抓住衣服。不行，不能現在揭穿，那樣不但他和挽雲要出事，連自己的家人都難逃黑手。

楊懷明得意的看著他，目露不屑。

這時江挽雲擠出人群，一把抓住陸予風的胳膊，道：「相公你在這兒啊！」

陸予風回過神來，側頭看著江挽雲，有些沒反應過來。「妳怎麼來了？」

江挽雲對他使了個眼色，大聲道：「咱們去城門口領衣服吧，有大善人運了衣服在城門口發放呢！」

說完她拽著陸予風就快步擠出人群走了，周邊的百姓聽說另外也有地方可以領衣服，再看此處人太多了，又只有幾千件，恐怕後來的都領不到，便趕緊往城門跑去。

江挽雲方才便讓杜華先回縣衙，召集鏢師們把衣服往城門口運去，她拉著陸予風跑到縣衙門口，就遇見杜華駕著馬車來接他們了。

「走，上車！」

兩個人爬上馬車向城門口行去，陸予風才來得及緩口氣，把江挽雲的手握住，道：「你們何時到的，披風都不穿，手這麼冰。」

江挽雲道：「剛到不久，正要去找你。你為何會和楊懷明槓上了？」

陸予風簡單說了下其中緣由。

江挽雲聽罷沈下臉來。「用蘆花充棉花，說明他們肯定貪了賑災的銀子。」

陸予風嘆了口氣。「若非他方才威脅我，我真要直接揭穿他的惡行。」

「我們帶了幾萬件衣服來呢，除此之外，後面也會陸陸續續有朝廷的賑災物資送到，楊懷明的帳咱們以後再慢慢算。」

江挽雲安撫了他幾句後，陸予風又問起這一路上的情況，兩人說了一會兒話，馬車就到城門口了。鏢師等人拉著的馬車也到了，糧食暫時放縣衙裡，先把衣服發了。

鏢頭拿著銅鍋敲得震天響，扯著嗓子喊道：「發棉衣了！平橋縣舉人陸老爺捐贈的五萬件棉衣到了！」

「棉衣？我沒聽錯吧！真的是發棉衣嗎？」

「五萬件？真的有五萬件？」

尋常的富商捐贈幾百兩的物資已算大方，但江挽雲不一樣，他們是掏空了家底的。

「快快快！我要凍死了，我的手指頭和腳趾頭都化膿了。」

「我屁股上有兩大塊凍瘡呢！」

「大善人啊，這是大善人啊！」

很快的，在衙役和鏢師們的協助下，百姓排了好長好長的隊伍領取棉衣，領到衣服的人都千恩萬謝著。

鏢師們還不忘宣傳一下。「陸舉人家裡也不富裕，兩個兄長只是在碼頭上擺攤的，這下是把家底都掏空了，就連自己的鋪子和房子都賣了，就為了多買點衣服送來……」

「陸舉人還送了十幾車糧食來，明日就開始施粥，儘量讓更多人吃飽穿暖。」

有百姓問：「陸舉人的全名叫什麼，我們要記住大善人的名字！」

小松大聲道：「我們老爺叫陸予風！」

城門口熱火朝天的發著衣服時，楊懷明帶來的幾千件早就發完了，一些領了他的衣服馬上就穿上的百姓，卻沒有感覺暖和起來，心想可能用的是舊棉花所以不夠暖，但有總比沒有強。

楊懷明的下人來跟他報告了陸予風的事情後，他氣得牙癢癢，當場砸碎了一套杯盞。該死的陸予風，這下風頭全讓他搶了！而且他為何想拿衣服走，莫非他發現什麼了？

「少爺，你看我們要不要派人去把他私下給……」下人做了一個抹脖子的動作。

楊懷明道：「他如今是舉人了，突然不明不白死了，引人懷疑，如今到處都有眼線看著的，不可輕舉妄動。」

下人又道：「這好辦，把他引到山上去不就行了，那山裡的雪可是經常塌陷的……」

這天晚上江挽雲又睡得不踏實，她也沒有作夢，就感覺不太舒服，在床上翻來翻去的。

陸予風睡得很香，屋裡留了一盞小燈方便起夜。

她側頭看著他，見他的眼睛下面一片烏黑，下巴上的鬍子也只隨便刮了下。

她在心裡道，早點結束吧，她只想好好過日子。

次日天又下起了雪，天色灰濛濛的，風呼呼的颳著。一打開門，門外的雪就湧了進來，抬腳踩進雪裡，竟有小腿肚深。

陸予風準備繼續去統計物資，江挽雲則讓鏢局的人拉著車去街上施粥。

陸予風穿好靴子，戴好帽子，裹上江挽雲織的圍巾，只剩下一雙眼睛看著她，道：「那我先走了，今兒風大，妳就待在屋裡別出去了。」

江挽雲點頭，伸手替他整理了一下圍巾，目送他走進風雪中後，她才回去繼續縮進被子裡。

睡到中午，杜華端來了飯菜她才起床，左等右等卻不見陸予風回來。

想必是風雪太大，他在其他地方吃午飯了。

只是等到了傍晚，還是沒有見到陸予風的人影，江挽雲叫人出去打聽也沒有消息，若是陸予風被事情絆住了，他至少會派小松回來傳信吧……

不對，除非是有人不想讓她知道陸予風的去向！

她瞬間從椅子上彈起來，叫來杜華道：「收拾東西，誰也別驚動，我們偷偷溜出去，今夜這裡肯定不安全了。」

若是陸予風落在楊懷明的手上，那對方下一個目標就是她。

杜華也知道事情的嚴重性，立馬把東西收拾好，兩個人揹著包袱，趁著天色昏暗，外面又很多人在準備吃晚飯的時候，從後門出了縣衙。

「先去打聽他今天到底去哪兒了。」

她想了想，唯一認識的只有縣令的兒子趙成喬，便寫了張紙條給杜華讓他去找趙成喬，自己則溜進一個避風的巷子裡，坐著等待。

她做好了長期抗戰的準備，帶的東西很齊全，穿得也很厚，倒不覺得冷，只是心裡越來越焦灼。不知道陸予風到底是什麼情況了，楊懷明有那麼大膽子在縣城裡對陸予風動手嗎？

過沒多久杜華回來了，還帶回趙成喬的信，信上寫陸予風被派去湖田村派發糧食了。

城裡的局勢穩定下來，自然要開始關照鎮上和村裡的情況，很多離得遠的村人來不了縣裡，或者大雪封山出不來，還在等著官府的人去援救。

江挽雲拽緊那封信，什麼派發糧食，分明是被楊懷明支到山裡去好下毒手。

不行，她不能在這裡等著，她要出城去。

「我們連夜趕到鎮上去看看，快，馬上就要關城門了。」她站起身來。

杜華駕著馬車，兩人用最快的速度在城門關閉之前出了城。

因要運東西去鎮上，官道是被人清理過的，雖仍在下雪，馬車行走起來也不算艱難。

下半夜時順著地圖到鎮上後，見鎮上的情景比縣城還糟糕，街上屋簷下躺著很多人，不知今夜又會有多少被凍死的。

這些人不敢去縣城，因為路途遙遠，可能在半路上就倒下了，在鎮上好歹還有避風的地方。

巡夜的人發現了他們，攔下馬車道：「什麼人？大半夜的出來做甚？」

江挽雲道：「我是來尋我夫君的，他姓陸，是一個舉人。」

那人道：「陸舉人是妳夫君？」

他記得此人，正是白天送糧食來的其中一個。

他和兄弟們還感嘆，本以為手不能提肩不能扛的書生，遇見這種天氣只會待在屋裡不敢出門呢，想不到竟然隨著車隊一起來賑災。

「他下午隨著一些民壯去湖田村了，想必明天才能回來。」

臨近天亮，風雪越發大了，巡夜的人道：「衙門和客棧都擠滿了人，一些百姓家裡不許人進去住，要出高價才行，不如把車趕到巷子裡吧，倒也能避避風。」

江挽雲謝過他，讓杜華趕車跟著他走。

與此同時楊懷明也披衣未眠，他聽著窗外肆虐的風聲，心裡越發激動。風再大些，雪再大些吧，讓陸予風被埋在雪裡，永遠別再回來！

但很快下人傳來的消息就讓他心裡一緊，他們準備去殺陸予風的媳婦的時候，發現屋裡空空如也，顯然人早就不見了！

第四十三章

巷子裡到處都是或坐或躺的百姓，他們的村子受災嚴重，早就被雪埋了。

江挽雲見幾個小娃娃依附在母親身邊，嘴唇發青臉色慘白，便叫幾個孩子來自己馬車裡避避風雪，又拿出馬車裡帶的吃食分給小孩子們。

父母們千恩萬謝，把孩子抱到馬車上，七、八個孩子縮在一起，瞪著眼睛一眨不眨的看著江挽雲。

江挽雲嘆了口氣，就算她帶來幾萬件衣服又如何，這些偏遠地區的人根本分不到，而本該用來賑災的銀子卻被楊家這種狗官貪了，實在讓她噁心想吐。

「來，一人一件，先穿上。」她把自己的和杜華的包袱打開，給每個人分了一件衣服。

幾個孩子怯生生的接過，結結巴巴的對她表示感謝。

有一個小姑娘問：「姊姊，妳叫什麼名字？」

江挽雲笑道：「我叫江挽雲。」

一個男孩說：「江姊姊，妳真是一個好人。」

江挽雲笑了笑，道：「離天亮還有一會兒，不如我講個故事吧，你們想不想聽？」

幾個孩子都點頭。「想聽！」

江挽雲琢磨道：「這個故事啊，也發生在這樣的雪天，有一個姑娘叫小蘭，她與奶奶相依為命，但是大雪把屋頂壓塌了。她帶著奶奶走了很久很久，終於走到了縣城，她的十根手指頭和腳趾頭都差點凍掉了……」

她一邊講一邊編，總之就是把自己來了平山縣後的見聞編進故事裡去。「可惜她們領到的棉衣並不是真正的棉衣，裡面塞的是蘆花……」

「啊？蘆花？」

幾個小孩子都聽得入神，代入感極強，心情不由自主的隨著故事裡的小蘭而起伏。

江挽雲繼續道：「蘆花不值錢也不保暖，那些原本皇上賞賜要用來買棉花、做棉衣的錢哪兒去了呢……這時出現了一個很厲害的舉人，他姓陸，叫陸予風，他為人正直善良又不畏強權，不忍心看著這麼多百姓凍死，於是他……最後貪官都被關進大牢，百姓們也度過了雪災。」

幾個孩子都激動起來，道：「陸舉人好厲害！」

「貪官都被抓起來了！一定要砍他們的頭！」

「那陸舉人後來呢？他是不是考上狀元當大官了啊？」

江挽雲笑著點頭，道：「姊姊給你們每人一百文錢，你們找機會就把這故事講給別人聽好不？」

幾個孩子都點點頭，還有人道：「我們不要錢，姊姊已經給了我們吃的，還給我們衣服穿了。」

「是啊是啊，我們不要錢。」

見他們不收，江挽雲又翻了翻箱子，把吃的都找出來分給了他們。

這時天也慢慢亮了，她讓幾個孩子穿著她送的衣服回父母身邊，自己則和杜華往湖田村而去。

湖田村在一個山坡下，不是四面環山，地勢較平，但昨夜也堆積了厚厚的雪，馬車走得很艱難。

最後兩人只好下來步行，行了半個時辰左右，杜華拿出地圖，又飛身爬上高大的樹冠，指了指前面，示意快到了。

江挽雲的心一直是提著的，越靠近湖田村她越緊張，昨夜大雪，若是陸予風……

不，她不敢想。

陸予風是男主角，他一定會沒事的。

「走，我們趕緊過去。」

她加快腳步，深一腳淺一腳往裡走，杜華給她找了根木棍當枴杖，她一手拄著木棍，一手抓著杜華的胳膊，才勉強能在齊膝高的雪地裡邁得開腿。

走了會兒，她停下來呼哧呼哧的喘氣，抬頭看了看頭頂的大山。突然她看見遠處的山頂上，有幾個黑色的點在移動，在一片雪白中格外醒目。

「你看那是什麼？」

杜華順著她指的方向看過去，瞬間凝神，皺起眉頭比劃了一下，而後飛身到最近的一棵大樹上去看。

江挽雲看了幾眼就被雪光刺得眼睛疼，她揉了揉眼睛，見前方已經出現村莊的輪廓了。

這時杜華突然施展輕功，幾個飛躍，腳踩在樹枝上，往那邊奔去了。

「杜華！」她意識到可能出了什麼事，趕緊撐著枴杖就往前跑。

杜華的身影很快消失在眼前，她腳下一空，一下撲進雪地裡。這時，前方傳來了巨響，一陣轟隆轟隆聲不斷傳來，她撐起身子抬眼看去。

只見前方的山頂像是突然被巨人用斧頭劈開了，鋪天蓋地的雪夾雜著石頭土壤，向山下滾去，天地都為之變色。

她從未親眼見過如此震撼的情景，雙眼直愣愣的看著山坡坍塌而下，而後將村莊埋在下面。

「不！不！」她發出一聲尖叫，爬起來就往下跑，但滑坡還在繼續，被掩埋的房子越來越多，村裡發出數不清的人的尖叫聲，村民四散逃跑著。

突然杜華回來了，一把拉住了她。

江挽雲臉色慘白，嘴唇發抖，眼睛瞪得直直的，哆嗦著道：「陸予風還在下面！你快去救他！去救他啊！」

杜華領命，拍了拍她的肩膀，示意她在這裡等著，而後大步往下面跑去。

既然對方選定了這時候來爆破，那說明他們拿準了陸予風就在下面！就算陸予風不在，他們也能把人弄到下面，製造出陸予風本來就在的假象。

他們就是想假借山崩來掩蓋殺人的事實！

江挽雲大口喘氣著，捂著自己的胸口，踉踉蹌蹌的往下走，到村口卻被一個大娘拉住。

「娃子，別進去了！別人都往外跑妳還進去！那些房子都塌了大半了！」

江挽雲回過神來，眼睛紅紅的，道：「我相公、我相公還在裡面！」

「妳相公？」大娘提高了音量，打量她一番，道：「妳相公是誰？」

「陸予風陸舉人，一個高個兒書生。」

大娘拍著大腿道：「哎呀這可真是！娃子妳別急啊，馬上大夥兒就去救人了啊！」

江挽雲點點頭，踮著腳張望著，祈禱杜華能找到陸予風。

山崩停了，村裡的人立馬找來工具開始挖掘，有許多百姓被壓在雪地裡。很快一個一個都被救出來了，但不幸的是有的人已經去世了。

江挽雲也跟著進去，她不敢看那些慘狀，逼著自己只看前面。她問村人，從縣城來的分發糧食的人在哪兒，有的搖頭、有的說不知道。

後來她終於見到一個被挖出來的衙役，連忙叫住他。「小兄弟，陸舉人呢？」

衙役捂著被砸得頭破血流的額頭，搖頭。「不知道現在如何了，當時剛山崩的時候，他叫我們趕緊跑，後來我們都跑散了，不知道他去哪兒了。」

江挽雲心亂如麻，謝過他，自己又往裡走去。遇見衙役她就去問，有沒有見到陸予風，但都說沒有。

後來她又想起陸予風的隨從小松，但衙役們說，小松沒有跟著來，昨日在縣衙時就被人調走去幹別的事了。

小松也不在……

對方果然是計劃好的。

江挽雲停下腳步，有些茫然的看著四周忙碌的人，他們抬著東西來來往往，卻沒有一個人知道陸予風的消息。

她忍不住滾落一滴淚，不，不可能，男主角怎麼可能死？

又過了許久，杜華出現在轉角，他臉色沈重，渾身看起來心情低落，對著她搖了搖頭。

沒找到，他找了很久，這個村子就這麼大，被埋得淺的基本上都挖出來了，沒有陸予風的身影。

「沒找到？」江挽雲擤了把鼻涕，把眼淚憋回去。活要見人死要見屍，沒見到屍體，她不信陸予風死了。

還有一種可能，就是他落在楊懷明的手裡被帶走了。

這時杜華神色一動，身影如風，瞬間就衝到旁邊的院牆後，而後抓出了兩個鬼鬼祟祟的人。

江挽雲沈著臉。「你們是何人？」

那兩個人道：「幹什麼？平白無故抓我們幹麼？我們又不認識！」

「放手啊！還有沒有王法了！」

江挽雲冷笑。「你們是楊懷明派來的人，來看陸予風到底死了沒是嗎？」

那兩人梗著脖子道：「妳在說什麼，我們聽不懂。」

江挽雲道：「陸予風在哪兒？是不是被你們抓走了？」

見兩個人還不肯說，杜華抬腳一人一腳，踹得兩個人捂著肚子直哀號。

「我們也不知道啊，我們是只是負責放炸藥的……」

突然他們察覺自己說漏了嘴，趕緊閉嘴，但旁邊圍觀的人已經聽見了。

村民們瞬間怒髮衝冠，原本以為是天災，誰知居然是人禍？有人故意放炸藥，把山炸崩了?!

尤其是那幾家的人剛被壓死的，簡直不能接受，尖叫著撲上來。「你這兩個畜生！我跟你們拚命！」

「你還我家老頭子命來！」

「打死他們！讓他們陪葬！」

江挽雲說：「諸位叔叔嬸子且慢，先問問他們為何要來放炸藥。」

杜華也幫忙攔著點，才讓兩人沒當場被打死，但只不過一會兒功夫，兩個人頭已經腫成了豬頭，口齒不清道：「是……是為了殺……」

這時兩枚暗器射來，瞬間刺穿兩人的頭顱，兩人當場斃命。

眾人都沒從這一變故中反應過來，紛紛爆發出尖叫聲。

一個站在隱蔽之處的人收回手，搖了搖頭。不行，他得趕快回去報告少爺此處的情況才是。

江挽雲在湖田村待了三天。

一方面是這些村民因陸予風而死，她心懷愧疚，和杜華主動留下來幫忙辦理後事和送他們最後一程。另一方面她想著陸予風會不會在山崩的時候跑到別處去了，也許他會回來，也許正在哪兒等著她救援。

杜華把村子附近翻了個底朝天，都沒找到人，三天後江挽雲只有作罷，帶著杜華先回縣裡。

這一場雪災已經持續了二十幾天，隨州離京城不遠，快馬加鞭來回也只要半個月足矣，想必京城來的賑災官員應該已經到省城了，她想先去等著。

楊懷明這個仇她不能不報。

兩人偽裝成流民進了城，在城門口排隊打粥，乘機打聽城裡這三天的消息。

「陸舉人？他可攤上事了。」

「他送來的糧食是壞的，吃了讓人拉肚子。」

「還有他發的衣服，一開始確實是棉花的，想不到後面發的竟是塞的蘆花，這不就是騙人嘛！虧我一開始還以為他是個好人！」

「實在太會作戲了！」

江挽雲沈下心，果然，她離開幾天，楊懷明已經等不及抹黑陸予風了，還藉機把自己的罪行推到陸予風頭上，這樣的話他貪污賑災銀兩的事就掩蓋過去了。

「大爺，那你知道他人去哪兒了嗎？」

周圍排隊的人道：「他肯定是知道出事跑了啊！」

「這種書生為了掙點名聲什麼都不顧了，完全不把我們這些普通百姓的命放在眼裡。」

「別讓我見到他，見他一次打他一次！」

江挽雲聽不下去了，和杜華對視一眼，她使了個眼色，兩人離開隊伍往城裡走去。

她的頭臉都裹在圍巾和帽子裡，只露出眼睛打量著四周，走著走著，原本走在她前面的一個婦人踉踉蹌蹌的突然倒在地上。

她和杜華趕緊上前查看，將婦人扶起來。見其臉色蒼白，手心冰冷，全身發僵，嘴唇青紫，是被凍暈了。

「醒醒！大娘，快醒醒！」江挽雲脫下自己的披風，給她裹上，又使勁揉搓她的手心，拍打她的臉頰，慢慢的大娘醒了過來。

她反應了一會兒才叫道：「我的孫兒！」

她抓住江挽雲的手祈求道：「姑娘，求求妳救救我媳婦和孫子！她要生了，但是沒吃沒喝的，也找不到接生婆，求求妳救救她吧！」

她爬起來就要給江挽雲下跪，江挽雲連忙拉住她。「大娘妳別急，妳知不知道附近哪兒有產婆，帶我去。」

「我知道我知道！」大娘連忙點頭，拉著她蹣跚的往前走。

走了不一會兒，他們到了一個巷子裡，大娘道：「我來求了這家四、五次了，但是她接生一次要收五兩銀子，我們家……」

說著又要下跪。「姑娘妳若是能借我們點錢，我就是做牛做馬也會報答妳的。」

她實在走投無路了，看這姑娘穿著不差，只能當作最後一根救命稻草。

她的兒子因為保護她和兒媳婦，被亂民打死了，若是她媳婦和孫子再出事，她也不想活了。但是她兒媳婦的胎位不正，她自己不敢接生，怕弄不好就一屍兩命。

江挽雲擰著眉頭。「什麼接生婆，竟然要五兩銀子？杜華，你去拍門，待會兒對方不走就把她綁走。」

尋常接生婆一百文加點紅糖和雞蛋足矣，這種乘機漫天要價，獅子大開口的人實在令人作嘔。

砰砰砰，隨著拍門聲，一個中年婦人打開門，打量了門口幾人，見到大娘後，臉色瞬間沈下來。「怎麼又是妳啊？湊到錢了嗎？再不湊齊，妳就自己給妳媳婦接生吧！」

大娘哆哆嗦嗦的摸出兩百文，這是她家裡以及親戚們湊的全部。

「兩百文？妳可真有臉拿出來！」接生婆語氣尖利，眼睛一橫就要關門，但是一隻大手一下把門拉住了。

接生婆見杜華人高馬大的，一時間不敢說話。

江挽雲道：「去給這位大娘的媳婦接生，不去就把妳綁去。」

杜華配合的露出凶狠的表情，接生婆一看瞬間萎了。「去，我去……」

幾人隨著大娘來到城中的一處寺廟，住持仁善，不但接納流民進去住，還允許大娘的兒媳婦在裡面產子。

「接生婆來了！接生婆來了！」大娘一進去就高興的喊叫著，一間禪房裡住著七、八個人，床上躺著的正是她兒媳婦。

接生婆進去接生，其他人把熱水備上後都出來門口站著，大娘這才有空來問江挽雲姓甚名誰，她一定要記住恩人的名字，日後在廟裡為恩人供一盞長生燈。

江挽雲糾結了一下，還是道：「我叫江挽雲，平橋縣人，夫君姓陸，是今年的舉人，我隨他一起來送糧食和衣服的。」

「真是大善人啊……陸、陸舉人？」

幾個人愣住了，半晌沒反應過來，陸舉人？那個這幾天臭名遠揚的陸予風？

「妳、妳是陸舉人的媳婦？」幾個人震驚萬分。

江挽雲點頭，見幾個人站在風雪中身子抖得厲害，便道：「你們穿的棉衣裡頭也是夾蘆花？」

幾個人對視一眼，一時間分不清江挽雲到底是好人還是壞人了。

只有大娘毫不懷疑，道：「陸舉人是不是被人潑髒水了？」

江挽雲道：「您如何知道？」

旁邊一個人道：「因為我們領這衣服的時候，我記得不是陸舉人發的，而是府城來的一個什麼公子發的。但是後來外面越來越多人說陸舉人發的衣服裡塞的是蘆花，我們這些小老百姓，別人說什麼我們也不敢質疑，只能自己心裡想想。」

江挽雲心裡一喜，她就知道，不會所有人都被楊懷明蒙在鼓裡，就算他後面把所有蘆花的衣服都算在陸予風頭上，但他最初發的那幾千件，打的可是自己的名號，他能堵住一人的嘴，卻堵不住一群人的嘴。

江挽雲又道：「你們認識的人裡，領了那個府城公子的衣服的人多嗎？」

「挺多的，我們當時是一起去城裡找吃的，所以我們都領到了。對了，我記得當時有個年輕人出現了，叫他們先不要發衣服，莫不是就是陸舉人。」

江挽雲點頭，從懷裡摸出幾百文錢分給他們。「謝謝你們願意相信我和我夫君，若是有機會，你們可以為我夫君作證嗎？」

大娘道：「我可以！姑娘妳需要我老婆子幹什麼都行！」

旁邊幾個人也道：「我也可以！」

很快，屋子裡傳來了孩子的哭聲，幾個人激動的圍在門口。接生婆打開門，把孩子抱了出來，冷著臉道：「看好了，是個帶把兒的，屋裡我都弄好了，可以放我走了吧。」

江挽雲點頭，接生婆趕緊甩著帕子走了。

江挽雲也告辭離開，她讓杜華回縣衙看看情況，自己則去了城裡的書店。

書店雖然不營業了，但店裡還有人守著，江挽雲說自己想寫點東西。她付了錢後在旁邊口述，店家代筆，說的正是她前幾天晚上給鎮上幾個孩子講的故事，但這次她加了點劇情，把楊懷明栽贓嫁禍的事也寫進去了。

自然的，她沒有說陸予風和楊懷明的真名，而是用了假名。

店家不知道個中緣由，只以為她是借鑑現實，有感而發創造出來的話本子，還嘆道：「世間就該多些這樣的話本，能讓百姓也讀得懂，能警醒那些貪官污吏。」

他答應讓店裡的人給江挽雲抄寫幾百份，讓她明天下午來取。

江挽雲在書店等著，過了許久杜華才過來找她，給她帶了從縣衙裡偷來的吃食以及一封信。

信是鏢頭寫的，他說自己連同鏢局的人都被楊懷明以父母、親人的性命威脅，只能把楊懷明給的塞了蘆花的衣服，與江挽雲帶來的塞了棉花的衣服對換。

他好歹是個有良知的人，雖然不能做什麼，但還是覺得若有機會，在能保護父母妻兒安全的情況下，他會站出來當證人。

同時他還寫道，小松被關押在縣衙的地牢裡。楊懷明與省城來的官員勾結，這整個縣城都在他的掌控下，即便是朝廷的欽差來了也查不出什麼。

江挽雲把東西吃了，站起身看了看天空。雪停了，天快黑了，城裡各處又排起了長隊施粥。

她沿著街道走著，看見一群流浪的孩子，這些孩子光著腳在雪地裡跑著，身上的衣服破爛不堪。她走上前，把杜華帶來的食物分給他們，如法炮製道：「姊姊給你們講一個故事好不好……」

又過了一日，是難得略微晴朗的天氣。

許多人早上起來準備開門，見門縫裡夾著一張紙，就像現代發傳單一樣無孔不入。展開細看後，多數人都覺得挺有意思的，也很有代入感，同時感到慶幸，慶幸他們沒有遇見這種狗官。

但也有少數人心裡一震，這、這上面寫的，竟然是整件事情的真相！

楊懷明眼睛瞪到最大，狠狠把那張紙撕碎，隨手一掀，把桌上的杯盞摔得稀巴爛，而後怒吼出聲。「是誰！誰幹的！」

下人害怕的縮著身子。「回少爺，不、不知，早上起來好多人家門縫裡就塞著了……」

「陸予風！」他狠狠一拳砸向桌子，結果痛得他眉頭直皺，咬牙道：「肯定是他，他果然沒死，想背後陰我，給我找！掘地三尺也要把他找出來！」

與此同時，一個故事也在不識字的普通百姓裡流傳開來，大家都知道了小蘭和她奶奶的悲慘遭遇，紛紛大罵狗官無恥。又把故事裡善良正義的舉人一傳再傳，逐漸成了百姓心裡的大英雄。

楊懷明的人找了兩天都沒找到陸予風在哪兒，但縣衙大門口的紅色巨鼓卻被人敲響了。

第四十四章

「登聞鼓」一響，意味著有人要申冤，好在這個朝代沒規定擊鼓的人先挨幾十大板。

江挽雲為何選擇這個時間來擊鼓，並不是她傻了往槍口上撞，而是因為他們一直在城外等著，等朝廷欽差的到來。

楊懷明以為憑藉自家的人脈和權勢可以在平山縣一手遮天，把陸予風趕走就可以霸占他的功勞，待欽差來了也看不出什麼來。

但江挽雲偏不讓他如願，她又讓人抄寫了更多的紙，現在幾乎城裡的人到處都在流傳這個故事，就連旁邊鎮上知道的人都不少。

平山縣的縣令和縣令兒子被省城來的劉大人趕到鎮上去辦差，這樣待欽差來了，先看到的肯定是他姓劉的功勞與苦勞。

因此，如今縣衙裡坐鎮的自然也是劉大人。

這會兒百姓們剛吃了粥，劉大人無事可做，正準備上床睡午覺，被人叫醒來升堂，自然臉色很差。

「堂下何人？」

一個中年婦人跪在地上，衣著破舊，頭髮散亂，臉頰和耳朵上都生著凍瘡，雙眼呆滯，磕了個頭道：「大人，民婦謝張氏，是天洪村來的，家裡的房子塌了，唯一的兒子也……」

說著她悲從中來，抽噎得說不出話。

江挽雲道：「民婦陸江氏，是她的訟師。」

這個朝代對訟師放得寬鬆，對簿公堂的時候，訟師也可以上公堂。

劉大人眼睛一瞪。「妳一個女人當什麼訟師？」

衙門外圍觀的人也議論紛紛。

江挽雲又道：「當朝律令沒規定女子不可以當訟師。」

這時劉大人身邊的師爺仔細打量江挽雲，認出來後驚出一身冷汗，附在劉大人耳邊低聲說了什麼，劉大人也驚在當場，這女人是陸舉人的媳婦？

難道陸舉人回來了？且還敢上公堂來，莫非自己和楊大人之間的事暴露了？

他一瞬間心差點跳出來，但此時此刻也容不得他多想。堂下多少雙眼睛看著，他只能故作冷靜，任由自己大冷天的出了一身冷汗，沈聲道：「把狀紙遞上來。」

他大概看了看狀紙，越看越心驚，越看冷汗越多，最後他抬手狠狠拍了一下驚堂木。

「大膽！妳可知民告官先要挨三十大板！」

「啊？民告官？」

「告哪個官啊？」

外面的百姓議論紛紛。

謝張氏哭著抬起頭，生著凍瘡的臉上露出一個嚇人的笑容。「大人，您覺得民婦這種全家死絕，只剩我一個孤零零活著的人還會怕什麼嗎？」

劉大人捏著狀紙的手微微發抖，不可能！一個農婦，怎麼可能知道那麼多？是她！是陸舉人的媳婦！

不行，這堂不能再升下去了，到時候他只會騎虎難下！

他暗中對師爺比了個手勢，師爺立馬會意，道：「哎呀！大人，有件要事您忘了啊！有個鎮子今天早上剛遭了難，正需要您去調度人手賑災呢！」

劉大人站起身。「你怎麼不早提醒本官啊！這人命關天的大事！快！走走走！」

師爺配合道：「諸位，今天有要緊事，災難當前，大人要急著處理，案子改日再審！」

「哎，怎麼回事啊？」

「怎麼審一半跑了啊！」

外面的百姓哪想到是這種情況，這劉大人莫不是昏了頭？

江挽雲看劉大人行色匆匆，冷笑一聲，轉過身來對著眾百姓道：「諸位父老鄉親，既然劉大人走了，那就麻煩你們幫我們評評這案子，看看該如何判！」

她從袖子裡又摸出幾張狀紙來，順手發給前排的幾個百姓，他們拿到後又不認字，像拿著燙手山芋一樣立馬交給會認字的。

「這位嫂子是天洪村的人，一家幾口逃難到城中，她的丈夫早亡，婆婆在半路上病故，好不容易帶著幼子到了縣城，搶到一件官府發的棉衣給孩子包上。因為她太睏太累，打了個盹，醒來孩子就……全身僵硬了……」

隨著江挽雲清晰的聲音傳進眾人的耳中，一些婦人忍不住驚訝的叫出聲。

謝張氏也開始嚎啕大哭起來。「我苦命的兒啊！都是為娘害了你啊！娘一定要為你討回公道啊！」

江挽雲繼續道：「而造成孩子被凍死的真正原因便是這領來的棉衣！嫂子以為是普通棉衣，給孩子包上定能保暖，誰知這棉衣裡塞的竟不是棉花，而是蘆花！」

她把帶來的物證打開，當著眾人的面展開衣服道：「請看，這衣服是不是很眼熟？」

眾人都打量起來，有人道：「這棉衣我領過啊！」

「我也領過！是一個姓陸的舉人發的，這事兒城裡都傳遍了，難道今天就是來狀告陸舉人的嗎？」

「陸舉人不是跑了嗎？」

江挽雲道：「不！這不是陸舉人發的衣服，嫂子，妳當著大家夥兒的面說說這是誰發的衣服？」

謝張氏咬牙，眼裡迸發出仇恨的光芒。「是知府的兒子發的！當時他剛到縣城我就去領了，我是第一批領到衣服的！但是後來不知怎的，這衣服被說成是陸舉人發的！」

「啊？知府的公子？」

「不可能啊！妳不要胡說啊！」

江挽雲道：「我還有其他人證！」

這時一群衙役從後堂衝出來，打斷了他們的話，領頭的衙役凶神惡煞道：「把這兩個擾亂公堂，污衊知府公子的女人抓起來，關進大牢聽候發落！」

江挽雲向人群裡的杜華投去目光，杜華對她點點頭，她頷首。她今天的目的就是為了把事情鬧大，鬧得越大越好！

衙役上前來抓人，謝張氏掙扎著大叫。「你們憑什麼抓我！狗官！狗官你們不得好死！我就是做鬼也不會放過你們的！」

江挽雲的胳膊被扯得生疼，但她卻不管不顧的對著人群喊道：「諸位父老鄉親，我是陸舉人的娘子！我的夫君是被冤枉的！你們看到的《小蘭傳》裡的黃舉人，原型就是我夫君！我夫君被人栽贓嫁禍，如今生死不明！請大家……啊！」

衙役狠狠捂住她的嘴想把她拖走，她的腳在地上亂蹬。

此時人群裡炸開了鍋。「什麼？《小蘭傳》竟是真實的事？」

「難怪我覺得這故事很眼熟呢！想不到就發生在我們身邊！」

「諸位父老鄉親，我可以作證！我當時領到塞蘆花的棉衣時，就是從知府的兒子那裡領的，若是我說假話，我斷子絕孫！」被江挽雲幫助過的大娘扯著嗓子大聲喊道，她的親屬也附和著。

但也有人咬定自己的衣服是陸舉人發的，一時間場面十分混亂。

就在江挽雲要被拖下去的時候，突然人群後面傳來高聲呵斥聲。「欽差大人到！還不速速跪下！」

百姓們對當官的都有天生的畏懼感，一聽什麼大官，見別人跪了也趕緊跟著跪下，一時間嘩啦啦跪了一片，就連衙役們都跪下了。

欽差齊大人此次來平山縣陣仗不大，也特意交代不要驚擾百姓，他只是來查看災情情況的，哪知剛進城就見百姓們都往一個地方跑，派人打聽才知道縣衙有民告官。

齊大人領著人往縣衙裡走，路過跪在地上的江挽雲等人。

江挽雲趴在地上，突然她看見一雙熟悉的鞋子經過眼前，她猛地抬頭，就見陸予風站在她面前。

四目相對，雙雙震驚，都沒想到對方會出現在這裡。

陸予風眼裡有震驚、驚喜、喜悅、思念，多重情緒湧上心頭，腳跟生根了一樣，立在原地。

江挽雲本以為自己內心強大，卻在見到他的那一刻，她心頭一震，一股酸澀一下湧到鼻尖，她趕緊垂下頭，掩飾自己的情緒。

齊大人已經坐下了，見陸予風還站在堂下，道：「予風，這是……」

陸予風回過神來，拱手道：「回大人，這是學生的內子。」

齊大人愣了下，想起他多次提起過的女子，來了幾分興趣，道：「諸位請起，方才這公堂上發生了何事？」

鬧得動靜挺大的樣子。

眾人嘩啦啦爬起來，竊竊私語著，有的還在回想方才的事，有的則猜測著欽差大人會如何處置此事。

齊大人開口道：「陸……是江氏吧？」

江挽雲沒想到齊大人居然認識自己，趕緊收起情緒，福了福身子。「正是民婦。」

齊大人道：「就由妳來說說發生了何事吧。」

在欽差進城的同時，一輛馬車快速出了城，身後跟著數個隨從，一行人在清理了積雪的官道上奔跑著。馬車到了一個岔路口，毫不猶豫的拐進一條小路。

車內坐的正是楊懷明。

楊懷明這兩天心一直亂跳著，彷彿有大事要發生，在他得知江挽雲敲響了登聞鼓時，就立馬叫人備車準備出城。

不行，他不能再待在縣城了，他得走，他得逃。他敗了，從湖田村山崩之後卻沒找到陸予風屍體的時候就敗了，從派人去毒殺江氏卻房中無人時就敗了。

不，是鄉試時，沒有讓人把陸予風弄死就敗了！

江氏既然敢敲響登聞鼓，還敢散布那樣的紙張出來，必定是掌握了什麼證據，說不定陸予風就藏在縣城的某個角落裡看著他。

不，他要趕緊回府城，找父親商量！

而公堂上，江挽雲已經將整件事情的來龍去脈細細道來，齊大人沈著臉，因江挽雲說的事情比陸予風告訴他的要更多、更詳細。包括楊懷明如何嫁禍他人，以及製造山崩殺害無辜百姓，還有城中百姓因蘆花衣服帶來的死亡悲劇。

外面的百姓們也群情激奮，他們早就因《小蘭傳》挑動了情緒，如今發現這事居然真實發生在自己周遭，自然更加激動、更加憤恨。

討伐狗官的的聲音一浪高過一浪。

這時兩個隨從來報。「啟稟大人，屬下們在城中抓到準備逃跑的劉大人，但知府的兒子應該已經出城，兄弟們已經帶人去追捕了！」

此時急著逃命的楊懷明心高高的提著，整個人被巨大的恐慌籠罩著，他越想越害怕，忍不住一連催促車夫快點。

這時路前方的兩邊林子裡突然衝出一隊人馬，手持長槍把馬車攔了下來。

「楊懷明！哪裡走！」

馬夫連忙急煞車，馬車劇烈晃動，楊懷明一下震得摔倒。

「掉轉車頭，快！」

在他的催促下，馬夫趕緊掉轉車頭就往回跑，圍堵的人沒有騎馬，射出的箭都扎在車廂上，或是被楊懷明的隨從擋住，最後只能眼睜睜看著他們跑了。

但是沒關係，齊大人早在來平山縣之前就布置好了人手，就等著來個甕中捉鱉，不同的方向都有人埋伏著，他往哪裡跑都逃不出去。

馬夫狠狠抽著馬屁股，馬車跑得飛快，震動得也很劇烈。楊懷明趴在馬車地板上，在車裡被磕得滿頭包。

他的隨從為他斷後，也已經死得七七八八。但他顧不得那麼多，他現在只有一個想法，那就是快逃！

他腦子裡湧現出斷斷續續的記憶，無比痛恨自己為何當初在湖田村發現江挽雲後，不叫手下把她弄死！

他以為只是一個婦人不足為懼，甚至看著她到處尋找陸予風不得的痛苦表情時，感到很有趣。他只把關注點放在陸予風身上，只想著陸予風到底去哪兒了，根本沒想過這女人會有什麼能耐！

「快！別走官道，走小路！別回府城了，肯定有埋伏，直接去雍州！」

既然路上有人堵路，那他爹如今肯定也出事了，但他顧不了那麼多了，先保住自己的命要緊。

幾個護衛護住馬車，馬蹄踐踏路上的積雪，泥水飛濺。

但走沒多遠，遠處突然傳來馬蹄聲。這種天氣除了官府的人誰還會出來，楊懷明嚇得肝膽俱裂，拍著車門大叫。「快！快停車！你們趕著馬車引開他們！」

他揹著包袱跳下馬車，與車夫和隨從往反方向跑了。

此處已是在深山裡，到處白雪皚皚看不清路，只有光禿禿的樹枝立在雪裡。

楊懷明深一腳淺一腳的往路邊跑去，不知道踩到了什麼，腳下一滑，在雪地裡滾了好幾圈才穩住。但他顧不得疼，連滾帶爬的往前跑，只要他遠離大路，跑到山裡就沒人找得到他了！

耳邊傳來陣陣馬蹄聲，一隊騎著快馬的人奔馳而過。「抓住楊懷明，賞銀一百兩！」

楊懷明靜靜的趴在雪裡，等他們經過後才爬起來抖落身上的雪花，他環顧四周，根本不知道自己到了什麼地方。

但這時，突然有人高喊。「他在那兒！抓住他！」

楊懷明嚇得一抖，抬起頭一看，遠處幾匹馬飛奔而來，他慌不擇路的趕緊跑。

風呼呼的颳著，雪白的天地之間似乎只有他一個黑點在移動。「咻」的一聲，一枝箭從他的頭皮上擦過，嚇得他腿一軟，撲倒在雪地裡。

箭釘在他前面的石頭上，箭尾顫動，他這才看清自己竟然跑到懸崖邊。

回頭看去，幾匹馬已經到了眼前，馬上的將軍手持長弓，身著黑甲，虎目一瞪。「楊懷明，你還往哪裡跑？」

楊懷明跪坐在地上，嚇得渾身發抖。他從小就是被人嬌養大的，哪裡見過這場面，若不是衣服穿得厚，對面的人就可以看見他已經尿濕透的褲子。

「是你？你這個卑鄙小人，枉我爹以前還把你當兄弟！」

黑甲將軍是衛所的，曾與楊懷明的爹把酒言歡過，但如今立場不同，他自然要早點劃清界線。

「那是以往我眼瞎，沒識得你父親狼子野心，竟敢私吞朝廷賑災銀一萬兩！還害死那麼多無辜百姓，如今你爹已經被押往京城，聽候聖上發落，你休要再負隅頑抗，還不束手就擒免受皮肉之苦。」

楊懷明的心徹底涼了，是陸予風！定是陸予風找到了欽差大人！

按照朝廷律令，他爹的罪足以判淩遲，他們整個楊家男丁秋後問斬，女眷充為軍妓，旁支五代以內不得入京和科舉。

他是舉人，他爹是知府，他太熟悉朝廷律令了！

正因為如此，他才如此恐懼，不，不，他不想被砍頭！他不要！

他腦子裡只有這一個念頭，突然，他爬了起來。

將軍正準備叫人拿下楊懷明，卻見他眼神游離，跌跌撞撞的向懸崖邊跑了過去，而後縱身跳了下去！

此時的平山縣縣城裡，百姓們紛紛聚集在街頭，聲勢浩大的請求嚴懲狗官，齊大人當眾立誓，此事不處理妥當就不離開平山縣。

他立馬召集帶來的官員和省城的將士，即刻開始嚴查，參與貪污案的到底有多少人，貪污了多少，都一一公布出來。

同時調查清楚，哪些百姓是因為領了塞蘆花的衣服而出事的，不管是死亡，還是凍傷，都可以憑衣服到縣衙領取賠償，以定民心。

救災的工作也不能停下，在縣城的街道上支起軍營用的帳篷，把受災嚴重，流落在鎮上和縣裡無處可去的流民都安置在帳篷裡，按照縣裡的戶籍冊子統計好人數。

如此一番下來，百姓的情緒總算得到安撫，齊大人也終於可以到落腳的地方歇息了。臨走前他對陸予風道：「你的媳婦在這個案子裡做得很好，你們兩個都發揮了重要的作用，我會如實寫在奏摺裡，上報給京城的官員和皇上知曉的。」

陸予風拱手謝過他。

齊大人擺擺手。「行了行了，離了這麼些天，肯定想媳婦了，下去吧。」

而這時候的大山中，幾隊人馬正慢慢的往懸崖底找尋楊懷明，活要見人，死要見屍才能交差。

要說這楊懷明運氣還挺好，從這麼高的懸崖跳下來居然沒死，這也得益於這峽谷很窄，崖底堆滿落葉，上面又蓋著厚厚的積雪，所以沒把他當場摔死。

不知道過了多久，他睜開了眼睛。

他整個人陷在雪裡，全身疼得麻木，隨便動一點就疼得他大聲慘叫。他感覺自己的四肢和五臟六腑都摔碎了，鮮血從七竅流了出來，他呼哧呼哧的，不知道什麼時候就會斷氣。

這種等死的滋味，還不如一下摔死痛快。

但是過沒一會兒，他突然聽見有什麼東西喘氣的聲音，他轉動眼珠子一看，竟然見到旁邊站著一隻白虎。

白虎被鮮血的味道吸引過來，正低頭舔舐他的手指。

「啊！」他發出絕望的叫聲，白虎發現這是個活物，把頭湊到他脖頸處舔舐……

待來尋找他的將士們翻遍崖底，也只找到一些破爛的衣物和散落各處的鮮血、骨頭和屍塊。

下午雪停了，院子裡的人在掃雪，江挽雲坐在炕上等著陸予風回來。

這是她剛到平山縣時住的屋子，桌上擺著一桌飯菜，她奔波了這麼些天，還未曾好好吃過一頓飯。

陸予風推開門進來時，她正看著手上的紙張發呆。

這次她可是把家底都花光了，陸予風雖掙到好名頭了，自己可是賠得血本無歸啊。

「咳……嗯……我回來了。」陸予風默默脫下披風掛上，而後走到她面前，像一個被叫到辦公室訓話的小學生一樣。

江挽雲不理他，面無表情的把桌上的瓦罐蓋子打開，倒出兩碗湯，又把蓋著蓋子的幾個菜也打開，拿起筷子開始吃飯。

陸予風站也不是坐也不是，也不敢吃飯，道：「嗯……娘子，妳這幾日過得可好？」

「不好，離死只差一點了。」

面對江挽雲言簡意賅的回答，陸予風抿唇，主動認錯道：「呃，為夫錯了。」

「錯哪兒了？」

「錯在……不該擅自行動。」

當時他一收到要去湖田村的命令後，自然就知道楊懷明要對自己下手了。但他沒有機會給江挽雲報信，楊懷明的人肯定一直盯著他，而且他也不想她被扯進來，再說她身邊有杜華保護，他也安心幾分。

他到了湖田村之後就開始明裡暗裡找機會逃跑，他想著逃跑出去再給江挽雲報信。山崩的時候，他第一時間就按自己早就計劃好的路線跑了，楊懷明的人想借山崩時殺他，卻被他用計逃脫，直接鑽進深山裡。

他千算萬算沒算到的是，江挽雲會那麼快就出現在湖田村。

他不知道楊懷明的眼線到底有多少，在深山裡走了很久很久，順著湖田村老獵戶指點的方向，整整走了兩天兩夜才穿過山脈。餓了他就吃乾糧喝雪水，冷了就燒火取暖，晚上住在山洞裡，用火堆來逼退野獸。他拚著一口氣，走了五天才走到省城，而後找到顧大人幫忙，才見到欽差大人。

可他沒想到自己隨著齊大人回平山縣時，見到的會是江挽雲憑著一己之力，把整個縣城攪得天翻地覆，更沒想到她敢敲響登聞鼓告官，還把整件事的來龍去脈傳播到婦孺皆知的程度。

他簡單把自己這幾天的經歷都說給江挽雲聽。

江挽雲聽罷冷哼一聲。「那你到了省城不知道派人給我傳信嗎？你不知道我和杜華在湖田村找了你多久嗎？你知不知道我這幾天怎麼過的？你要是死在半路上，我到哪兒去找你的屍體，怎麼回去跟家人交代！」

她越說越氣，這幾天鬱結在心裡的苦痛、委屈、焦慮全部爆發出來，眼淚不受控制的啪嗒啪嗒直掉。

陸予風內疚得要死，眉頭緊鎖著，走上來笨拙的給她擦淚。「好了好了，不哭了，都是為夫的錯。」

看她哭得傷心，他的心也痛得厲害，真想捶自己一拳。伸出手把她摟懷裡，皺眉道：「其實……我有傳信回來。」

江挽雲推開他，疑惑道：「我沒收到，你怎麼捎的？」

陸予風道：「平山縣和府城、省城都有信鴿往來，我利用妳曾經教我的記帳數字，寫了幾個字，只要妳看到了就會知道我沒事。」

以前江挽雲教過他一種叫阿拉伯數字的奇怪符號，從零到十都有。

江挽雲仔細回憶，嘴角一抽。「你是不是傻啊？我怎麼可能還待在縣衙啊！」

陸予風也是沒法子了，實在是病急亂投醫。

江挽雲氣也消了，嘆氣道：「算了，事情已經過去了，吃飯吧。」

陸予風脫了鞋子，盤腿坐在炕上，江挽雲皺眉。「你的手……把襪子脫了我看看。」

陸予風手一縮，拒絕道：「吃飯呢。」

江挽雲態度強硬。「快脫了我看看。」

她下了炕想去扯他襪子，陸予風連忙道：「我自己來，我自己來。」

他把襪子脫下來，露出一雙紅腫流膿破皮的腳，他的手也生了許多凍瘡，原本纖長的手腫得像胡蘿蔔，腳上的凍瘡甚至有潰爛跡象。

但他覺得還好，挺幸運的，山裡那麼冷，沒把腳趾頭凍掉已是萬幸了。

江挽雲頓住，看了他幾眼，又忍不住開始掉眼淚。陸予風只有瘸著腿，哄了好一會兒才作罷，最後還要自己哆哆嗦嗦上藥。

他實在太慘了。

第四十五章

臘月末，離過年沒幾天了，最難熬的深冬過去了，縣城裡的雪也停了好些日子。

今年他們平橋縣因為準備妥當，在雪災來的時候應對得井井有條，除了被雪壓塌了一些房屋，就沒有太大的損失了。

縣令把朝廷撥下來的銀子發下去，讓百姓們抓緊時間修修屋子，還能趕得及過年。此次多虧了陸予風的提醒和建議，縣令才能處理得這樣好，明年政績考核，他準能往上升。再說陸予風如今已是舉人，將來前途無量，他可得打好關係。

與他有同樣想法的還有顧家。

在省城為官的顧大人寫信回來，告訴顧大爺一家，要好好待陸家和陸予風。此次多虧了陸予風，才能揪出貪墨賑災銀兩的貪官。皇上很看重此事，陸予風將來的路已經比普通學子平順了很多。

所以趁著要過年了，縣令和顧家都送了好些年貨來陸家，吃的、穿的、玩的都有。

「哇，這些東西值不少錢吧，這料子夠我們每個人做一身衣裳了。」

「這好像是從很北方的地方運來的山貨，鋪子裡一兩重的要五百文呢。」

雖然陸予風中舉之後，他們也見過了不少好東西，但看著眼前堆滿一桌子的東西，還是會驚訝，原來中舉之後，身分真的變化好大呀。

陳氏道：「這是送給風兒的，先收起來，一個個沒見過好東西啊。」她憂愁的看著門外，心裡盤算著，陸予風他們已經離開了半個多月，再不回來都要過年了。

也不知道有沒有遇見什麼事兒，可要安全回來才行啊。

臨近過年，家裡的生意也停了，桃花灣的受災情況不嚴重，再加上他們是新修的青磚大瓦房，比土房子結實，只碎了幾片瓦。前幾日雪停以後，陸父就領著兩個兒子回去鏟雪，基本打掃乾淨了，壞了的地方也修補完善。

「奶！奶！」突然，巷子口傳來了傳林的聲音，他狂奔進來，一邊跑一邊喊：「三叔三嬸回來啦！」

他的聲音把屋裡的眾人也引了出來，柳氏道：「二娃子，真是你三叔他們回來了？」

「真的！可風光了，是一群騎著高頭大馬穿著盔甲的人送回來的！好多人都在城門口看見了！」

「哎喲！」陳氏一拍大腿。「快，都出去接人去！」

陸家人也喜上眉梢，把手裡的活計一丟，就趕緊往外跑。

「娘，妳慢點，我攙著妳。」陸予海好歹還記得把自己娘帶上，陳氏拍開他的手道：

「我還沒那麼老呢！」

一大群人湧到巷子口，就見兩輛馬車駛來，駕車的正是杜華和小松，老遠的江挽雲已經探出頭來揮手了。

「我們回來了！」

齊大人怕楊懷明父親等人還有殘黨，懷恨在心，在路上對陸予風不軌，便派衛所的將士把人送到縣城門口才折返。

他們離開平山縣前，好多百姓自發來為他們送行，各種各樣的農家物塞了一馬車，還有一些想要巴結陸予風的富商送來禮物和銀兩。

與齊大人分別前，他跟江挽雲說想要把《小蘭傳》刊印成話本和編排成雜劇，給世人傳唱，用以警醒貪官污吏，並宣揚不畏強權的勇氣。江挽雲自然是同意的，齊大人當場便付給她一百兩銀子，待後續刊印的東西銷量好的話，她還可以再得到分紅銀子。

如此算下來，她手頭上又有了幾百兩銀子。

朝廷後續應該還會再賞賜一些東西下來，她也不算太虧。

馬車在巷口停下，陸予風先下來，而後扶著江挽雲下車。人太多了馬車不好進去，只有先把東西搬過去了。

男人們開始搬東西，女人小孩們則親親熱熱的簇擁著他們往裡走。

剛一進院子，陳氏就趕緊叫兩個下人和媳婦，把凍著的雞鴨魚肉解凍，又叫人去街上買新鮮菜，今晚一定要好好接風洗塵。

陸父則把自己泡了大半年，平時捨不得喝的酒搬出來給兒子、兒媳暖身子。

「快，洗洗手，餓了吧？先吃點熱乎的。」

江挽雲和陸予風各自洗了手臉，換了衣服出來，桌上已經擺上熱氣騰騰的芝麻、花生紅糖湯圓，還有一大盤剛炸的小酥肉。

馬上要過年了，大夥兒都窩在家裡弄吃的，湯圓是早就做好的，備著過年時候吃。

江挽雲和陸予風在外奔波這麼久，終於回到家，有種恍若隔世的感覺。看著陸家人關懷的表情，江挽雲抱起碗，美滋滋的吃湯圓。

過沒一會兒陳氏就叫吃飯了，幾乎把所有冬季能用上的食材都用上了，滿滿兩大桌子擺不下。

「平日裡娘看見什麼好吃的，都說要留著等你們回來吃呢，這下可算是吃上了。」

「三叔三嬸，你們出去這麼久，是幹麼去了？為什麼會有穿盔甲的人送你們回來？」

面對陸家人好奇的眼神，陸予風挑挑揀揀把重要的事說了，略過了驚險的部分，但還是聽得大家義憤填膺，紛紛大罵狗官無恥。

直到最後聽說楊懷明跳下懸崖摔死了，方才解氣。

既然人回來了，就該好好準備過年。

桃花灣的新年是傳統又熱鬧的，過年前幾天大家便回去打掃屋子收拾東西，待過年那幾日，日日鞭炮聲響不停。

因為今年陸家出了個舉人，來桃花灣走親戚的人便格外多，陸家院子幾乎日日爆滿，就算沒啥事也要進來湊個熱鬧。

陳氏日日嘀咕這瓜子、花生怎麼吃得這麼快，陸予山則是恨不得長了四隻手才掃得完院子裡的瓜子殼。

《小蘭傳》的故事也傳到桃花灣來，人們自然聽說了陸予風和江挽雲的經歷，便日日纏著陸予風說說當時的事，這幾日陸予風天天喉嚨都是痛的。

新年是要祭祖的，陸予風如今儼然已成了陸氏宗族裡身分最高的人之一，祭祖都被叫去站在前排。正月時，不是被這家請去喝酒，就是被那家請去吃飯，還有打著主意想把自家女兒嫁到陸家做妾的，不過都沒成功。別說陸予風不答應了，陳氏直接就把人攆走。

熱熱鬧鬧過了年，元宵節前一天，陸家人回了縣城，吃湯圓，看花燈，逛廟會，出了節後，陸予風就要收拾東西去京城了。

陳氏把家裡收的禮物都換成銀子，足足有二千兩，都給江挽雲帶著。京城不比家裡，花銷肯定很大，去了又要吃喝，又要開店，又要花錢走關係、買人情，沒點銀子怎麼行。

隨州離京城並不遠，春節後河水開始解凍了，航運恢復，乘船去京城只要幾天。

到了京城後江挽雲便趕緊租了個小院子，一個月要五兩銀子，比縣城翻了五倍。安頓下來後陸予風便開始專心復習，她則領著杜華、小松和玉蘭去找鋪子。

這次陳氏讓玉蘭也跟著來了，一是讓她見見世面，且方便照顧江挽雲，二是讓她和杜華培養感情。

京城的鋪子更貴，一個月租金至少二十兩銀子起跳。江挽雲忍著肉疼，租了一間不大不小、地段還不錯的鋪子後就開始裝修。

裝修才搞一半，春闈便開始了。

這次參加考試的可是來自全國各地的舉子，江挽雲把陸予風送到門口，踮腳看著前面。儘管知道陸予風肯定不會考差，但她心裡還是有點露怯。

陸予風被耽誤了那麼些天，能行嗎？

她會不會記錯了，萬一原書裡陸予風不是這次中的狀元而是三年後呢？

反倒是陸予風自己心情很輕鬆，他自小記性好，夫子們又誇他悟性高，尋常人背誦十遍所獲得的東西，他可能一、兩遍就夠了。所以雖然時間緊迫，但他並沒有覺得自己復習得不夠。

「進去之後別緊張，像平時作文章那樣以平常心態面對。」江挽雲替他整理衣服，非常鄭重的囑咐他。

陸予風垂頭看她，道：「若是我這考不……」

「呸！」江挽雲眼睛一瞪。「不許說不吉利的話。」

陸予風笑了笑，無奈的接過她手裡的東西，擺了擺手往裡走去。

她看著他走進去，有點體會到考場外的老母親是什麼心情了。等，等他考完，考完又要繼續等，等放榜，實在是煎熬啊。

貼出成績這天早晨，京城的氣氛肉眼可見的緊張，貢院外面人頭攢動，就等著搶到第一手消息。

相比其他學子的緊張，陸予風卻不見半點慌張，起床後把江挽雲做的肉絲麵吃完就開始溫書。江挽雲也不急，她早就叫小松把東西給備好了，紅包和鞭炮一大堆。掃灑庭院，桌椅板凳擺好，只等著報喜的人來了。

玉蘭是家裡最緊張的那個，她一上午就沒歇著，又是灑掃又是買菜，報喜後是要請巷子裡的鄰居吃酒席的。

江挽雲道：「這灶臺都擦了十幾遍，快歇歇去，一會兒還有得忙呢，再去叫隔壁的李嫂和王嬸來幫忙。」

玉蘭道：「舅娘，三舅是不是要中狀元了？」

她也不懂這些，只知道讀書人都想中狀元，那三舅肯定要中就中最好的。

江挽雲笑道：「還有殿試呢，不過我想最後結果也差不多。」

如今小院子裡已經坐了很多人，大家表面說說笑笑，耳朵卻支得老高。這什麼時辰了，報信的人怎麼還不來呢？

萬一沒中，到時候該說點什麼安慰陸舉人呢？

要不還是找個藉口先開溜吧，免得到時候尷尬。

「我這突然有點肚子疼，失敬失敬，諸位慢聊，我先去方便一下。」
「我也……」
還沒等他們說完，巷口突然傳來喧鬧聲，清脆的馬蹄聲傳來，而後停在大開的院門前。
院中的人都露出喜色，站起身來簇擁著陸予風到門口，眼神火熱的看著來人。
來報信的人翻身下馬，摸出一張大紅色的箋來，不疾不徐的念道：「捷報，貴府陸老爺予風高中泰元丁丑恩科會試第一名貢士！」
「什麼？多、多少名？」
「第一名？」
「會元?!」
「陸舉人成會元了！」
一時間，院子裡炸開了鍋，連帶著附近幾里地都知道會元出在自己家附近，還是一個寒門學子。
接著很快又有人證實，最近在京城流傳很廣的《小蘭傳》裡的舉人，和會元是同一個人！
如此大義又如此有才華，何愁未來仕途不坦蕩？
眾多學子紛紛哀嘆，今年的殿試前十名，必定要提前被預定一個位置了。

三月中旬，殿試也落下帷幕。

京城的花開始開了，春風到處打著卷兒，正大街兩邊站滿了人，新科進士打馬遊街，享受著人生最風光的時刻。

鼓樂的人走在前面，後面是一匹匹高頭大馬，坐在最前面馬兒上的，正是今年的狀元郎陸予風。

他穿著鮮紅的狀元服，身姿挺拔，眉目如畫，臉上帶著如沐春風的笑容。此時的他哪裡還像從鄉下來的人，說是天之驕子也不會有任何人懷疑。

大半圍觀者的目光都落在他身上，人們追著馬往前跑，女子們還把鮮花、荷包、水果往他身上丟，以表示愛慕。

他眼神掃過去，落在人群裡的一個人身上。

江挽雲抬頭看著他，帶著歡喜又崇拜的眼神。

陸予風真的成了狀元，她就知道他可以，從她穿書第一天就知道。

陸予風看見她後，彎了彎眼睛。她把自己懷裡紮成一束的鮮花拋過去，鮮花贈才子。

他接過花，抱在懷裡，馬兒往前走。他回頭看去，見她還站在那兒對著他揮著手。

他想，他終於做到了。

他曾經承諾她，讓她成為狀元娘子。

第四十六章

近來，京中有一家新開的店，名頭挺大。

陸記火鍋。

沒吃過只聽說過名頭的人，會以為只是普通的鍋子店，冬天燙點羊肉暖暖身子那種，那是富貴人家才吃得起的。

但仔細一打聽，聽吃過的人說，它不但不像傳統的鍋子，而且價錢很便宜，平均算起來跟去普通酒樓差不多，菜式也很稀奇。

尤其是那湯底，又紅又亮，一半辣一半清湯，取名為鴛鴦鍋。聽老闆說這是自家祖傳秘方，在老家開店多年，因家裡出了進士，才把店搬到京城來。

這個朝代不拘著官員開店，哪個當官的沒點產業？只要按時交稅即可。既然這叫陸記火鍋，少不了讓人聯想起今年的新科狀元，可不就姓陸嘛。

江挽雲本不想借著陸予風的名頭，她有自信自己可以闖出名氣來，畢竟她前世可是火鍋忠實愛好者。

但剪綵這天陸予風一出現就被人認出來了，而後被人群包圍。他好不容易才掙扎出來，被幾個跑堂護著，走上臺階道：「諸位，陸某很感謝大家今日來參加陸記火鍋的開業，今天菜品半價，還可以參與幸運大轉盤……」

沒錯，江挽雲又把從前在縣裡開店的那一套搬來了京城。

所以最初大半人是衝著陸予風的名氣來的，還以為這狀元郎出身寒門，要趁著熱度撈點錢，雖說這沒做錯什麼，但到底讓人覺得他損傷了讀書人的氣節。

但揣著幾十、上百兩銀子進去的客人卻發現，他們吃飽喝足後，只花了不到一兩！

菜單上的菜都很平價，他們沒吃過火鍋，就追隨潮流來個鴛鴦鍋，再點自己喜歡的蔬菜和肉。等了一會兒，就見跑堂的端上一個長著耳朵的盆子放在桌子中間的圓洞裡，下面是炭火，鍋裡一邊紅湯一邊清湯，嗆人的香氣經久不散。

每人分到一份搭配好的蘸水，若是喜歡吃辣就再自己加辣。

有些貴婦人放不開面子，覺得出來吃館子居然還要自己煮，但觀察了一下別桌的，覺得自己下鍋也挺有趣的，便陸陸續續開始動筷子。

一頓火鍋吃得人直呼過癮，腦門發汗，香辣的味道足足回味幾天都不忘，當然上廁所時菊花的疼痛也久久不能忘懷。

初夏時，火鍋店的生意已經穩定下來，江挽雲覺得自己借了陸予風的名頭，再加上他剛入官場打點也需要花錢，便分了他些銀子作為分成。陸予風這次沒拒絕，爽快的收下了。

他還請了很多相交的學子來火鍋店，這些學子都是飽讀詩書、滿腹經綸的人，吃了便寫下許多誇讚火鍋的詩詞文章，在京城一流傳，又宣傳了一波。

朝廷給新進進士們授官後便放假，准他們回家祭祖，再回來時便正式上任了。

江挽雲怕自己走了，火鍋店沒人看著，要留下。不知道陸予風對玉蘭說了什麼，她主動來跟江挽雲說自己想留下來幫忙看店，讓江挽雲跟陸予風回老家去。

江挽雲打量著她，又看了看杜華，笑道：「莫不是嫌我和妳三舅礙眼了，好借此機會和某人獨處？」

她的聲音不小，在院子裡打拳的杜華差點腳下一滑。

來京城這幾個月，為了開店，玉蘭和杜華都是忙裡忙外，但也因此兩人更多了些交集。他們本身就被陳氏等人提點過，如今越相處越覺得對方挺好，只是誰也沒捅破那層紙。

玉蘭頓時鬧了個大紅臉，她沒有那個意思，要不是三舅跟她說……

「哎呀舅娘，妳說啥呢？妳是狀元娘子，多風光啊，妳為咱們家操心這麼久，如今三舅回家祭祖，妳可不得回去好好享受享受。」

江挽雲一時拿不定主意，晚上便與陸予風商量起這事。

陸予風故作疑惑。「妳不跟我一道回去嗎？我昨日已經先寄了家書回去，娘他們見妳沒回會失望的。」

江挽雲瞪他一眼。「我走了店裡的生意怎麼辦？再說了，這回去不得辦酒席啊，肯定要花錢的，不開門做生意，哪來的……」

她話音未落，就見陸予風從袖子裡摸出一個錢袋子，沈甸甸的，放在她手裡，另外還有一沓銀票。
她瞪大了眼，抬頭與陸予風對視，陸予風笑得溫和，還帶著一絲得意的意味。
「你哪來這麼多錢？」她粗略看了看，竟然有幾百兩。
陸予風道：「嗯，在妳忙開業的事時，我趁著剛高中的熱度，與京城最大的書局合作，印了我這些年自認為拿得出手的文章詩稿和筆記，暫時得了這些錢，後面可能還會有……」
也就是說，他只要整理整理舊物拿去書局，就能賣這麼多錢，比她累死累活幹一個月還賺得多。
見她不說話，他微歪頭去看她的臉色。「這回辦酒席應夠了。」
江挽雲感覺他的臉把光線擋住了，猛地湊這麼近，她心快速跳了幾下，抬手就把他臉推開。「離我遠點。」
經歷過平山縣雪災之後，她與陸予風之間的關係更近了些，怎麼樣也算是同生死共患難過。
誠然，要是陸予風當她夫君，她若說不滿意，那自己都覺得自己該撒泡尿照照，但她又覺得差了點什麼。
陸予風剛高中後的一段時間，媒人幾乎踏破門檻，得知他有髮妻後，又轉而打起了貴妾的主意，過分點的還讓他拋棄糟糠之妻。
幸好陸予風識時務的拒絕了，還當眾表示自己一輩子不休妻、不納妾，這股作媒潮才停下。

她正思考著，陸予風做嘆氣狀。「唉，若是妳不跟我一道回去，娘問起妳來，少不得要罵上我幾句了；傳林他們見妳沒回，少不得要傷心一陣子了。」

「別說了別說了，我回去還不成嗎？」江挽雲趕緊打住他。

陸予風也放下心來，與她商量了一會兒回家的事，才去外面準備洗漱。

他嘴角止不住的上揚，走了兩步，見玉蘭站在廊下等著他，玉蘭小說道：「成了嗎？舅娘答應了嗎？」

陸予風點點頭，玉蘭這才放心，兩人各自回房。

收拾了兩天，把店裡的事跟玉蘭和杜華交代好，陸予風和江挽雲以及買來的兩個下人才踏上回隨州的路。

他們先到省城，陸予風去拜見他的座師和顧大人，又見了幾個好友。再由航運轉馬車，到了縣城後去棲山書院看望秦夫子，江挽雲則帶著人去大採購。

馬車裡放著從京城帶回來的禮物，這是給陸家人的，但給其他親戚朋友的禮物只能在縣城買了。

陸家人早就得了他們要回來的消息，提前關店回桃花灣去了，縣城再好，那也不是他們的家。

陸予風和江挽雲先在縣城住了一天，去看了夜市的兩個鋪子。夏月和秋蓮見了他們很是歡喜，做了好些菜來招待他們，吃罷飯江挽雲提出把鋪子轉讓給她們。

麻辣燙那個鋪子後來江挽雲也從店家那裡買過來了，如今兩個鋪子都在她手裡。

陸家人如今手頭有錢了，也買了兩個鋪子。江挽雲日後應該會定居京城，但陸家人的意思是還是留在縣城做生意，這是他們土生土長的地方，有機會的話把孩子們帶去京城見見世面就行，陸予海和陸予山更願意留在家裡照顧二老。

所以江挽雲手裡的鋪子便沒時間打理了，不如轉賣給夏月和秋蓮，也讓她們有個安身立命的場所，日後也可以借此說門好親事。

夏月和秋蓮自然歡喜，給人打工哪有自己做老闆好。

於是又在縣城耽誤了一天，處理過戶的事，陸予風則派人提前回桃花灣報信。

此番陸予風可算是衣錦還鄉了。馬車離桃花灣還挺遠時，道上就已走著許多人。江挽雲算了下，今兒不是趕集的日子啊。

那些人見了他們的馬車，紛紛打量著，還有的會直接問：「可是狀元郎回來了？」

小松笑咪咪道：「是呢。」

陸予風掀開簾子一角查看，不認識的他就不露面，認識的才撩開簾子打招呼，否則都打招呼的話，走幾個時辰也到不了。

江挽雲笑道：「怎麼他們都知道我們回來了一樣。」

陸予風一臉無辜。「興許娘他們已經置辦了宴席，等我們回去了吧。」

但越走江挽雲越覺得不對勁，怎麼這村口的樹上都掛著紅綢，村裡還敲敲打打的，來來往往的村民見了馬車都圍上來大聲祝賀著。「恭喜恭喜！狀元郎雙喜臨門啊！」

「狀元郎回來了！狀元郎回來了！」

江挽雲越聽越不對，怎麼搞得跟辦婚禮一樣，而且什麼雙喜臨門，難道陸家自己作主給陸予風娶了個小老婆？

還沒走到陸家大門口呢，江挽雲已經看見陸家院子裡坐滿了人，連外面的堤防上都到處是人，陸家張燈結綵的，她還聽到了鞭炮的聲音。

到了門口剛下車，族長和族裡長輩突然從半路上殺出來，把陸予風截走了，而陸家人卻一點也不驚訝，只把注意力放在江挽雲身上。

「挽雲回來啦！」

「快快快！快進來，就等妳呢！」

「新娘子來嘍！」

江挽雲一臉懵，直到被陳氏等人簇擁著，暈暈乎乎走進房間，被按在梳妝檯前時，她才反應過來，這場婚禮是替她辦的？

柳氏在院子裡大著嗓門和親戚們嘮嗑，聽起來中氣十足，一點也不像剛出月子的人。

「我們陸家能有今天啊，全賴我家三弟妹能幹，這可不就是福星嘛！剛成親時家裡窮，三弟又病著，沒有辦像樣的婚禮，我們覺得虧欠挽雲，便趁著這機會補辦一場，大家都高興高興。」

「還未曾聽說過補辦婚禮，怪稀奇的。」

「是狀元娘子自己要求的嗎？」

柳氏道：「當然是我三弟提出來的啊！他老早就寫信回來讓我們開始操辦了……」

「我覺得好，日後我要是發達了，也學著狀元郎這樣，給我家媳婦補辦一場！」

外面熱熱鬧鬧的，江挽雲被陳氏專門從縣城請來的化妝娘子仔細盤著頭髮，她這才緩過來點，也明白了陸予風為何一定要她回來，原來還備著驚喜呢。

她抿唇，透過模糊的銅鏡看到自己嘴角上揚，笑容抑制不住的傾洩而出。

化妝娘子笑道：「狀元娘子真是好福氣，生得這般俊俏，夫君又這般疼愛，將來有享不盡的福。」

江挽雲的髮際線被繃緊，顯得她整個臉都舒展開了，根本不能做出皺眉的表情，只能笑道：「我倒是不知道他背著我就安排了這齣。」

她陡然間明白了為何自己之前覺得怪怪的了。

因為她內心深處覺得自己不是正式的，她不是真正的江挽雲，她占用了別人的身體，成親的不是她。況且那時候陸予風昏迷著，原身沒有拜天地，直接帶著小包袱就進屋了。

罷了，既然他都這樣做了，想來也是存了想和她長長久久的心，她就不必多想什麼了。

化了妝，盤了頭髮，換上吉服，蓋上蓋頭，喜娘攙扶著江挽雲往外走。未走幾步，她聽見賓客的喧鬧聲，而後一隻手伸過來握緊她的，又很快鬆開。

她的手裡被塞了紅布，剛才那隻手的主人拉著另一端，兩人慢慢走進堂屋。

「一拜天地，二拜高堂，夫妻對拜！」

一番流程走下來，她整個身子都是繃緊的，直到坐在喜床上，她才緩了口氣，而後又是喝交杯酒和揭蓋頭。

待天黑下來，江挽雲端著飯碗，一口一口填飽餓了一天的肚子時，她的心才踏實下來。

這一天也太夢幻了！

陸予風坐在桌子對面，眼裡含笑，臉上被酒氣醺得有點發紅。

江挽雲一邊吃一邊氣鼓鼓道：「你怎不和我提前商量呢？搞得我跟趕鴨子上架一樣。」

陸予風道：「這不是怕妳跑了嗎？」

江挽雲道：「我能跑啥？你可是狀元了，日後要做大官的，我跑去哪兒你找不到我？」

陸予風垂下眸子，飲了口茶，語氣溫和道：「嗯，所以妳不能跑，妳可還沒做誥命夫人呢。」

這也是她曾經說過的話，他還沒實現，她怎麼能走呢？

她被他的語氣弄得心裡麻麻的，含糊的嗯了一聲，幾口把飯扒完，洗漱之後站在床邊脫吉服。

陸予風見她一個人不方便，便走過來幫她，他的熱氣噴到她脖子上，她瞬間寒毛倒豎。

「其實，我不介意。」

突然他來了這麼一句，江挽雲寒毛豎得更高了。「什、什麼……」

陸予風仔細的幫她拆配飾。「沒什麼。我是說，時候不早了。」

時候不早了，該熄燈了。

其實他是想說，他不介意她到底是誰，是鬼神還是妖怪。他還在昏迷的時候，在無邊的黑暗中，她是他能抓住的那一束光，那她就是他想要一輩子追求和留住的。

雖說陸家人決定留在縣城給陳氏和陸父養老，但兒子出息了，他們少不得要去京城看看的，再說隨州離京城就幾日路程，來回也不算麻煩。

且傳林和繡娘要跟在江挽雲身邊學廚。

在家住了大半個月，把家裡的事情都處理好，一大家子便收拾東西出發去京城。

往年的陸家人從未出過縣城，這下倒好，直接到京城去了，桃花灣的村民和陸家的親戚無不羨慕。但也沒法子，陳氏說一不二，陸家人也不是腦子糊塗的主兒，他們打定主意不給陸予風拖後腿，哪個親戚都一樣，不會給什麼特殊優待。

因為陸予風的原因，桃花灣的村民、陸氏宗族和陸家親戚就得到實際的好處了。且不說掛在陸家名下的田地不用交稅，出去做工報上陸予風的名號，不愁找不到好工作，就說娶妻生子，男兒不愁娶，女兒不愁嫁。

陸予風承諾來年出錢在村裡辦一個學堂，鎮上的孩子都可以來讀書，束脩比普通學堂低幾成，這才是實打實的造福鄉里的好事。

所以沒人說陸家一句壞話，若是聽見旁人說著酸話，桃花灣的人們還會開口反駁回去。

陸家人先去了縣城，又經過府城、省城，一路乘坐馬車邊走邊玩。後又改航運，坐大船去京城，在船上吃河鮮，看沿岸的風光，足足走了兩倍的時間才到京城。

陸家人都穿著嶄新的衣服，精神奕奕的，通過這一段時間的見聞，進了京城也不覺得拘謹和恐慌了。

租的小院子，一大家子的人勉強住下，又在京城待了許多日子。

等陸予風開始正式點卯，江挽雲便領著他們到處玩，嘗了各種吃食，陸予海和陸予山用心記下了一些，準備回家後也嘗試一下。

另外有件喜事，便是陸予風和江挽雲離開京城那段時間，玉蘭和杜華的感情已經水到渠成了，因兩個人都是害羞的，玉蘭只敢私下和陳氏說，陳氏又和江挽雲說。

這事兒一拍即合，因杜華沒有家，也沒別的地方去，算是半入贅陸家了，成親後還是留在陸家生活。

入夏的天兒已經有些熱了，江挽雲最近又籌劃著開一家奶茶店。

這日她忙完生意，見天色不早，便讓車夫駕車去接陸予風。

馬車在大門外停了一會兒，江挽雲靠在車上差點睡著。直到敲窗戶的聲音響起，她睜開眼一看，見陸予風站在窗外，他撩開簾子溫和道：「睏了？怎不先回去？」

他放下簾子，爬上馬車來。

江挽雲靠在車上，把腿抬起來搭在陸予風腿上，一副大爺的樣子。「今天走累了，給我捶捶。」

陸予風含笑道：「近來事兒太多，沒有陪伴娘子左右，讓娘子受累了。」

江挽雲揉了揉腮幫子，欲言又止的看著他。「你怎麼說話越來越……有文化了？」

陸予風這才笑了笑，恢復正常。「聽那些大人提起自家娘子多了，我也學到了幾分。」

他一邊給江挽雲捶腿一邊道：「翰林院的大人都知道陸記火鍋店是妳開的了。」

江挽雲道：「你又帶貨了？」

陸予風只笑不說話，他如今也明白帶貨這詞是什麼意思了，無非是有意無意提起幾嘴，那些大人去吃了之後一傳十、十傳百，說到底還是火鍋的味道吸引人才對。

「娘子要如何獎勵我？」

江挽雲翻了個白眼。「獎勵你再給我捶捶背好了。」

回了家，傳林和繡娘已經盼著他們多時了。「三叔三嬸，你們可回來了，飯快好了！」

陸予海提著兩壺酒走過來。「三弟、三弟妹，你倆回來得正好。三弟明日休沐吧？今晚可要好好喝點。」

江挽雲進了院子，陳氏抱著孫子小豆子過來，滿臉笑意。「看，你三叔三嬸回來了。」

小豆子眼珠子滴溜溜的，一直盯著江挽雲看。江挽雲沒忍住，把他接過來抱在懷裡，軟乎乎的一團，讓人心都軟了幾分。

小豆子遺傳了陸家人的好相貌，家人都喜歡抱著逗樂。陳氏有時候免不了感慨，啥時候才能抱上風兒和挽雲的孩子，那她這輩子也算圓滿了。

陳氏看看江挽雲又看看陸予風，輕咳一聲。「風兒啊，你跟娘來，娘有話跟你說。」

江挽雲遞給陸予風一個心照不宣的眼神，陸予風瞥見陳氏的表情，頓時臉就熱了起來。

他娘能跟他說啥，他自然知道，因為已經不是第一次了！

廚房裡王氏、玉蘭和幾個下人正熱火朝天，忙碌的做晚飯，江挽雲逗弄了一會兒小豆子，王氏在廚房門口叫著大家開飯了。

陸予風被陳氏耳提面命一番回來，眼神都不敢往江挽雲身上放。

傳林道：「三嬸，妳上回做的霉豆腐可以吃了嗎？」

他這麼一提醒，江挽雲倒想起來。「可以了，走，瞧瞧去。」

陸予風則有種不好的預感。

近來江挽雲弄了許多吃食，但不像之前那樣是美食，而是一些稀奇古怪的東西。

螺螄粉的味道他早就領教過了，當時鄰居還體貼的問他是不是茅廁滿出來了，可以幫忙聯繫夜香郎，他只能尷尬的笑笑。

再來就是臭豆腐，他吃不習慣。陳氏等人很喜歡，他也不敢不吃，自己娘子做的東西，怎麼可能不吃？就算再不喜歡，為了表達他對江挽雲的心意，那也要吃下去。

江挽雲去把雜物間的罈子抱出來，傳林和繡娘蹲在旁邊，打開蓋子，就聞到一股嗆人的濃香。

江挽雲拿筷子小心翼翼挾出幾筷子出來，辣椒醬汁包裹著豆腐，看著誘人可口，用筷子挾破一塊，見裡面很完好，就知道成功了。

繡娘道：「看起來好辣的樣子。」

傳林老神在在。「不，像這種細辣椒粉又過了油的，一般不會特別辣，生辣椒才辣，這種是香辣。」

江挽雲抬頭看了看四周。「你們三叔呢？」

繡娘說：「三叔肯定是怕吃辣，已經跑了。」

陸予風對江挽雲做的菜是很捧場的，但他這人不能吃辣，稍微辣點就臉發紅，再辣點他會滿頭大汗神情痛苦。有一次江挽雲做了「絕味鴨脖」，他看了下，不像很辣的樣子，掉以輕心吃了之後，辣得他太陽穴都疼，自此之後他看見辣椒就繞道了。

很快的兩張大桌子擺滿了菜，雞鴨魚肉樣樣俱全，比起過年還豐盛幾分，一大家子的人熱熱鬧鬧的坐下。

以往陸予風很少喝酒，但身處官場難免要應酬，家人倒是希望他慢慢鍛鍊下酒量。所以這夜他跟著父兄喝了幾杯，但僅僅幾杯就有些醉醺醺了。

陳氏恨鐵不成鋼，風兒難得休沐一天，自己抱孫子的計劃又要泡湯了。

吃罷飯，江挽雲把陸予風扶進房裡，讓他躺在床上，自己則準備去打水來給他擦洗。

但陸予風卻一把拉住她的袖子。「別、別走。」

江挽雲見他臉紅紅的，眼神恍惚，抬頭盯著自己，有些傻氣又有些可愛。

「你醉了，乖乖躺好，我去給你打水。」她想扯自己袖子，卻扯不動。

陸予風不知想到了什麼，道：「妳是娘子。」

江挽雲拍拍他的頭。「是是是，還認得出人呢，趕緊聽話。」

陸予風道：「不行，妳不能走。」

他好像很急切的樣子，突然站起身來，把她摟在懷裡，展現出清醒時不會擁有的霸道。

「不可以走。」

江挽雲被酒味醺到了，好不容易才把頭掙扎出來。只聽陸予風一直念叨著不許走，還在她的脖子上拱來拱去。

半晌又聽見他說：「妳不能回那裡去……」

突然她心一跳，有什麼東西突然在腦海裡冒了出來。他一直念叨著不讓她走，是不是因為知道她不是這個世界的人，所以害怕她離開？

她心一軟，伸手撫了撫他的臉頰。「放心，我永遠不會離開你的。」

她費勁的掙扎開來，打來了水，幫兩個人都擦洗好。費了半天勁才忙活完，累得她躺下就睡著了。

這一覺睡得很久，直到天色大亮，她睜開眼，就見陸予風正盯著她。

她揉了揉眼睛，問：「相公，你在看什麼？」

陸予風遲疑道：「我……昨晚……」

江挽雲笑道：「昨晚說你不要我了，要我走。」

陸予風大驚。「怎麼可能？我怎麼會說這種話？」

江挽雲哼了一聲。「你還說我是別的地方來的，叫我回我該去的地方。」

陸予風心裡如同被什麼東西重擊了一下，臉色都變了。「我……我真這麼說？不，這不是我的本意，挽雲，妳要信我，我絕對沒有這個意思。」

他急得不知道說啥好了。

江挽雲道：「你……是不是早就知道，我不是這個身子本人？」

陸予風聞言頓了下，道：「嗯，其實娘也知道，但是我們都從來沒有……」

江挽雲又道：「你想趕我走？」

陸予風一下坐起身來，額頭都有點冒汗了，義正辭嚴道：「不，我絕不會趕妳走，我發誓。

「你是我的妻子，我這輩子都要和妳在一起，無論妳到底是誰，從哪裡來。」

江挽雲又哼了一聲。「我不信，除非你證明給我看。」

「怎麼證明……」

江挽雲憋不住笑了起來，掀開被子。「你躺進來，我偷偷告訴你。」

多年之後陸予風已經官居高位，辣椒也在各地廣泛種植。京城的人時常說起陸夫人的馭夫之道便是她的廚藝好，更有人把陸予風冠上「辣椒王」的稱呼，因他帶頭在全國各地推廣包括辣椒在內的調料大量種植，帶動百姓們的口味實現大轉變，生活更加多姿多味起來。

但陸予風心裡很苦。

這些年他依舊體會不到吃辣的快樂，江挽雲生的幾個孩子還都隨母親的口味。

想來不能吃辣竟成了他一輩子最大的遺憾了。

——全書完

人生若只如初見，何事秋風悲畫扇／不繫舟

2022年10月出版

一妻當關

一賠二十的賭注，她是唯二押了六元及第的人，
另一個是她閨密，看她面子意思意思押了一百兩而已，
為什麼她敢玩這麼大？因為她下注的那人是她夫婿啊！
自個兒的男人她不挺，誰挺？
更何況，他的實力她是知道的，那是妥妥的殿試一甲啊！

文創風 1111 **1**

要不要這麼驚險刺激啊？沈驚春才穿來，就面臨再度領便當的逃命大戲！
原來原身是宣平侯府的假千金，當年被抱錯了，與正牌大小姐交換了身分，
如今真千金回府認親了，她這個本來就不得侯夫人疼愛的狸貓只得滾蛋，
不料那個送她返回沈家的侯府護衛，在途中竟想對她來個先姦後殺！
想當初她一路廝殺，連喪屍都不怕，而今又怎會怕他區區一個人類？
沒想到順利返家還沒認親呢，一進門就先看見她一家子被其他房的人欺凌，
而那被壓在地上打得鼻青臉腫的男人，竟跟她末世的親哥長得一模一樣！
親哥當年為了救她而喪命，莫非也早她一步穿來了？但……穿成個傻子是？

文創風 1112 **2**

老實説，沈家這些便宜親人她幾乎都不認識，要説多有愛那是睜眼説瞎話，
但打誰都行，獨獨要打她沈驚春的哥哥，得先問過她的拳頭！
如今的當務之急是想辦法攢錢治好傻哥哥，確認他和末世的親哥是不是同一人？
不過一下子拿出許多這世間沒有的種子太惹眼了，先種玉米就好，
待玉米豐收後，她又種起了辣椒，沒辦法，她這人嗜辣成癮、無辣不歡啊！
之後還有關乎百姓穿得暖的棉花、讓貴族們求之不可得的茶葉要種，
想想她一個農村姑娘卻擁有種啥皆可長得無比厲害的木系異能，
這不就是老天賞飯吃，要讓她妥妥地邁向致富之路嗎？

文創風 1113 **3**

這日，力大無窮的沈驚春上山想尋找些珍貴木材好砍回家做木工活，
哪知樹沒找到多少，卻在一座孤墳前撿了個發燒昏迷的漂亮男子回家，
經沈母一説，她才知道男子叫陳淮，是個身世坎坷、孤苦無依的讀書人，
留他在家養病的日子，他可能感受到了家庭的溫暖，竟自願嫁她當上門女婿！
但婚後她意外發現他身上明明有錢啊，那幹麼把自己過得這麼窮苦潦倒？
一個才學過人、顏值沒話説、身上又有錢的男子，為何甘願當贅婿？
莫非……他對她一見鍾情？嗯，這倒也不是不可能，
畢竟她這人雖貌美如花又武力值極高，偏偏腦子還挺好使的，誰能不愛呢？

文創風 1114 **4 完**

世上人無奇不有，比如這位嘉慧郡主就是奇葩中的奇葩、瘋子中的瘋子，
仗著皇帝外祖父的寵愛，即便死了兩任丈夫就沒再嫁人，宅中卻養了極多面首，
本來嘛，人家脾氣驕縱又貪戀男色跟她沈驚春也沒啥關係，
但壞就壞在瘋郡主這回瞧上了她家陳淮，丟出十萬兩要她主動和離啊！
先不説陳淮是個妻奴，更是妥妥的殿試一甲，未來官路亨通、前途無量，
光説她自己那就是臺印鈔機啊，才十萬兩而已，她自己隨便賺就有了！
不就是背後有靠山才敢這麼囂張嘛，她後頭撐腰的人來頭可也不小好嗎？
有她這個妻子當關，任何覬覦她夫婿美色的鶯鶯燕燕都別想越雷池一步！

文創風 1121

掌勺千金 下

國家圖書館出版品預行編目資料

掌勺千金 / 江遙著. --
初版. -- 臺北市 : 狗屋出版社有限公司, 2022.11
冊 ; 公分. --（文創風 ; 1120-1121）
ISBN 978-986-509-380-8（下冊 : 平裝）. --

857.7 111016561

著作者	江遙
編輯	黃暄尹
校對	黃薇霓
發行所	狗屋出版社有限公司
地址	台北市104中山區龍江路71巷15號1樓
電話	02-2776-5889～0
發行字號	局版台業字845號
法律顧問	蕭雄淋律師
總經銷	知遠文化事業有限公司
電話	02-2664-8800
初版	2022年11月
國際書碼	ISBN-13 978-986-509-380-8

本著作物由北京晉江原創網絡科技有限公司授權出版

定價280元

狗屋劃撥帳號：19001626

網址：love.doghouse.com.tw E-mail：love@doghouse.com.tw